夜の光に追われて

津島佑子

人文書院

夜の光に追われて　目次

photo: Sai photograph

夜の光に追われて

手紙

きょうから、あなたへの手紙を書きはじめることにしました。手紙と言っても、この地上の誰に頼んでも、あなたのもとまで運んでもらうわけにはいかない手紙です。あなたが誰なのかも、私は知らない。しかも、あなたはおよそ千年も前にこの世を去っている。それでも、だからこそ、独り言に終わりかねないこの手紙が、一条の細い光のようにあなたの胸にすっと届いてくれそうな気がしてしまうのです。

一日毎に、なにかを食べ、排泄し、眠る。それだけの尺度でしか生きられない私たち人間には、千年は実感を伴なわない、あまりにも長すぎる時間ですが、あなたが今、いるところでは、一秒も、千年も、万年も、変わりはしない。時間というものからは、もう解放されているはずのところなのですから。

また、生きている間のあなたに、私がなにかの奇跡で会えたとしても、最早、同じ日本語とは言っても、互いの言葉が簡単に通じるとも思えません。でも、この世を去ったあなたへなら、そんな言葉の不自由さえ感じずに、私は自分の時代の言葉で語りかけることができる。

自分に都合の良いことばっかり、私は考えているのかもしれません。でも、あなたがこの世に書き残していった物語のことをいろいろ考えているうちに、ふと、あなたがどんな人だったのか分からなくても、とにかくある期間、この世に生き、そして死を迎えた人であることは間違いない、とこう言ってみると、そんなこと、子どもだって分かっていることだ、と笑われそうな自明のことになってしまうのですが、その自明のことを私ははじめて実感し、それからはあなたに私の思いを語りかけないでは、あなたの書いた物語について考えることもできないようになってきたのです。

あなたの物語は千年ものちにまで生き残っていた。それは今の世の私たちにとっては、幸運な偶然でした。でも、作者のあなたは物語と共に生き続けてきたわけではなかった。あなたの足跡は残ったけれど、生身のあなたは誰もが迎えなければならない平凡な事実である死を迎えたのです。

あなたは生き、そして死んだ。

肉体としてのみ見れば、生も死も、あなたの時代と千年後の私の時代とに変わりがあるはずはないのですが、生きている間に眼を向けると、着る服も違えば、住む家も違う。悩まされる病気も変わるし、娯楽も変わる。それで、惑わされてしまうこともあるでしょうが、死ばかりはいくら惑わされたくても惑いようもなく、どんな時代、どんな国でも、なんら変わりがない。私の見知っている死と同じ死を、あなたも迎えた。決して、それは私の知らない死ではなかった。

こうして、私はあなたの死を身近な者の死に重ねて見届けてから、あなたの存在を生き生きと感じるようになったのです。あなたに語りかけずにはいられなくなりました。

あなたの書き残した物語を、千年のちの世に生きている私たちは「夜の寝覚」、あるいは「夜半の寝覚」と呼び、読み継いでいます。中間と結末の部分との、全体のほぼ半分ほどの量が失われてしまっていて、完全な形で読むことができなくなっていますが、他に残されている歌集や、評論などで、大体の筋は辿れるようになっています。

紙に書き示されるものだから、もしかしたら人間の寿命より多少は長く生き長らえるのかしら、とその程度の思いは、あなたも自分の物語に託していたのでしょうか。あなた自身の死後数年間、あるいはもう少し長く、読んでもらえたらな、と。でも、まさか千年も生き残るとは思いもしなかったことでしょう。

千年後に生きている私たちは残された言葉、品物、絵画などで、人間の今までの一応の歴史は知らされています。日本の歴史だけではなく、エジプトという国が五千年も前から栄えていた、ということまで、知っています。もっとも、不勉強な私は年表を眺めるだけで、それ以上の知識はほとんど持たないままでいるのですが。

また、現在の私たちは多くの学者たちの研究によって、この世界が地球というひとつの丸い星の上に乗っていること、月は地球のまわりをまわっている自分では光らない小さな小さな星であること、地球は自分でもぐるぐるまわりながら太陽のまわりをまわっていること、太陽は夜の空に光るたくさんの星と同じ星のひとつであること、こうした星が無数に浮かぶ、空気のない巨大な空間があるということ、など、こういった途方もないようなことがすべて現実のことである、とも知らされています。星の浮かぶ空間のことを私たちは宇宙と呼んでいますが、宇宙の誕生や、太陽の終末まで、研究され、推測されるようになっています。あなたの物語で大事な存在である月には、すでに空を飛ぶ乗り物で何人かの人間が行き着いてさえいます。

こうした知識まで常識として誰もが持つような時代に変わっています。けれども、それは知識だけのこと。私にはどうしたって、宇宙の広さどころか、地球が動く丸い玉であることすら、本当には納得できていない。いろいろ乗り物や機械は工夫されるようになっていますが、日常の生活では私たちも相変わらず、手を使い、足を使っています。その手も足も、あなたたちの時代と同じものです。一歩一歩足を動かす、その幅でしか、私たちも生きてはいないのです。青空は青空、雲は雲、月は月、としか、私たちだって、見てはいません。月の光に見とれ、夕方の金色に輝く雲に、あの世のことを思います。

同様に、私たちは先のことを予想する力も持ち合わせてはいません。あと五十年はこの世界が続くだろう、と考える人は多い。あと百年、二百年のちの世を考えている人もいるのかもしれない。でも、さすがに千年となると、誰もが首を横に振ってしまう。

千年は、やはり生きている人間にとっては膨大な時間です。人間にとって精いっぱいの寿命である百年が、人間の想像力の限界でもあるようです。今の時代でも人間の寿命が特別に伸びたというようなことはないのです。長生きをする人の数は確かに増えているのかもしれませんが。

百年なら、思いも寄らない生活や環境の変化が起こったとしても、一応、現在の自分の知っている世界の延長線上に、将来の世界を想像してみることはできる。百年という年数の内側でなら、楽観的な思いをつないでいられる。けれども、その百年を越してしまうと、急に想像力も及ばなくなり、ただ茫然とした思いに呑まれ、今と同じ書物が伝えられて読まれるどころか、同じ言葉を操っているのかどうかさえ、いや、そもそも人間が今のように賑《にぎ》やかに生き長らえているのかどうかも、分からなくなる。百年、二百年、と考えていくと、少なくとも、私は悲観的な思いを抱いてしまいます。

過ぎ去った時を振り返ると、年表に示された数字でしか受け止められないせいか、百年も、二百年も、さして長い年月だと思わずに、無感動な眼で見やってしまいます。が、これから来るべき時間には、誰にも前もって見通すことのできない重さがあり、その重みは人に怯えを与えます。実際には百年どころか、自分が明日の朝を今日の続きとして迎えられるのかどうかも分からないのですから。

私たちの時代には人の命を救う薬や機械が多く作られていますが、一方、何百万、何千万もの人間を一度に殺せる物質も人の手で作られるようになっています。私だけではなく、多くの人がこのままいつまで人間の栄えが続くことか、と悲観的な思いを秘かに持ちはじめています。あなたの時代にも末法の思想が信じられていたそうですね。これほど罪深い人間たちがいつまでも安穏と生き続けるようなことが許されるはずはない、という思いが多くの人の胸に横たわっていたのでしょうか。だとすれば、どの時代でも人間は人間の運命について、さほどの自信を持てずに過ごしていたのかもしれませんね。

私の時代でも同じことです。私も実は、私なりの物語を紙に書き、人に読んでもらう、ということを少女の頃からはじめて、それから二十年経った今でも続けている女の一人です。

あなたと私を比べて考えるなんて、あまりにも思い上がったことで恥ずかしいのですが、人間の歴史がいつまで続くのかさえ分からないのに、自分の書いたものがのちの世まで生命を持ち続けるなどと、どうして期待できるだろう、と作品自体の力は別にして、私には思えてならないので、あなたももしかしたら、私と似たような思いを自分の書くものについて抱いていたのではないか、と考えてしまうのです。

にも関わらず、あなたの書いた物語は千年ものちの世まで残ってしまった。

人の書いたものに、時の流れは関与できるものではありません。千年ものちの世にあなたの書いた物語が、完全な形ではないにせよ、残っている、と知っても、あなたがそれで喜ぶとは思えません。百年とか、千年とか、そんな時間の流れがあることを知りたくなくて、あの物語を書いただけなのに、と呟《つぶや》き返されるような気もします。

人が、たとえそれがどんなに小さな世界であってもなんらかの物語を書きだす時、いつはじまり、いつ終わるともしれぬ時の流れへの、そして、誰でもがそのごく一部分しか生きることができない人間自身への、不安、怖れ、怒り、恨み、悲しみ、がその人の手を動かしているのではないでしょうか。

今の私には、そんな気がされてなりません。

人間があまりにも救われない、筋も通らない生を過ごさなければならない存在だから、せめて架空の話を夢見ておきたい、という願いから、人間は今までに数えきれないほどの物語を紡いできたのかしら。こんな風に思っていたこともありました。でもこの頃は、そんな消極的なことではなかった、と思うようになっているのです。

時の流れと人間の存在との、滑稽なほどのちぐはぐさ。時の流れから人間は逃がれることができないほど密接に生きているはずなのに、いつか必ず、いとも簡単に、その人間はひねりつぶされてしまう。生かされているのか、と思う時のくやしさ。くやしくって、くやしくって、全身で叫びださずにいられなくなる。なにかを書きだす時、人間はそんな激しすぎるような感情を吐き出そうとしているのではないでしょうか。

あなたのことを、私はなにも知りません。でも、「夜の寝覚」を書いていた時のあなたにも、そうした感情が溢《あふ》れるようにあった、と私には思えてならないのです。自分に引き寄せて、是非、そう思っておきたい、ということです。こんなにひよわで、中途半端で、間抜けで、無知な人間だというのに、それでも些細なことで笑い声を響かせながら生きようとしている。なんという姿なのだろう、と愛しいと思う以前に、くやし涙に似た涙が出てしまう。なにかを問いたいという思いをきれいさっぱり吹き飛ばされてしまう驚きから涙が溢れてきます。

あなたは、これも今の世に残っている「更級日記」の作者と同一人物ではないか、とうわさされています。とすれば、菅原孝標を父親とする女性だったということになりますが、はっきりそうと断言できる人もいません。学者でもない私には、まして分かることではありません。私は「更級日記」も好きです。作者の少女時代の一途さが好きです。ですから、同じ女性かどうかはひとまず置いて、「更級日記」を書いた女性、そして「夜の寝覚」を書いたあなた、それぞれを大切に受けとめたいと思っています。

「更級日記」を私がはじめて読んだのはまだ少女の頃でしたが、「夜の寝覚」は数年前のことでした。「更級日記」も、「枕草子」も、そしてもちろん、あなたが愛読し、深く影響を受けている「源氏物語」も、たとえそのごく一部ではあっても、今の世の若い人たちが必ず読むものとなっているのです。私もそれで、「更級日記」を早くに読んだというだけのことです。

それにしても、他の物語や日記、歌集など、なま身の人間のはかなさを考えると、驚くほど多くの作品が、今の私たちの手もとに残されています。

幸運ということだけでは片づけられない、今までの時代に生きた人たちのこうした作品への共感と執着とを感じさせられます。

「夜の寝覚」は欠けてしまっている部分が多いため、残念ながら、「源氏物語」や「枕草子」のように誰でもが一度は読む物語というようなことになってはいませんが、それでも、機械が本を作り、手軽にその本を入手できる時代になっているので、むしろあなたに近い時代の読者よりもかなり多くの人たちが、あなたの物語を身近なものとして楽しんでいます。

あなたの物語をはじめて読んだ時、私はすでに一人の子どもの母親となっていました。子どもの世話をしながら、私は前にも書いたように物語を書いていました。

本を作る技術が発達し、たくさんの人が本を読めるようになったおかげで、物語や他の種類の文章を書くこともひとつの仕事として成立する世のなかになっています。私も自分の書いたものをまるで畑の作物のように買ってもらい、それで自分と子どもの口を養ってきました。子どもが生まれる前、自分の手で本当に養っていけるのか、と不安でしたが、幸い、順調に仕事を増やすことができるようになりました。

でも私は自分を生活のために頼むしかない状態を苦痛に思ったことはありませんでした。誰かに読んでもらい、共感してもらいたくて、物語を綴《つづ》る。それが私の生活をも、物質的に支えてくれる。豊かな生活ではなくても、幸福と呼ばなければならない状態なのだ、と思っていました。

苦痛というものをはじめて知ったのは、そんなこととは関係なく、十年も前、一人の男と出会い、その男から得られる安らぎに愛着を覚えるようになってからのことです。共にいる時の安息にいつでも包み込まれていたい、いつでも一対の男女として生活を続けたい、と望むようになりました。

そう、ちょうど「蜻蛉日記」の道綱の母のように。ただ違うのは、私の方が小路の女に近い立場で、道綱の母の立場にいる女を苦しめているのかと思いやるしかない、という立場の違いですが、どちらにせよ、苦痛にさしたる違いはないのでしょう。

あなたの物語は、姉と妹とで一人の男を間にして苦しみ合う、という巡り合わせが、発端となっています。顔を知らない女同士でも苦しいのに、姉妹ではどんなに苦しいことでしょう。

私は自分の経験から、あなたの物語の姉妹の苦しみに他愛なく引き込まれてしまいました。

私にも一人の姉がいます。特別ないざこざもなく、平穏な付き合いを続けていますが、それでも子どもの頃と違って今は、別々の生活を営まなければならず、顔を合わせることも少なくなっていく一方です。普段は意識していなくても、気持のどこかでそのことに淋《さび》しさを感じ続けているらしく、夢のなかでは、子どもの頃のように姉と何食わぬ顔で同じ家に住んでいて、のどかに冗談を言い交わしたり、一緒に部屋を片付けたりしていることが、今でもよくあるのです。姉妹と言えども、一定の年齢になれば、それぞれの新しい人間関係のなかに生きていかなければならず、ひっそりと二人きりで生きるよりもそれぞれの家庭ができれば人の数も賑やかになるわけで、それが悪いことであるはずはないのですが、私にはどことない淋しさを振り払うことができない。

これは、周囲に甘えることを許されていた子どもの頃に戻りたい、という感傷にすぎない思いなのでしょうか。

姉も以前、ぽつんと私に洩《も》らしたことがありました。どんなに立派な、美しい庭でも、それが本当の庭だとは納得できないの。子どもの頃のあの、他人にはつまらないとしか言いようのない庭ね、あの庭しか本当の庭はないのよ。庭と言えば、あの庭しか考えられないんだから。

あの庭がどんな庭なのか、もちろん私には説明が要りません。小さな花壇、物置小屋、犬の吠え声、乾いた地面のにおい、夕日を受けて光る家の窓ガラスの眩《まぶ》しさ……。あらゆる庭に関する感触が一度に鮮やかに蘇ってきます。広い芝生の庭を持つ姉の言葉に、私はすなおに頷《うなず》き、溜息を吐くばかりです。

ただの感傷かもしれません。けれども、この世に生まれてきて、はじめて触れた世界がいつまでも濃い印象を持ち続けるのは、自分でもどうにもできることではありません。

私にとって、その特別な世界を分かち合っている地上で唯一の人が姉なのです。思い出を語り合うようなこともしないのですが、この地上で、自分のほかにもう一人、同じ舞台の思い出を持つ人が生きている、と思うと、姉と私の間にいた兄が十五歳の時に逝ってしまったので、なおさらそう思うのでしょうが、ふと自分の生を託しておけるような安心を覚えるのです。姉が生き長らえてくれるのならば、私はいつ死んでもいいな、という……。

こうした自分の思いから、あなたの物語のように姉の結婚相手が妹に思いを寄せ続けるということでは、一対の男女になれない苦しみに増して、子どもの頃の特別な世界までがこわされてしまうという苦しみがあるのだろうと思え、その上妹の方が先に妊娠し、出産してしまうのですから、物語とは言え、到底、気楽には読み流せなくなってしまいました。

ある男が私のもとに通いはじめ、そのことを自分の生の支えにするようになって、男にすでに妻のいることが辛くもなってきた、という経過はもう書いたことですが、その状態のなかで、私は妊娠し、男も私との間に子が生まれることは期待してくれていたし、その期待を信じることもできたので、子を持つことには存外、怖れを持たずに、無事、出産を終えたのでした。男は出産の間もそばにいてくれましたし、生まれてきた赤ん坊の世話もまめまめしくしてくれて、赤ん坊に注ぐ男の愛情には、母親となった私も驚かされるほどでした。

そのおかげで、いちばん大変な時期をなんとか乗り超え、赤ん坊を育てることができたようなものだったのですが、それでも当時の私には、男が他の女の夫であり続けること、赤ん坊を世間体のために秘かに生み、育てなければならないことが悲しくてならず、その気持の吐け口を他に向けることもできなかったので、男を詰《なじ》り、責め、少しでも多くの苦しみを男に与えたがっていました。

どんなに男も苦しんでいたことだろう、と今では思いやられてなりません。私がいくら、浅ましい言葉を吐き続け、醜い顔を見せ続けても、男は規則正しく私のもとに通い続け、赤ん坊を抱き上げていました。抱けるだけ抱いて、可愛がれるだけ可愛がって育てるといいよ、と私には言ってくれました。追いつめられて、わけがわからなくなっていた私の耳にも、その言葉は届き、残りました。その通りにしてやりたい、と私も念じました。方針らしい方針はなにもない私の子どもの育て方でしたが、男のその言葉だけは私の胸中に生き続けていました。

赤ん坊が生まれてから一年足らずで、男は職を変え、遠い地方に一人で移って行きました。太宰府に近い土地です。自然、男と会えるのも一年に一、二回と極端に少なくなって、一方、赤ん坊も成長し、孤独を忘れさせられるようになり、次第に、自分には過ぎた子どもが与えられた幸運を感謝する気持の方が強くなっていったのです。

でも本当は、もっともっと感謝し、もっともっと可愛がらなければならなかったのです。先のことも、まわりも、なにも見えなくなるほどに……。

子どもが元気良く駆けまわりだす頃には、あんなに辛く思い、泣いていたのは本当のことだったのかしら、と不思議な気持がするほど、子どもによって私は充たされていました。男にも、あなたがいたからこそ、この子が得られた、どんなにありがたいと思っていることか、と臆面もなく言っていました。子どもの笑顔が文字通り、痛みや苦しみをさえ、そのまま大きな喜びに変えてくれるということを、私ははじめて自分の子どもから教わりました。きらきら光を撒き散らす子どもの笑顔に守られているような心地で、私は毎日を過ごしていました。

そのようにして辛さを忘れて生きるようになってから、改めて、あの自分の辛さはどういうことだったのだろう、と私は知りたくなりました。私だけが味わったことではない、ということは分かっていました。三人の男女が同時に出会ってしまう辛さ。それも、もちろんあります。

けれども、赤ん坊がそこに生まれると、女にとってはまた別の苦しみが加えられる。体が内側から溶かされ、言葉がすべて呑みこまれてしまうような苦しみ。

今の私たちの世は、あなたの時代と違って、身分の違いはずっとゆるやかなものになっていますが、家庭生活の枠はかえって厳しくなっています。一対の男女は結婚すると、必ず、役所に届けなければなりません。どんな人でも、一人残らず、です。

もちろん、届けなくてもそれは自由ですが、大半の人は生まれる子どもが半端な存在として扱われるのを怖れて、届けを出します。すると、生まれる子どもはまともな存在になるのです。まともな存在、とは、つまり父親の子どもとして公認され、受けるべき権利をすべて受けられると保証された子ども、ということです。母親が公認したって、なんの力にもならない、というわけです。

あなたの時代の貴族や地方の豪族たちと、考え方としてはなにも変わっていないのです。でも、譲るべき財産も、地位を約束する権力も持たない、日々の暮らしに追われているごく普通の人までが、権力を持つ人たちの考え方を受け継いでしまっているのは、どこか滑稽なことだとは思いませんか。滑稽なことではあっても、そこから弾き出された者には確実に苦しみをもたらします。

私の子どもは手続き上の結婚を経ないで生まれました。そのため、妊娠もぎりぎりまで隠しておかなければならなかった。母親にも姉にも知らせられなかった。ましてや、男の両親の夢にも知らないことだった。出産がいよいよ迫ってきた時も、一人で、今の世の産屋である産院に向かわなければならなかった。赤ん坊が無事、生まれてからも、賑やかな祝いの声に囲まれることもなかった。

子ども自身の持つ光がまだ見えずにいた頃の私を苦しめていたものは、どうやら、仲間はずれの孤独感だったようです。仲間に入れてもらえないような、どんな悪いことを自分がしたのか、とその頃の私は、日々、叫び続けていたような気がします。わたし自身はまだ、いい。でも、この赤ん坊になぜ、仲間の一員が新しく増えたという大人たちの祝福を与えてくれないのか、と。

一人きりで赤ん坊の世話をしなければならない不安も、疲れもありましたし、自分の子どもほど可愛い子どもはいないはずだという親馬鹿としか言いようのない思いこみもありました。自分の苦労がなぜ報われないのか、という子どもじみた腹立ちもあったでしょう。でも、なによりも辛く感じられたことは、やはり孤独感だった、と私には思えるのです。

まともな者として扱ってもらえない、まるで幽霊ででもあるかのように、見て見ぬ振りをされるか、こわがられ、追い払われる、このようにして味わわせられる孤立感。それは、こっそり赤ん坊を産まなければならない女の場合だけではなく、程度の違いはあるにしても、どんな人でもなにかの場合に感じることがあるものらしい。そう考えるようにもなりました。

この世の人間は仲間を作り、そのなかで生きていたいと、本能的に思う存在のようです。そうした人間にとって、仲間からはずれた者を作ることも、ある時の偶然ではなくて、必要なことなのかもしれません。ちょうど、土で山を盛るためには、片方で、土をえぐって、掘り出さなければならないように。

この世の人間にとって、いちばん仲間はずれにしておきたいものは、なんと言っても死なのでしょう。でも、それは別にして、日常の生活だけを見渡してみても、仲間はずれはどこにでも見つけることができます。たとえば、体が大きすぎる、小さすぎる、髪の色が違う、頭が良すぎる、悪すぎる、言葉が違う、仕事が違う……。

私は自分の書く物語でも、どうやら人間から切り離すことができないらしい仲間はずれの孤独感を、私なりに書きださずにはいられませんでした。

そんな頃、あなたの物語「夜の寝覚」を、私ははじめて読んだのです。姉妹で一人の男に関わらなければならなくなった苦痛もさることながら、秘かに赤ん坊を産むことになる妹の姫君の苦しみに、心を引き寄せられてしまいました。その辛さを読み過ごせなくなったのです。同じ人間なのですから、男女の交わり、妊娠、出産などで味わう感情に、今の世もあなたの世も、大きな違いのあるはずはないのでしょう。でも一方では、思いがけない面で違うこともあるはずです。男女の交わりと妊娠とを、また、妊娠と出産とを、人の手でたやすく切り離せる世のなかに、今はなっています。妊娠中に、赤ん坊におかしなところがないか、調べることさえできるようになった、とも聞いています。こうしたことだけを思っても、妊娠や出産にまつわる感情が千年の年月を経ても、全く同じだとは、到底考えられなくなります。

この世の人間たちが作る社会が変われば、そこに生きる人間たちの苦しみのありようも少しずつ変わっていく。その変化を、それこそ手探りで探るしかないのですが、自分の手で知ってみたい。不可能に近いことを、私は試みたくなりました。試みがたとえ、無惨に失敗したとしても、社会や時代の違いによっても変わらないものが人間にあるのかどうか、あるとしたら、それはどんなものなのか、それがぼんやりとでも見えてくるのではないだろうか。

私には、その期待が捨てられませんでした。つまり、「夜の寝覚」を私の物語として辿り直してみたくなったのです。

あなたの世のことを特別に詳しく知っている学者でもなければ、歌や物語の抜きん出た読者でもない私が、あなたの物語「夜の寝覚」を忠実に辿って、その上、欠け落ちてしまっている部分まで補いながら、もうひとつの物語を書く、などという試みは、無謀なことには違いなかったのです。それでも私は、あなたの物語を繰り返し読み、学者が世に出している本も何冊か読み、他の幾つかの、同じ時代の物語も、少しずつ読みはじめました。具体的に、どのようにすれば、私なりの「夜の寝覚」を書けるだろう、とあれこれ考えることもはじめました。

その間、姉妹というつながりだけを拡げてみた別の物語も書きました。

今、考えると、私は本当に単純に、ただひとつのことを願い続け、その願いに衝《つ》き動かされていたようです。今となっては、その存在を得るために自分が生きてきたとしか思えなくなっている子どもが生まれた頃、自分の味わった苦しみの正体を見きわめたい。忘れてしまった方がいいというだけの価値しかなかった、とは思いたくない。私一人の内側で消してしまうわけにはいかない価値のあることを確かめたい。人間の生命そのものにさえ通じる意味を探り出したい。そうして、人にも見届けてもらいたい。

こんな願いに駆り立てられていたような気がします。つまらない願いだった、と今でも言いきることはできません。その頃の私にとっては精いっぱいの思いだったのでしょう。

ところが、そんな日々のある時、夢にも予想していなかったことが起こり、その瞬間から、なにもかもが消え失せてしまったのです。本当になにもかもが。

半年ほど前のことです。九年近く、私の手もとで成長し続け、すっかり少年らしさも見せるようになり、これからは少しずつ、こちらの方が頼りにしはじめるのか、という思いまで私に抱かせていた子どもが、急に、いなくなってしまったのです。そうとしか言いようがありません。今でも、ふっと手を伸ばすと、なあんだ、もう見つかったのかあ、といたずらっぽく笑う子どもを連れ戻すことができる、と思い続け、気配は見逃がさないぞ、音も聞き逃がさないぞ、と隠れん坊の鬼のような気分でいるのですから。

ばかだなあ、まだあんなこと言ってるよ、おかしいねえ、と子どもがあなたに言い、二人で笑っていてくれるなら、それはそれで私にはうれしい。そんな二人の苦笑を感じながら、私はこの文字を書き続けています。

この世からあの世へ移る時も、道も、千差万別です。その時が来なければ、誰にも予想できることではない。

私の子どもの場合は、不思議としか言いようのない旅立ちでした。子どもが静かに一人で、しかも心地良さそうに笑いながら迎えたその時が、謎として残されてしまっています。謎は私を息苦しく責め続けています。

水遊びの好きな子どもでした。夏は水風呂で遊び、冬は普通のお湯のお風呂で、浮輪を使ったり、水中メガネを使ったりして、よく遊んでいました。

それがあの夜は、私が様子を見に行くと、仰向けにお湯に浮かんでいたのです。気持良さそうに微笑を浮かべながら。

私を驚かすために、いたずらをしているのか、と一瞬、思いました。ですから咄嗟《とっさ》に抱き上げた時は、まださほど深刻なことになっているとは思っていませんでした。体を抱き上げても、揺すぶっても、なにも反応がないことに気づいてからはじめて、なにか大変なことが起こったらしいと知らされました。

すぐに救急車を呼び、到着を待つ間、子どもの口に息を吹き入れ、胸を押すことを繰り返していました。次の瞬間には、なんともない顔で眼を覚ましてくれる。そう信じているのに、子どもは呻《うめ》き声ひとつあげてはくれませんでした。一秒毎に、恐怖が積み重なっていきました。長い時間でした。

救急車が着き、子どもは病院に運ばれました。救急車のなかでは、すぐに手当てをはじめてくれた男の人たちの邪魔にならないよう、私は子どもの足に震える手を置き続けていました。暖かく、柔かい素足でした。息をすすり上げるたびに洩れ出る自分の声が、耳に響いていました。どうしたのよ、どうしたのよ、という思いしか、体のなかには残されていませんでした。

病院では、子どもは特別な部屋に入れられ、私は廊下で一人待っていなければなりませんでした。意識を取り戻しました、という報を待ち構えながら、私は壁の時計を睨《にら》み続けました。いやになっちゃう、本当にびっくりしたんだから、と普通に戻った子どもと笑いながら、手をつないで病院から帰ることができる時間を待ち続けていました。

まだ子どもが幼い頃にも、一度同じような時間に同じようにして、病院に駆けこんだことがありました。すやすやと寝床で眠っていたはずの子どもが、いつの間にかひきつけを起こしていて、あぶくで息を詰まらせ、血の色を失ない、耳朶《じだ》や唇から冷たくなりかかっていたのです。

けれどもその時は、深夜になにごともなかったかのように健康な顔色でぐっすり眠りこんでいる子どもと共に、家に戻ることができました。病院には、それから少しの間だけ通わなければならなくなりましたが、特別な病名はもらわずにすみました。

その時のことを、私は思い出していました。その時のように無事、終わることだ、と思い決めていました。

なんの知らせもないまま、一時間経った頃から、私は不意に、祈ることをはじめました。日頃は、祈ることなど馬鹿にしている私だったのですが、その時は闇雲に祈りはじめていました。しばらくして医者に呼ばれ、むずかしい状態だと言われて、二時間も経った頃にもう一度呼ばれた時が、最後の時でした。

あまりに思いがけないことが起こった時、人は、信じられない、夢のようだ、とよく言いますが、私も月並みですが、同じ言葉を繰り返すしかない心地でした。

半年経った今もまだ続いている悪い夢が、はじまっていました、長い、長い、いやな夢です。早く眼を醒《さ》ましたいと願っているのに、まだ眼が醒めずにいるのです。

眠っているとしか思えない子どもの体にしがみついているうち、看護婦に抱えられて、廊下に引き摺《ず》り出されたことも憶えています。その看護婦が泣いてくれているのに気づき、少し驚いたことも憶えています。医者たちも看護婦たちも、その時の私には忌わしい敵でしかなかったのでその涙が意外だったのです。

廊下で椅子に坐って少し待つように、と言われたのですが、腰が抜けてしまっていて椅子にも坐れず、床の上でわけが分からないまま泣いていました。

こうした記憶が自分にぼんやりとでも残っているのが、不思議でなりません。一方では、あの廊下で子どもの回復を今でも待ち続けているような思いに包まれているのですから。あるいは、家の風呂場で、まだ子どもが遊んでいるとしか思えなくなる時もあるのですから。風呂場から私を呼ぶ子どもの声が聞こえてきます。

人一倍、運の強い子どもだと、信じていました。耳朶《みみたぶ》が大きく、そこにも私は子どもに与えられている幸運を信じ、少しわたしにも福を分けてね、と言い、時々、子どもの耳朶に触らせてもらっていました。子どもはいやがらず、本当に福が私に伝わって行くと信じているように、神妙に体を硬くさせていました。そのあとで、鏡台の前に行き、自分の耳朶を触りながら確かめ、やっぱり、ぼくのは大きいんだね、と満足気に呟いてもいました。

特別に幸運な子なのだから、どうしたって息を吹き返してくれる、と思えてなりませんでした。そうして、ぼくは死後の世界を見てきたんだ、と大得意になって誰彼かまわず吹聴してまわる。そのうれしそうな顔が見えるようでした。廊下で待つ間、あんまり、おおげさに言いてすぎなければよいが、と先まわりして心配さえしはじめていたのです。

子どもに最後の時を言い渡されてからは私のそばに必ず誰かがいて、一人きりにもなれず、さまざまな不思議な場面が色もなく、音もなく続きました。そのひとつひとつが眼に入るたびに、これもあの子に話してやらなくちゃ、あの子は細かいことまで聞きたがるんだから、ちゃんと見ておかなくちゃ、と気持の片隅で、子どもの笑顔を期待してもいました。少しでも風変わりな話、珍しい話、こわい話が好きで、何度でも熱心に聞きたがる子どもだったのです。通夜や葬式の話なら、どんな話よりも子どもは胸を弾ませて聞き入ってくれるはずでした。

その夜、はじめのうちは見知らぬ男の人が何人か、私のそばにいました。警察の人でした。今の世では異常の原因が分からないということは許されないとのことで、その人たちは私に事情を聞き、不必要と思われるような私自身のことや父親のことまで細かく聞きました。それから一緒に外に出て、車で家に戻りました。

こんなことをしている場合じゃないのに、子どものそばにいてやらなければならないのに、とその人たちがただ恨めしくて仕方ありませんでした。ドアや窓、ガス湯沸器などをせわしく調べ、写真も撮っているその人たちが無駄なことをしているとしか思えず、それでも私はその間、身動きもできず、ぼんやり突立っているだけでした。

病院にまた、男の人たちと戻りましたが、今度はあの廊下ではなく、旅館のような小さな日本家屋でした。誰もいない部屋に導かれました。もうひとつの部屋には人が満ち溢れていて、僧の読経の声も聞こえました。が、私の気づかぬ間に、その人たちは早々に引き上げてしまっていました。

警察の人もいつの間にか減り、一人か二人になっていました。一人にしろ、二人にしろ、そばを離れずにあれこれと話し続けるその人たちが私には煩わしくてならなかったのですが、今考えると、その人たちは私を一人きりにして立ち去ることが心残りで、わざわざ役目が終わってからも残っていてくれたのかもしれません。早く知っている人に連絡しなさい、と何度も言われ、渋々そのようにしました。

男の人は、自分にも同じ年頃の子どもがいるから、どんなに辛いことか分かるような気がする、と私を慰めたり、翌日の手順もくどくどと何回も説明し続けていました。

なんでもこの夜が明けると、別の専門の医者が来て、もう一度詳しく診察して、それでも異常の原因が分からない場合は、どこかに子どもを移して、体を開いて調べなければならない、ということでした。耐えがたいことでしょうが決められていることなので、と心配そうに言い続けるその人の声が、うるさいとしか、私には感じられませんでした。

翌日のことなど、なにを言われても、関心がありませんでした。この夜が明けることなど、あり得ないことなのです。強制されるように、姉や子どもの父親に連絡をつけてしまいましたが、誰にも来て欲しくはなかったし、誰にも知らせたくなかったのです。

部屋に運ばれてきた子どもは用意されていた白い寝床に寝かせられましたが、どう見ても、寝息で体が動いているようにしか見えませんでした。

私一人で子どものそばから離れず、そのまま朝を寄せつけない長い夜に閉ざされ続けていたい、望みと言えば、それだけの望みにしがみついていました。

今頃になって、あのまま三日、四日でも、私と子どもを見過ごしてくれていれば、ごく自然に、いちばん望ましい死に方で死ねたのに、とくやしさがこみ上げてきています。今となっては、自分で死ぬのに、わざとらしい死に方しかできません。わざとらしい死に方では、人を騒がせないわけにはいかないし、せっかく死んでも、肝心の子どものそばに辿り着けないような気がしてためらわれてしまうのです。子どもと再び会うためには迂闊《うかつ》なことはできません。

それに、子どもの命を守りきれなかった罰ならばどんな罰でも受けたいと考えると、この世の極刑である死刑はむしろありがたいとしか思えない。そんなことで償えるものではない。子どものいない、このいやな夢のなかで生き続けることが、どう考えても、私にはいちばん怖ろしいことで、それならば、生き続けるという罰を存分に受けなければならない。そうも思えるのです。

生き恥を晒《さら》す、という言葉があります。この世に残されることがどれだけ辛いことか、私もはじめて知らされました。

その夜、自分の尿意にまず、私は裏切られました。尿を自分の体が出したがっている、と気づいた時、生きている自分の体の機能を逃げ出しようもなく知らされ、うろたえ、屈辱を覚えました。無視し続けようとしても、いつかは洩れ出てしまう。自分を見捨てる思いで、ようやく便所に立ちました。今までの涙とは別の涙を流しながら、排尿しました。

排泄に比べれば、食欲や睡眠の方がまだしも、その人の状態につながっているもののようです。

気づかぬうちに伸びてしまう髪の毛も、爪も、未だに私を落胆させ続けています。切り揃えなければならない時期が巡ってくるたびに、呪わしい気持に駆られます。

子どもの命を救えなかった事実が、なによりも私を苦しめ続けています。子どもの体を開いて調べた結果は、呼吸の発作ということで、もともとの体質の上に喉の風邪を引きはじめていて、息の通う道が極端に細くなっていたのだそうです。

はじめのうち咄嗟に、黒い装束の死神が風呂場の窓から忍び入ってきて、子どもに死の息を吹きかけたのか、と想像もしていたのですが、その想像もあながち間違いではなかったのでしょうか。

それでも子どもが一人でその瞬間を、どのように迎えたのかは、相変わらず分からないままなのです。子どもの浮かべていた微笑が、私にはかえって辛く感じられてなりません。同じことなら、せめて私の腕のなかでその時を迎えさせたかった。せめてたった一日でも、看病の時が与えられていたら。

あまりにも静かで、唐突すぎる別れでした。

悔いは、無数に私の身に押し寄せてきます。

なぜ悪い予感が働かなかったのか。母親の神通力も発揮できなかったのか。見様見真似の、私の人工呼吸は見当違いのことをしていただけではなかったのか。心臓マッサージを知っていて、すぐにはじめてやっていたら。

お風呂に入るという子どもをなぜ、無理矢理にでも引き留めなかったか。なぜ、子どもとお風呂にゆっくり入るのは明日にしよう、と思ってしまったのか。なぜ、脱衣所から子どもを見守り続けていなかったのか。もう少し早く、どうして子どもの様子を見届けに行かなかったのか。いつもは子どもにせがまれてから、あわててお風呂を用意していたのに、あの夜だけはどうして先まわりして用意してしまったのか。

子どもの鼻の穴に覗いていた鼻水を、なぜもっと重要に考えなかったのだろう。この一年ほど、時々出ていた湿疹や、じんま疹を、どうして皮膚科の医者に診てもらうだけではなく、内科で詳しく調べてもらわなかったのだろう。

赤ん坊の頃の胸の音、ひきつけを、いくら四歳になった頃から丈夫そうになったとは言え、どうしてもう怖れなくなってしまっていたのだろう。体質は少しも変わっていなかったというのに。

どうして、こんなに大きくなってしまった、と感心し、ここまで来ればもう大丈夫、と安心しきっていたのだろう。

勉強の心配など、一切、しなければよかった。男の子なのだから、とわざと突き放すようなことをせずに、好きなだけ甘やかしておけばよかった。

赤ん坊の頃に毎年、経験していた入院も、改めて気の毒に思えてくる。

妊娠中、充分に体をいたわれなかったことも悔やまれてならない。

父親にももっと会わせてやりたかったし、憧れていた田舎での生活も味わわせてやりたかった。

これからは、大きくなった子どもと余裕のある生活を楽しみたいと思っていたのに。

突然、子どもとの生活を断ち切られてみると、その九年に近い年月の短かさにまず驚かされ、なんとあの日々の楽しく、光り輝いていたことか、と茫然とさせられます。どんなに感謝しても感謝しきれない日々が与えられていたのです。それなのに、私はその日々に慣れきって、先のことばかりを考えていたのです。どんな男性になるのかと思い、胸をわくわくさせたり、心配になって、細かいことで叱ったり。

自分の今までの生も憎まずにいられませんでした。夢見心地で、物語と現実との境も曖昧なまま、わがままに生きてきた。そのなかで子どもを得たことは、私には不釣合いの恵みでした。自分が書いてきた物語も憎み、二度と物語は書きたくない、とも思いました。

今、母と暮らしています。姉のもとにいた母ですが、私が子どもと共に家に戻った時からいつの間にか母は私のもとに居ついてしまいました。私もすっかり娘に戻ってしまい、食事を作ってもらうのに遠慮もしなくなっています。

二人の間で、ほとんど言葉を交わすということもありません。息子を失った母親同士になってしまった私と母は、まだ、互いにどんな会話を交わせばよいのか、見当がつかないままでいるのです。今までは、私の子どもが必ず傍にいて、いつでも話題の中心になっていました。子どももまた、うるさいほどおしゃべりで、結構その内容も面白くて、こちらは笑わせられてばかりいたのです。

兄と言えば、霊安室での夜から二日間ほど、私は妙な焦りを感じていました。子どもが大変なことになったということは分かっているのですが、その子どもを思い浮かべようとすると、十五歳で逝った兄の顔しか出てこないのです。

母親なのに、子どもの顔もしっかり記憶に刻みこんでいないのか、と自分の薄情に寒気さえ覚えていました。そんなはずはない、と思い、また試してみても、子どもの代りに兄の顔が浮かんできてしまう。

けれども二週間も経つうちに、ようやく頭のなかが落ち着いてきて、兄と私の子どもを混同することはなくなりました。

半年経った今、思い返すと、自分の子どもと、あの事態とを、すぐには結びつけることができず、咄嗟に私の頭は、以前、兄の死によって受けた衝撃を辿り直していたのかもしれません。二十五年も前に兄を見送ったのか、とあとで気がつき、今度はかえって、自分が少しも忘れていなかった兄の顔にはげまされる思いがしました。

兄の時には、まだ十三歳だったこともあり、私は素早く、屈託ない日常を取り戻していました。それから二十五年間、必ずしも兄を思い続けてきたわけでもなかった。

兄の死によって、人よりも死に親しんでいるところがあるかのように、自分を受けとめていたけれど、とんでもないうぬぼれだった、そう気づかずにいられないほど、兄弟と子どもの死とでは、喪失感が違いました。にもかかわらず、二十五年を経ても、兄の表情、動作、体のにおいまで、鮮やかに思い浮かべることができるのです。子どもと共に、私に死が許される日まで生き続けることはできる、と兄のおかげで確信できるようになりました。

これを物語風に言えば、先に逝った兄が私の子どもの旅立ちに付き添い、子どもを守ってくれる様子を、確かに見届けることができた、というところでしょうか。

今の世の人の多くは、あの世を信じなくなっています。あの世を信じるのは、心の弱い人間の逃げ道だ、とせせら笑う人も多い。私もその一人だったと言えるようです。

子どものいない悪い夢に突然、閉じ込められてしまってから、しばらくの間、子どもが先に知った死がどんなものなのか私も知りたいという願い、また、子どもを殺してしまったという思い、なぜ選《よ》りに選って私の子どもが、という問いやらに押しつぶされ続け、悲しみからの涙を流すゆとりもありませんでした。

私の子どもがなぜ、死ななければならないのか、どうしても納得がいきませんでした。子どもが一緒に遊んでいた友だち全員の死を願ったり、自分の子どもに、先に死んでおいてよかったんだよ、と言ってやりたいがために、天災を望み、なんらかの悲惨な出来事を望みました。

どうにも心の狭い話です。

気の毒な子どもたちの死をひとつでも多く知ることで、自分を慰めようともしました。病気の子ども、自殺した子ども、事故死した子ども、殺された子ども。知り合いから話を聞いたり、本のなかに探したりし続けました。子どもを失った親たちも、同様に探し続けました。

それが私のような心の低い人間にとっては唯一の救いだったのです。

眼に映る自分の体が、色の変わり果てた骸《むくろ》のようにしか見えなくなっていました。人々の顔が見守るうちに、死顔に変わっていきました。乳母車に乗せられている赤ん坊も、友だちとふざけている若い女の子たちも、死んだ姿を重ねてしか、私には見ることができませんでした。

共に住むようになった母の死に怯えきってもいました。母の気配がふと聞こえなくなっても、うたた寝をしている母の姿を見ても、死を思い、母の無事を確かめながら泣き声をあげていました。母もまた、同じように私の死に怯えていたのかもしれません。互いに生き残ってしまう側になるのがこわい一心で、見張り合って、今までの日々を過ごしてきたようなものです。

伝聞や本によって、多くの子どもたちの死を知りはじめてみると、今までの自分がどれだけそうした話を鈍感に聞き流し、やれやれ、自分の子どもは違う、と実際には何の根拠もないのに、安心しきっていたか、思い知らされもしました。

まったく馬鹿げたことですが、いわゆる病死なら親にもその死が納得できるのではないか、事故死なら少しでも諦めやすいのではないか、あるいは戦争なら、と私は思っていたのです。けれども、子どもの死にすぐ納得できる親など、いるはずもなかったのです。子どもを直接自分の手で死に至らせた親にしても、子どもの骸を前にした時は、やはり納得のいかない気持になるのではないでしょうか。

この子がなんだってこんな病気になるのか、こんな事故に遭うのか、とどの親も子どものあまりにも理不尽な不運を呑みこめずにいたのです。

私の子どもに起こったことを知ったある人が、私にはじめて、自分の子どもの障害を明かしてくれました。若い頃に逝った夫の死を、そっと打ち明けてくれた人もいました。生まれてすぐに逝った、名をつける間もなかった赤ん坊のいることを教えてくれた人もいました。まわりにいる人たちが今までとは別の顔を見せてくれたことも、私に不思議な喜びをもたらしました。子どもと共に生きていた頃の自分の幸福の深さを改めて教えられたのです。

死なない人間は一人もいない。どんな人でも必ず死ぬ。

この当たり前の事実をはじめて思い出させられました。この事実のなかでは、死はこの世に生きている者にとって、特別に怖れなければならないことではない、とも思えてきました。死を絶対的な条件として人は生きているのですし、また、死は生命がなければ訪れないものなのですから、生命がもともと死を含んでいるのだとも言えます。

子どもが生まれてくるまで、私は男か女か、ということも知らなかった。まして、どんな性格の、どんな顔の子どもなのか、まったく分かるはずのないことでした。私自身にしても、そうです。自分でこんな人間になろうと思って、この世に生まれてきたわけではありません。そんなことも思い出させられました。子どもを育てている間、私はまるで自分があれこれ希望を出して、子どもを作り上げ、この世に迎えたような錯覚を起こしていたのです。

どんな人間が生まれてくるのか、なにも知らなかったくせに、生まれてからは自分の望み通りだったと思い決め、そのすべてを受け入れてしまう。妙なものです。そして、すべて、と言うからには本当は、その死も一緒に受け入れていたはずだったのでしょう。ただ、自分の死んだあとのことにしておいてくれれば、子どもの死を見届けなくてすむ、と念じていただけのことだった、と言えるような気がします。

この世に生まれてきた人間の全員が、それは今までの数を考えただけでもおびただしい数の人間たちになるのですが、一人の例外もなく経験する死である以上、こわいもの、苦しいものであるはずはない。筋道とは言えないようなこの筋道を、私は見出し、ようやく少し安心することができたのです。

洗面所でめまいを起こした時、死の感覚のほんの一部分に触れたような気もしました。強烈な光に襲われてなにも見えなくなり、体が、というより、自分そのものがその光に溶け込んで行く。

死のきっかけはさまざまです。体の痛みや、思いがけぬ事故への恐怖も、きっかけとしてはたとえあるにせよ、直接死につながるその時だけは、この世で見たことのないような光に自分が解放されていくという、むしろ最も心地良い感触を与えられるものかもしれない、と私には思えてしまうのです。子どもの残してくれた笑顔は、ちょうどそんな笑顔でした。

死を必要以上に美化しようという気持は、私にはありません。でも、結果的にはそうしてしまっているのかもしれない。それならそれでかまわない、と思っているのです。今の私にはほかに考えようがないのですから。

子どもがいなくなってから二ヵ月ほど経った頃、私は子どもの姿を道で見つけることができました。ランドセルを背負い、うつむいて、足を引摺るように、こちらに向かって歩いてくるのです。私はそれまでのことを忘れて、いつものように子どもの名前を呼び、手を振ろうとしました。

時々、そうして子どもが学校から家に帰ってくるところを見かけ、路上で子どもを呼ぶことがありました。子どもは一瞬、夢から覚めたような顔を私に向け、笑顔になります。でもすぐに恥ずかしくなるのか、そっけない顔に戻っていました。幼かった頃のように抱きついてくることは、もう間違っても、人前ではしなくなっていました。

私の喉から声が出るまでの一秒にも充たない間に、私は二ヵ月前に起こったことを思い出してしまいました。変だなあ、と思い、手も下げましたが、どう見ても私の子どものようにしか見えません。私は立ち止まり、その子が私に近付き、傍を通り過ぎて行くまで見守っていました。間近に見れば、やはりそれは見知らぬ別の男の子でした。

どきどきして家に駆け戻り、夜になるまで思い出しては泣いていました。

ところがそのうち、ふと、自分の感情が落胆だけではないことに気がつきました。ほんの一瞬ではあっても、私はその日、現実に子どもを見つけたのです。その一瞬の安堵《あんど》感で、私の緊張は確かにほぐれていました。きょうは子どもと会えて、いい日だった、と喜びの気持さえ湧いていたのです。

ただの見間違いにすぎないことです。でも、一瞬の安堵感はいつわりのものではなかった。子どもとまた会える、と私はその日から希望を持つことを自分に許すようになりました。

どんな形で、いつ会えるのか、私が生きている間に会えるのか、死んでから会えるのか、そんなことは一切分からない。でも、いつかは子どもとまた会える。そう信じられるようになりました。

あの世というところがあるのかどうか、これも分かりません。

けれども、母親だというのになによりも大切な自分の子どもの生死に関わることには無知無力だったことを思い知らされ、自分も脆《もろ》く、愚かな人間の一人にすぎなかったと思い知らされ、この世の時間から離れることができず、体を通した感覚のみに自分の想像力が限定されていることをも思い知らされてみると、死んだあとのことも生きている身ではなにひとつ分からないからこそ、その分からなさをそのままひとつの確実なこととして受けとめられるような気がしてくるのです。

今の世を生きる人間の一人として、私にはあさはかな思い上がりがありました。

つい、この間まで死病として怖れられていた結核を治すこともできるようになった。コレラ、チフスやレプラもこわい病気ではなくなった。体の一部がこわれても、元通りに直す技術も相当な発達を遂げた。心臓さえも取り換えて、生き直させるような試みもはじまった。この国では、戦争も起こらなくなった。食べ物も豊富になり、日常生活も清潔になった。お産もこわくなくなったし、小さく生まれた赤ん坊も生き伸びるようになった。余分な赤ん坊が生まれて、苦しめられることもなくなった。長生きは当たり前のことになった。……

大雑把に思いついて書いたこのようなことは、すべて空言《そらごと》ではありません、でも、これだけの事実にしがみついて、今の世は幸せだが、前の時代の人たちはつまらないことで次々に死んで気の毒だった、と上から見下ろすように哀れむことがどうしてできるでしょうか。

さまざまな時代の、さまざまな死を知りたい一心で、また、ほかに、子どものいないいやな夢から逃がれる術も思いつけずに、私は本を読みあさりました。そして徐々に気づかされたことは、私自身の、今の世によりかかりすぎた思い上がりと錯覚でした。

私たちの体はあなたの世と変わらずに、脆い体のままだったのです。つまらないと言えば、今の世でもつまらないことで、人は死に続けているのです。息の道になにかが詰まっただけで、間違った薬を飲んだだけで、あるいは転んで頭を打っただけで。

また、どんな病気にかかっても、生き伸びた人は、あなたの世にもいた。戦争が起こっても、なにも全員が死んだわけではない。運不運を思うしかない生者と死者の別れが続いてきた。子どもたちに死なれ続けて泣く親もいれば、子どもの死を知らずにすんだ幸運な親もいた。死はいつの世でも理不尽で、残酷で絶対的なものだったのです。

今の世では、多くの人を乗せて地上を走る乗り物や、空を飛ぶ乗り物が日常的に利用されています。その乗り物の衝突や墜落で死ぬ人の数が多くなる一方です。また、何百万人という人を一瞬のうちに殺せる仕掛けも作り出され、すでに殺された人もたくさんいます。

千年前のあなたの世から見れば、これらの死もまた、つまらないとしか言いようのない死なのではないでしょうか。

生死はひとつのものだという、あなたの世から見れば常識のようなことに気づくまで、今の世の私は、自分の子を失い、長く苦しい時間を経なければなりませんでした。実際、あなたの物語を読む資格すら私にはなかったのです。

思いがけない道を経て、私はもう一度、あなたに近づきはじめていました。

あの世がもし、あるのだとしたら、私の子どものそばに必ずあなたもいてくれるはず、と思い至ると、急にあなたが直接、私に親しい人と感じられるようになりました。身勝手な母親の思いですが、どうかお見逃がし下さい。

私は今、胸の片隅で、気恥ずかしさを感じだしてもいます。子どもを見送ったことで、あまりにも不様に心を乱し、嘆き、人の不幸を待ち望むようにさえなってしまった、と。

いいえ、もちろん、悲しむだけ悲しみ、嘆けるだけ嘆いてもよいのです。身近な者の死は、どんなに言い繕ってみても、あの世の安息を思ってみても、やはり辛いことです。子どもの足一本でも、耳朶ひとつでも、手もとに残されていたら、どんなにうれしいことでしょう。見えなくてもかまわないから、あの体に触わりたい。声を聞きたい。こんな思いを、残された者から消せるはずもありません。

それでも、もし私にもう少し、人の生のなかにある死が見えていたら、あるいはこれほど思い乱れ、神仏を呪い、恨むことはなくてすんでいたのかもしれない。子どもの無事を切実に、頭を下げて祈ることもしていなかった自分を棚に上げて、今更、神仏を呪う我が身が恥ずかしくもなってくるのです。

あなたにももしかしたら、子を失った経験があるのではないでしょうか。そのようにも、私は考えはじめています。なぜなら、あなたの物語には、子どもの死が含まれていない。

今の世では、子どもの死や他の過酷な死を、わざわざひとつの物語として語り聞かせなければならないほど、そうした死は日々の暮らしのなかで忘れられたものとなっています。一方、千年前のあなたの胸には、嘆きの深い子どもたちの死など日常のなかだけで、もうたくさん、という思いがあり、物語からあえて、そうした死はきれいさっぱり省いてしまったのではないでしょうか。

あなたは祈ることを知っていた人でもあったでしょう。昔は宗教にすがり、迷信じみたことも信じていたが、今は違う、と胸を張る人たちが珍しくはありません。でも、なにが違うというのでしょう。あなただって、死を前にすると、ただ祈らずにいられないから祈っていただけなのではありませんか。

こうして、夢にも思っていなかったまわり道を経て、私はあなたの物語に結局、また辿り着いてしまいました。

いったん、自分の物語を憎んで捨て去ったつもりの私でしたが、あなたの物語に改めて踏み入って、あなたの祈りを聞き届けたくなってしまったのです。私は今でも神仏に祈ることができずにいます。せめて、あなたの祈りに重ねて、私自身の物語を生き返らせてやれたら。……それが、今の私の祈りなのです。

夢

桜がいつの間にか、満開になっていた。

姉君の思いつきで、春の夜更けに御格子《みこうし》が上げられた。夜の闇に、白いぼんやりした影が浮かび上がっていた。冷ややかなその影は、じっと見つめていると、ひとつの怪しい生霊がゆるゆると身を震わせているようにも見えてくる。まわりの闇も、桜の白い光を吸いこみ、淀んだ、重い闇に見えた。

あの桜にさえ、気づかずにいた、とことねは自分のゆとりのなさに寒気を覚え、また、夜の桜に美しさを感じ取ろうとしない自分が哀れにも思えた。梅のにおいを嗅いだのが、ついきのうのことのようにしか思えないのに。

せっかく気持を落ち着かせかけていた珠姫が、桜の影を見届けると、また泣き伏してしまった。

——あの桜を見れば、少しは気が紛れるかと思いましたのに。

いつものどかな姉君が、さすがにうろたえた声を出し、溜息を吐いた。

一日に何回も局《つぼね》を出入りすることねさえ気づかずにいたのだから、局にこもったきりの珠姫が桜の変化を知っていたはずもない。が、そんなことも姉君には隠しておきたかった。姉君の御心配はありがたいのだが、姉君が妹君のそばを離れなくなるようなことにでもなったら、それこそ珠姫は怖ろしさのあまり、石になってしまう。

——いえ、桜の花影は、姫さまのせめてもの毎日のお慰めとなっているのです。本当に見事な……。姉上さまがこうしておそばにいらして下さいますと、昔のことが急に思い出され、なつかしさに涙をお誘われになったのでしょう。

ことねは弁解しながら、自分も思わず涙ぐんでしまった。珠姫の心中を思うよりも、今は自分自身の、神経を休める暇のない立場が切なくなっての涙だった。

珠姫を見舞って、その辛そうな様子に驚いた姉君が、父君にお知らせし、父君のおそばにいた僧たちのうち一人をこちらにまわして頂いている。その御加持《おかじ》の声も、ことねの神経を鋭くさせている。

ああ、桜の花も見えずにいた。春が、こうして過ぎて行ってしまう。元旦だって、気もそぞろだった。今まで、なんという日々を過ごしてきたことだろう。しかも、これから一層、むずかしい日々を迎えなければならないのだ。

珠姫の御髪を片手でまとめながら、ことねはもう片方の袖で、眼もとを拭った。気を弱くして、嘆き続けていることは、ことねに許されていることではなかった。

——夜風がお体にさわらなかったでしょうか。許して下さいね、あなたの頼れるたった一人の姉だというのに、余計なことしか思いつけないで。

珠姫は首を横に振って見せ、啜《すす》り泣きの声を一層高く洩らした。

——そのようなことはどうかおっしゃらないで下さいませ。姫さまは小柄でも、今まで病いを知らぬお体でしたので、今度の病いですっかり幼い子どものようにおなりになってしまいまして……。さあ、姫さまもそのようにお泣きになっては、お体をますます悪くさせてしまいますよ。

ことねは珠姫の背を、本当に小さな子どもを寝かしつけるように撫でた。その手の動きを眼で追いながら、姉君は軽く頷いた。

——そうでしたね。私は病いが多かったのですが、珠姫は寝つくこともほとんどありませんでした。父上もこの母のいない家が陽気でいられるのは、丈夫で、活発な珠子のおかげだ、とよくおっしゃっていた。……あなたがもちろん、誰よりもお苦しいのでしょうが、私たちも辛いのですよ。これからはできるだけおそばに参りますから、あなたも御自分の病いで、あまり気を滅入らせないようにして下さいね。気持の持ちようで、病いの向きも変わるようですから。

——ありがとうございます。ですが、冴子さまは大納言さまの北の方でいらっしゃるのですから、どうか御無理はなさいませんように。

ことねは頭を下げてから、あわてて言い足した。姉君に来てくれるな、とは言えない。姉君の優しい心情が口先だけのものではないことがよく分かるだけに、冷や汗の出る思いがする。

——では、もうお休みになって下さいませ。

もう一度、頭を下げて、ことねは几帳の外にいざり出た。疲れ果てていて、これではこちらまでが病気になってしまいそうだった。

今晩は殿が関白邸にお戻りになっているので、こちらで寝ることにする、と姉君が言いだしたので、ありがたくそうして頂くよりほかにどうしようもなかった。が、その殿はついさっきまで、ここに忍び入り、珠姫と二人きりの時を過ごしていたのだ。珠姫は身重のお体だから、そのお体を眼で確かめ、改めて珠姫と御自分の境遇をお嘆きになっただけのことだが、それにしても北の方の姉君を思えば、夢にもあってはならない殿の御侵入だった。

ことねも几帳の外に身を横たえたが、疲れが深すぎて、眼が冴えてしまっていた。帳台のお二人は静かに眠りにつこうとしているのか、物音は聞こえない。僧の御加持の声が低く、御簾の外に響いている。

眼をつむると、桜の白い影が闇のなかに浮かび上がった。ことねは顔を歪め、下唇を噛みしめた。

殿もなぜ、あんなことをなさるのだろう。わがまますぎる。

宗雅殿への恨みも、簡単に消えるものではなかった。今頃、さっきのようなきわどい時に無理矢理来て下さっても、珠姫は喜ぶどころか、動転するばかりなのは、少し考えてみれば分かりきったことではないか。

思い返せば思い返すほど、無謀なことをなさったとしか言いようがない。北の方が同じ邸にいらっしゃるというのに、まるで盗人のように突然、珠姫の帳台に忍び込み、添い臥《ふ》してしまわれた。

帳台から追い出されたことねは、精一杯の苦情を宗雅殿にぶつけてはみたが、ちょうど夕暮れ時で、御格子を下ろしたり、御殿油《おおとのあぶら》をともすために、女房たちが次々に出入りしているので、帳台のなかで起こっていることを悟られないように、なにげなくことねも振る舞っていなくてはならなかった。折良く、珠姫の容体を聞きに北の方からの使いが来た時は、殿の行状に気づかれる心配を忘れて、ありがたい一心だった。

きょうはひどくお苦しそうなので、ぜひ見舞って頂きたい、とことねは使いの者に答え、殿を追い出しにかかった。殿はぐずぐずしていて、早速、お越しになった北の方の衣ずれの音が近くに聞こえてくる時になっても、まだ帳台に残っていた。

かろうじて鉢合わせにはならずにすんだが、ことねも珠姫も息をつく暇なく、今度は北の方のお相手をしなければならなかった。こちらの落度ではないにしても、やはり後めたさはあるし、珠姫のお体の変化も隠し通さなければならない。日頃から仲の悪い御姉妹だったら、少しは気の楽な面があるのかもしれないが、年が五年も離れ、性格が違っていても、互いにそれで補ない合える良さがあるのか、仲むつまじい姉妹なのだ。

今までは、そうだった。本当のことが知れれば、いくらのどかな北の方でも、言いようのない御不快を感じ、珠姫を同じ母の妹であるとも認めなくなってしまうかもしれない。珠姫の方は自分を妊娠させた男が宗雅殿であったと知ってから、思いがけぬ妊娠に怯える一方で、姉君が今までの姉君ではなくなる日にも怯え続けてきた。

北の方は、北の方で、そうとははっきり打ち明けることもないが、父太政大臣が盛大に、きらびやかに整えて下さった結婚の儀も色褪《いろあ》せたこととしか思い出せなくなるほど、結婚早々から殿に味気なさを感じさせられている。殿は、あの秋の夜の女が実は珠姫だったと知り、更に妊娠までしていると知るにつれて、父の関白邸におこもりがちになって、たまにいらしても、義理でお体を運んでいるとしか見えない、そらぞらしい御様子に変わり果て、北の方が、そんな御様子に御不審を抱かないはずもない。

病気の妹君に余計な心配はさせまい、と思うのか、自分の方には憂いはなにもないのに、あなたのことだけが憂えてならない、と北の方が言い続けるのを聞いていても、こちらにはかえってそのお心づかいが辛く感じられてしまう。

宗雅殿に珠姫の御妊娠を告げたのは、他ならぬことねだった。

こんなことになるなら、あくまでも隠し通しておく方がよかったのだろうか、とも思えてくる。けれども、すでに秘かな相談相手になってもらっている兄の僧都《そうず》ともよくよく相談しての決心だったのだ。なんといっても、御子の父となる宗雅殿なら、このむずかしい事態を無事に切り抜ける知恵を授けて下さるだろうし、内々の出生とは言え、御実家の関白邸で育てて下されば、御子の身の上も惨めなものにはならずにすむ。

確かに、宗雅殿は御子を関白邸に引き取ることは、こちらから言いだすまでもなく、思い定めて下さったが、当面のことについては頼りになるどころか、一人よがりに運命のいたずらをお嘆きになるばかりで、外聞も忘れて御文を届けたり、こちらの局の御格子の前をうろうろなさったり、挙句の果てには、今夜のような御振舞いに至る。御自分の嘆きに心を奪われて、肝心の珠姫に恐怖をお与えになるだけなのだから、こんなに落胆させられることもない。

とりあえず考えなければならないことは、なんとしてでも誰にも知られぬまま、無事に珠姫の御出産を迎えることなのだ。それまで、あと六十日あまり。珠姫のお体を今以上に衰弱させてはならないし、そのためには御心労を避ける必要もあり、御家族の誰とも会わずにすみ、しかも淋しすぎない隠れ場所を早く、決めなければならない。それも、一日でも早く。

ことねは殿へのいまいましさからなかなか離れられずにいたが、ふと、こうなったら珠姫の兄君通忠さまにおすがりするほかはない、と思いついた。

兄君にはもう一人、御長男の輝忠殿がいる。この二人の兄君は御姉妹とは母上が違うが、それぞれの母上は珠姫と通忠殿を生み落してほどなく、あいついで亡くなり、父上の手で同じ邸で分け隔てなく育てられている。けれども自然に、年齢の近い同士がなじみ、輝忠殿は大君と、通忠殿は中君と親しい。特に通忠殿は親しみ以上に、えこひいきだと大君側の女房たちに言われるほど、中君には笑顔しか見せず、どこにも欠点のない輝くような姫君だ、と心から信じきって、妹君の成長を見守り続けてきたような兄君なのだ。

十七歳になり、これから、という時になって、姫君にこんないまわしいことが起こったと分かれば、あの兄君のこと、悲嘆も激しいことだろうが、身内の感情としても、姫君を恥ずかしい目にあわせてはならぬ、と真剣に具体的な方法を考えて下さるに違いない。宗雅さまとは違うところだ。

近いうちに早速、少将や少弁と話し合ってみて、やはりほかに道はないということになったら、通忠さまに打ち明けることにしよう。

本当にそうだ。どうして今まで、あの兄君を忘れていたのだろう。あの方なら、北の方や父君にさえ、秘密は守って下さる。珠姫は誰よりも幸せにならなければならない方だ、そのためにならどんなことでもしてさしあげたい、とまで、いつだったか、御家族がお揃いになっている時におっしゃってしまい、それで、北の方附きの女房たちや、輝忠さまからも睨みつけられたことがあったぐらいなのだから。

やっとの思いで、ことねがささやかな安心を得ると、まるでその時を待っていたかのように、帳台のなかから珠姫の泣き声が響いてきた。姉君に優しく添い寝されていては、やはり寝つけないのだろう。姉君がなにか、珠姫に囁《ささや》きかけているようだ。

ことねが起き上がると、御簾の際で身を伏せていた姉君の弁の乳母が顔を上げ、ほんの一瞬、うんざりしたという表情を見せた。ことねはそれを見逃がさなかった。

対の君という呼び名を付けられていることねと、この弁の乳母とは、よほどうまが合わないのか、同じ邸《やしき》に寝起きするようになって二十年も経つのに、いまだに打ち解けないままでいる。弁の乳母は姉君のもとからの乳母なのだが、ことねの方はもともと、御姉妹の母君の兄宰相の娘で、子どもの頃からこの太政大臣邸に引き取られ、親身になって御姉妹の母君に可愛がられていた。それが、その北の方も、もう一人の北の方も、続いて亡くなられてから、いつの間にか太政大臣の夜をお慰めするようすがとなっていた。望んでそういうことになったわけではないのに、陰で、今上《きんじょう》の方、などと、いやみたっぷりな名で呼ばれるのにも甘んじていなければならなかった。

ところが、そのあと今度は、珠姫の乳母が亡くなってしまった。あわてて、まわりを見渡すと、珠姫をいちばん身近に知っていることねのほかには、乳母の身代りをつとめられそうな女がいなかった。それで、ことねが乳母の役目を引き受けることになった。亡くなった乳母の娘、少将、少弁が、ことねを両脇から支えてくれているので、心細いということはなかった。

今上の方、と呼ばれていた頃のことは、とっくにことねも、忘れ果てている。それなのに、弁の乳母から見れば、簡単に忘れられるようなことではないらしい。

ことねについては、それでも仕方がないと思いきることができるが、珠姫のことは心を尽して見守ってもらいたかった。珠姫は母も乳母も失っているのだ。ところが、どうも珠姫にも弁の乳母は冷淡な眼を向けているようだった。

二人の姫君のことを考えれば、弁の乳母と気が合わないなどとは言っていられず、ことねはもっぱら下手に出て、気まずい空気を作らないように努めてきた。が、口惜しさはいつでもつきまとっていた。珠姫も御不運なら、自分も不運なだけなのに、と。

今も、ほかの時ならば、口惜しさに身が硬くなるところだった。なのに、さほどのことには感じられず、我ながら妙な気がした。通忠殿が味方だ、と思い定めてしまったせいなのだろうか。それに思い直してみれば、弁の乳母が珠姫に背を向け続けていてくれる方が、かえって今のうちは都合も良いのだ。

珠姫の泣き声が止まないので、ことねは急いで帳台のなかに辷《すべ》り入った。白い衾《ふすま》に身を隠し、言葉もなくただ泣き沈むだけの珠姫に、姉君は途方に暮れて、蒼い顔で涙ぐんでしまっている。

朝まで、私もここに添わせて頂きますので、御安心下さいませ、とことねは目顔で知らせてから、珠姫の傍に伏し、お顔の涙を袖先でそっと拭いやった。珠姫は泣きはらした眼を開き、ことねを哀願するように見つめた。ことねは、その眼に微笑みかけた。姉君の前では、珠姫を言葉ではげますこともはばかられた。

珠姫の御衣もしめっぽくなっていて、さぞかしお気持の悪いことだろうと思いやられるが、形の変わり果てたお体を露わにするわけにもいかず、朝まで我慢して頂くしかない。

思いもかけなかったあの不運な夜以来、珠姫はなきがらも残さずにあの世に消えたい、とさえ口走るほどの嘆きを続け、誰にも明かせない苦しみ故に、耐えることも強いられ続けてきた。たった一夜のことだったのに、幻のようによぎった男の影が、珠姫のお体を変えてしまった。その上、影の正体は宗雅殿だったのだから救われようもない。

去年の終わりの頃に、ことねが秘かに珠姫の御腹にしるしの帯を結んだのだったが、あまりの侘しさに、珠姫は顔を泣き濡らし、ことねがやっとの思いで結び終えてからは、崩れ伏してしまった。

御家族の誰にも知らせられず、御子の父君である宗雅殿が本来なら、結んで下さるところなのに、もちろん、これもかなわなかった。その頃は、まだ殿は珠姫の御妊娠を夢にも御存知なかったのだ。

兄の僧都が案じて、御加持の僧を秘かに送ってくれたのが、せめてもの慰めだったが、お祝いの儀のない御着帯は辛すぎることだった。

おつわりの頃、すっぱいものを少しでも多く手に入れたいのに、人眼を引く怖れから、ほんのわずかな橘や花柑子の実で我慢して頂くしかなかった。そんなことも、身を切られるように辛いことだった。本来ならば、父君が手を打ってお喜びになり、御子の宿曜《すくよう》を占わせたり、盛大な御祈禱御加持もなさったことだろう、と思うにつけても、涙が流れた。

ことねは今度のことがあってからはじめて、珠姫が胸の底からいとおしく思えてならなくなった。これまでも、珠姫の可愛らしいお顔も無邪気な活発さ、才気、豊かな感情も、すべてこよなく愛しているつもりでいたのだが、それでもまだ、どこかに距《へだた》りが残っていたらしい。

女としてこれからという時に、このような不運に見舞われてしまっては、もし無事に御出産を終えても、珠姫は以前の珠姫に戻れず、先の日々をお送りになることになってしまうことだろう。

父君太政大臣が格別な期待をかけていらした姫君だった。顔立ちの美しさ、気品はむしろ姉君の方が優っているとも言え、感嘆の思いは惜しげなく姉君にもお向けになっていたが、珠姫の愛らしさには、思わず笑みがこぼれ、御自分の音楽の才能もどうやら珠姫が受け継いだようで、我が姫としての誇らしさもお感じになる様子だった。

年の順から、姉君にまずは今の時世で考えられる最も理想的な婿殿をお迎えした。冷泉帝に入内《じゅだい》させたとしても、すでに強力な中宮も女御もいらっしゃる。東宮はあまりにも幼なすぎる。関白左大臣家の御長男宗雅殿なら、中宮の兄君ではあり、必ずや将来、世の一の人となられるだろう。真面目な性格で、まだ若々しく、美しい人なのだから、まずは非の打ち所がない。

が、左大臣家から願ってもないこととの御内諾を頂くと、その日から早速、今度は珠姫のお相手で頭を悩まされはじめたのだった。一体、宗雅殿に匹敵するような御縁を見つけられるものだろうか。少しでも、劣るところのある婿殿であってはならないのだが、滅多なことではあれほど高貴な公達を探しだすことはできない、と。

太政大臣はことねの見たところ、本当は、姉君の結婚よりも一段と幸せな結婚を、珠姫に取りもってやりたい、とお望みになっていたようでもあった。また、宗雅殿以上の婿はいないと満足なさるあまり、珠姫にこそ、お似合いの婿殿だったのかもしれない、とそんな理屈に合わない不安まで持たれることもあったようだ。

親子の間にも、相性の良さというものはあるのだろう。しかし、打ちとけにくい姉君と違って、珠姫には周囲の愛を蜜のように吸い寄せてしまうような軽やかな天性がある。父上が愚かな親の情をついついお覗かせになってしまうのも、珠姫に対してなら、無理からぬところもあったのだ。

珠姫がまだ五、六歳の頃ふとした機会に交わした会話をことねは忘れられずにいた。

母君は珠姫がお生まれになってからすぐにはかなくなられ、その頃は、乳母君が病いの床に伏していたのではなかったろうか。

珠姫は階《きざはし》近くにいて、白い蝶を眼で追っていた。通りかかったことねが、その様子のひどく熱心なのに気づいて、声をかけた。

蝶がお気に召しましたか。

珠姫ははじめ、気がつかなかったが、お側附きの女童に言われ、後を振り向いた。緊張した顔が桃の色に染まっていた。ことねはもう一度、問い直した。

蝶がお気に召したのですか。

珠姫はすぐに蝶に眼を戻し、真面目くさった声で答えた。

あれは、母上さまがなにか私にお伝えになりたいことがあって、お寄越しになった蝶なのです。

ことねは驚いたが、その驚きを隠してほほえんだ。またいつもの無邪気な空想癖なのだろう、と思った。お人形でいつの間にか、物語を作って、そのなかに没頭してしまうのはまだしも、硯、筆、あるいは御髪の道具や庭の草葉まで物語の人物に見立てて、悲しい人、慰める人、いじめる人など、それぞれの立場に忙しくなりきって、時を過ごすことも多い。楽しいと言えば楽しい、風変わりと言えば風変わりな姫君だった。

それで母上さまがなにをおっしゃりたかったのか、お分かりになりましたか。

ことねはからかい気味に尋ねた。

珠姫はいよいよ生真面目な顔になって、答えた。

はっきりと分からなかったこともあるのですが、母上さまにはお好きなところがどこでも見えるし、昔のことも先のこともお見えになるのですって。

まあ、すばらしいことですねえ。

珠姫は重々しく頷いた。

ええ、ですから私も早く母上さまのところへ行きたい。母上さまも私をお待ちになっているのですから。

ことねは珠姫の言葉にうろたえさせられ、思わず、上ずった声を出していた。

そんな、不吉なことをおっしゃるものではありません。いいえ、口に出さなくても、お考えになるだけでもいけません。父上さまのお気持を忘れてはなりませんよ。……

珠姫はことねの見幕に呆気に取られていたが、素直に頷き返し、すぐに愛敬たっぷりな笑みを見せた。

もちろん、私はいっぱい生きるつもりですよ。

ことねはそれで一応、安心したのだったが、あの幼い頭で実際には、どんなことを考えていたのか、と今頃になって、改めて不吉なこととして思い出されてならない。

あのあとほどなくして、乳母君がはかなくなってしまったのだったから、珠姫はいよいよ、あの世への思いを膨らませていたのではなかったろうか。

繰り返し繰り返し、最近の珠姫は死なずにいる我が身の強さを嘆き続け、呪い続けている。自分の命にどんな意味があるのか、と苦しみ続けている。

十三歳の秋、珠姫から不思議な夢を見たと打ち明けられたこともあった。

中秋の名月の夜に見た夢だった。

その夜の月は、中秋の名月への地上の期待を心得てか、一段と冴々《さえざえ》と輝き渡っていた。御簾を巻き上げた室内にまで、月の光が射し入り、その銀の光を受けながら、廂《ひさし》の間で琵琶、琴を合奏する二人の姫君の姿も、月世界を夢見ずにいられないような、現実離れした美しさだった。父太政大臣が見惚れ、聞き惚れて、深い御満足をお味わいになっていたことは言うまでもない。珠姫が問題の夢を見たのは、月夜のもとでの演奏に疲れ果て、琴に身を寄せたまま寝入ってすぐのことだったらしい。

唐国風の装いをした美しく清らかな女人が琵琶を持って現われた。

あなたの琴の音がうるわしく雲の上まで響いてきましたので、こうして訪ねてきました。私の琵琶の音を伝えられる人は、地上ではあなた一人と見ました。これも昔の世からの契りです。これを弾き覚え、国王までお伝え申し上げるほどの名手に……。

天女はそう言い、珠姫に早速多くの曲を教えこんだ。珠姫もすみやかに弾き覚えた。

この残りの曲で、この世に伝わっていないものが、あと五曲ありますので、それは来年の今宵にまた下って来てお教えします。

天女はこの言葉を残して、消え去った。

珠姫は眼醒めてから、夢が夢とも思えず、琵琶を取り寄せて弾いてみた。琵琶は姉君が習っていたが、珠姫は教わってはいなかった。それなのに、夢に習った曲が自然に弾けるようになっていた。父君も大変、驚かれた。

珠姫はこのいきさつに深く感動し、ことねにだけ秘かに打ち明けた。

信じられないことですが、これは人として、あまりにも名誉なことなのでしょうね。なぜ私が選ばれたのかと不思議に思いますし、荷が重すぎて、こわいような気がしてなりません。

ことねの手にしがみついてきた珠姫の手は冷たく、本当に怯えている様子だった。

ことねにも信じがたいことだった。音楽の才能を持つ珠姫のことだから、姉君の琵琶を日々聞きながら、知らず知らずのうちに、琵琶を弾けるようになっていた、とも考えられるし、眠りながら、新しい曲想を得たり、歌を何首も綴るようなことも、あり得ないことではない。

たぶん、そうした類いのことなのだろう、と思いながら、天女に天下一の名手だと言われ、手ずから教わった、と信じ、興奮しきっている珠姫を失望させる気にもなれずに、ことねはただ、こわがることはありません、姫君なら当然の御光栄です、けれども、地上のことではないので、どなたにも洩らしませんように、と答えておいた。

珠姫は真剣に悩んでいるのだが、人が聞けば、なんというううぬぼれようだ、と眉をひそめるに違いない夢の中身だった。特に、姉君の耳に決して伝えてはならなかった。

子どもらしい無邪気な夢であり、信じ方だとしかことねには思えないのだが、その無邪気さが珠姫の誤解を受けやすいところでもあった。うぬぼれが強いのでも、人に冷淡なのでもない。父上から繰り返し聞かされたこともあって、母君の御他界と引き換えに生まれた珠姫は、その自分の命をかけがえのないものと、幼ない頃から充分にわきまえていた。

珠姫の自尊心は、こうした性質のものだった。が、姉君附きの女房たちから見ると、その気位がどうにも鼻持ちならないものとしか感じられないらしい。気品、重々しさ、という点では、なんと言っても大君、中君は愛敬、それでこそ好もしい御姉妹ということになるではないか。こんな思いが、あちらにはあるらしい。

それはともかく、確かに珠姫の無邪気な気位は、珠姫自身の幸せとは結びつきにくいものだったのかもしれない。

天皇家の血を引く高貴な姫君として、本来どんなに気位が高くても、それはそれで当然のことなのだが、今度のような妊娠はそうした気位故に一層、耐えがたいことになってしまっている。

なぜ、あの怖ろしい一夜で、私の体は子を宿さなければならないのですか、と珠姫は問い続けているのだが、答はひとつしかないのだ。女の体だから。子を宿すのに、儀式も、歌も、互いの顔も、正体さえも必要としないのが、女の体の働きなのだから。

けれども、珠姫の最も受け入れたくない答が、この答なのに違いなかった。あまりにも単純な事実と珠姫の自尊心とでは、どうもがいても不釣合いなままなのだ。

珠姫が十三歳の秋に見た不思議な夢には続きがあった。

翌年の中秋の名月にも、珠姫は同じ天女の夢を見た。残りの五曲を約束通り、夢のなかで教わったが、天女は去り際に、不吉なことを言い置いた、ということだった。

ああ、このようにすぐれた人に、ひどく苦しみ、悩まなければならない定めがありますとは……。

一年前とは別の不安な顔で打ち明ける珠姫を、ことねは思わず、自分の胸に抱きしめずにはいられなかった。たった一年のうちで、早くもこれだけの憂いを知るようになってしまった、と珠姫の成長の一面が、ことねには切なかった。

月のもののはじまりは、女性としての成熟を約束する大事な、またいめでたいことなのに、晴れがましさだけでは終わらない漠然としたかげりが伴なう。男性との出会い、出産が最早、絵空事ではなくなってしまうのだ。どんなことが起こるのだろう、と期待すれば、同時に必ず、不安が湧き起こる。

翌年の十五夜も、珠姫は諦めきれず、天女の夢を待ち侘びた。御格子も上げたままにして眠ったのに、天女は現われなかった。落胆した珠姫は、早朝一人で琵琶を鳴らしていた。

童女の時代が、すでに遠いものとなっていることを、こうして珠姫は思い知らされた。数えてみれば、これは今からたった二年前のことになる。

そうして去年の七月、あの事件が起こったのだった。

太政大臣家にある凶兆が現われたので、陰陽師に占わせた。すると、珠姫の厄年に当たるので、身を慎しまねばならぬ、と言われた。その頃は、姉君の御婚約も整い、八月一日を御婚儀の日と定め、その準備に追われていた頃でもあったのだが、早速に珠姫のための御祈禱をはじめ、また、ことねの兄法性寺の僧都の持つ九条の風雅な邸に、ことね一人の付き添いで珠姫は移り、物忌みの間、そこに人知れず籠ることになった。

大厄はしかし、あとで考えれば、九条に移ったことで、現実のことになってしまったのだ。父君のもとに留まっていれば、と悔やまれてならないが、珠姫のために最良の道を選んでのことだったのだから、どうにも避けられない巡り合わせだったのだろうか。

ことねの姉は但馬守の妻となっていたが、その三女きくも移転のための方違えで、その時期、九条の僧都邸に滞在していた。きくと珠姫は親しみ合い、山里めいた所でもあるので、端近くに出て、月を眺めたり、お話もし合い、楽しんでいた。

十六日の夜は、月も格別の美しさだったので、ことねが和琴を引き受け、きくは琵琶、珠姫は箏《そう》の琴を持ち、気ままに合奏をしていた。

やがて、夜更けて、ことねは奥に入り、他の部屋の見まわりなどをはじめた。最後に珠姫の局の御格子を下ろさせようと戻ってくると、珠姫の姿が見えない。きく一人がさっきの場所で顔色を失ない、震えている。どうなさったのか、と聞くと、帳台の方を見て、きくは泣き崩れる。ことねは帳台に身を寄せた。脱ぎやられた直衣《のうし》や指貫《さしぬき》が見えた。嗅ぎ慣れぬにおいもたちこめている。いずれも高貴なもので、男の身分を物語ってはいたが、それだからと言って、安堵できるものでもない。

こうなっては隠し通すしかない、とことねは咄嗟に気持を決め、几帳を珠姫と男のまわりに幾つも寄せて、きくと数少ない女房たちを下がらせ、泣きながら、几帳の外で夜を明かした。

鶏の鳴き声と共に、ことねは誰ともわからぬその男を詰《な》じり、嘆きを訴えた。男は名も言わぬまま、珠姫にくどくどとなにやら囁き続け、朝霧に身を隠して、ようやく外に出て来た。どうしても男の正体を知っておきたくて、ことねが追いすがると、きくに以前から惹かれていた宮の中将である、と男は名のる。男はいかにも情があるように、続けてお会いしたい、このままは帰りたくない、と嘆いて見せていたが、やがて霧深い呉竹の茂みに身を隠してしまった。宮の中将だったのか、と納得はしたものの、その身の消し方を見つめていると、無気味な思いを持たずにはいられなかった。

宮の中将と言えば、もともと珠姫とは縁のつながっている人だった。太政大臣の兄君式部卿の宮の御子息で、日頃、この太政大臣邸にも、琴、笛を習いに親しく通っていた。浮名の高い御方らしいが、太政大臣の姫君には無論、怪しい文を届けるような真似をなさるはずもない。姿のなんと美しい殿方だろう、とお見受けはしたが、珠姫のお相手としては御身分が物足りない。珠姫を但馬守の娘きくと思い違いをしているようなので、宮の中将には格別の悩みもないらしい。宮の中将から文を届けられるかもしれないきくには、叔母の強みで、ああいう殿方とは関わりを持たないことですよ、と親切めかして言い聞かせておいた。

その後、宮の中将を太政大臣邸で見かける折もあったが、御簾越しではっきり見えず、九条に現われた男と違うとは思えないままでいた。

珠姫は九条の夜以来、寝ついてしまい、重い病いを得たのと変わらない状態になった。そのため、姉君の御婚儀も延ばされ、珠姫のための御祈禱が続けられた。

九月を迎えても珠姫の月のものが見られず、乳首の色も明きらかに変わり、最悪のことになった、とことねは知らされた。

その頃、宗雅殿の方は、九条に見つけた美しい女性をどうしても忘れられず、身分違いの恋を人に知られるのも面映ゆくて、一計を案じ、中宮になにもかも話し、その女性きくを女房としてお召しになるよう、熱心にお願いしていたのだという。御身分柄、仕方のない御配慮だったのかもしれないが、そもそも九条の夜でも御親友の宮の中将の名を苦しまぎれに洩らしたり、あの女性を人眼につかぬ愛人として中宮附きの女房にしようとお考えになったりで、おかげでこちらはただでさえ嘆きが深いところに、事態がもつれにもつれてしまい、さんざん振りまわされてしまった。

せめて、はじめに正直に御身分を明かして下さっていたら、とことねには口惜しく思われてならない。互いの素性が分かっていれば、まだ姉君との御婚儀が行なわれていない時だったのだから、これも世間の聞こえの悪いことではあるけれども、なんとか珠姫との御婚儀に変えることができたのかもしれなかったのだ。

宗雅殿と姉君との御婚儀は十月一日に行なわれた。宗雅殿はその夜から姉君のもとにお通いになったのだったが、ことねもそれではじめてお声を聞くようになり、九条の夜の男が実は宗雅殿だったらしい、と気づかされ、仰天させられた。

悩みは深刻なものになるばかりで、解決の方法など見つけ出しようもなかった。ただ、あまりにも身近なところにお通いになる宗雅殿の眼に間違っても珠姫のお姿が止まらぬよう、また北の方になられた姉君にも事情を悟られぬよう、今までにも増して、細心の注意を払わなければならなくなったことだけは、確かなことだった。

ことねは考えあぐねた末、珠姫に真相を告げ、これからの覚悟を言葉を尽して言い含めた。むごいことではあったが、珠姫御自身に秘密を守り抜く御覚悟がなければ、まわりでいくら骨を折っても、無事に切り抜けられそうにもないことだった。

珠姫の驚きと嘆きはあまりにも深く、茵《しとね》から顔さえ上げられなくなってしまった。衰弱の激しいお体を看護することでことねやまわりの者は気を取られ、先のことを案じるゆとりも持てないままだった。

この時期、ことねは兄の僧都に事情を話し、御祈禱を頼みこんだ。

宗雅殿の方でも、中宮のもとに召されたきくを見て、これは九条の夜、琵琶を弾いていた方の女ではないか、と気づかされた。肝心の女性の消息を聞きだしたい一心で、きくに気を配り、中宮のお身まわりの世話にも推選したりして、新少将という女房名を頂いたきくに恩を売っておいて、ある夜、ついに珠姫のことを聞きだした。

ことねが宗雅殿に直接、お会いしたのは、それから一ヵ月後、あの九条の邸でのことだった。

御自分の思い続けてきた女性が珠姫だったと知ってからは、北の方のもとにお通いになるたびに、宗雅殿は珠姫の気配を部屋の仕切り越しに聞き取ろうとなさったり、御格子の外から御自分の嘆きを呟かれたりする。朝に昼に御文も寄越される。無論、珠姫にはお見せせず、お返事もお返しししなかったが、そのたびにはらはらさせられた。

年が変わって、正月の御挨拶ということで珠姫のもとにいらした時には、御簾近くに寄り、涙ながらに、どうか御簾のなかに入れて下さい、お声だけでも聞かせて下さい、と訴えられ、ことねを驚かせた。

こんなことが続いては、とことねは案じ、事態の深刻なことをやはり、宗雅殿にお知らせした方がよい、と考えるようになった。珠姫を慕われ、お嘆きになるお気持を、具体的な手筈を整えて下さる御配慮に切り換えて欲しかった。僧都とも相談し、ことねは宗雅殿を九条の邸に人知れずお呼びした。

九条の邸へ行けば、去年の秋の夜が思い出されてならず、こうして宗雅殿と再び、ここで秘かにお会いすることになるとは、どんな前世からの御縁があるのだろう、と涙を押えることができなくなった。宗雅殿にも同様の御感慨があったことだろう。

几帳を隔てて、宗雅殿は今までのいきさつを細かに語られ、ことねも珠姫の方のいきさつをすべて説明した。宗雅殿のお話を聞けば、珠姫への一途なお気持もしみじみと伝わり、清らかな御心情も信じることができ、ありがたいことではあったが、珠姫のおそばに行きたい、二度とお会いできないなどということは耐えられない、と嘆かれ続けるので、とてもそんな場合ではないのに、とことねは困惑させられた。

宗雅殿は確か、まだはたちにおなりになったばかりの若さだった。御身分も高く、お姿もそれにふさわしく大人の成熟をお示しになってはいるが、こうした秘密のことに耐える力はまだ培ってはいらっしゃらなかった、ということなのだろう。

が、珠姫はもっと御年少で、否も応もなく、耐えることを身につけずにはいられなかったのだ。

ことねは口調を強くして、御文もいけません、今後一切お会いにもなれません、知らん顔をなさっていて下さい、秘密を守り続けることが第一なのです、姫君のお命さえ危ぶまれるこの頃なのですから、と宗雅殿に言い続けたのだが、かえってそのことねをお恨みになる御様子なのだった。

夜の明けるまで、こうして話し続けた。しかしそれで、ことねの気が楽になるということはなかった。宗雅殿は御文を控えても下さらず、どうしてこの危険な状態を理解して下さらないのだろう、と案じられるばかりで、その宗雅殿で、これだけお慕いし、お慰めもしたいのに、文のひとつも通わせられぬとは、と日に日に焦りの気持を強められ、遂に、今度のような無謀な御侵入を果たしてしまわれたのだった。

珠姫のお病いの原因が殿であるとは夢にも疑うことがないまま、姉君の北の方は珠姫の容態を気づかい続け、眠れないまま朝を迎えた。

——夕方になりましたら、また参りますからね。父君や兄君にもいらして頂きましょう。心細くお思いになることはないのです。どんな我がままでも言って下さってよいのですよ。今まで私は自分のことでなにかと忙しく、あなたの御様子に気を配ることを怠りがちでした。本当に申しわけなくて……。

さすがに疲れた顔で、北の方は名残り惜しそうに言い、珠姫のもとから去って行った。

——姫さま、御気分はいかがですか。

ことねは急いで、珠姫の御衣を取り替えながら、珠姫に囁きかけた。

——……もう、どうしようもありません。なぜ、この息が絶えないのか、わけがわかりません。……

珠姫は腕ひとつ動かす力も失なったように、小さな体をことねの手にまかせきったまま、涙声を洩らした。盛り上がった乳房と腹が、肉の落ちた四肢のため、痛々しいほど重たげに見える。

——そんなこと、おっしゃらずに、とにかく少しの間だけでも、お休みなさいませ。どれだけ大変なことでも、なんとかなるものですよ。あとで、あの時はよくもあんなに泣いたものだ、と思い出し笑いをなさるようになります。本当に、そうなりますとも。今はお体のことだけ、大事になさればよろしいんです。さて、どうなるものやら、とひとごとのようなお気持でいらっしゃいませ。

——ひとごとのような気持……。

珠姫はお召し替えで気持がさっぱりしたのか、深く息を吸い、呟き返した。

——そうですよ。どこか遠い国の姫君に起こった出来事だ、とお思いになることです。それでよろしいんです。人には苦しむのにも限りがあるのですもの、その限りを越えようとなさるのは、かえって心のおごったことですわ。なにもお考えにならず、日々のこともお忘れになって、赤子のようにお休みなさいませ。美しい夢を楽しみなさいませ。

——ゆめ……、これが夢であってくれれば……。

閉じた眼を新しい涙で濡らし、珠姫はくぐもった低い声を出した。

ことねは珠姫の体にそっと桜襲《さくらがさね》の袿《うちかけ》を掛け、珠姫があどけない顔で寝入るのを見届けてから、あとを少将にまかせて、自分の局に下がった。

渡殿《わたどの》で、ゆうべ見た桜を溜息混じりに見直した。早朝のひんやりした風が、寝不足の頬を心地良く引きしめてくれる。あと二、三日で、桜も花弁を盛んに舞わせることだろう。そして、来年もまた、同じ時期に、花が開き、舞い散る。その頃、珠姫や自分がどうなっているか、想像もつかない。いや、生きながらえているのかどうか、変化といっても結局はそれだけのこと。

生き残っているのなら、どれほど境遇が違っていても、同じように嘆き、同じように苦しみながらも、結局はその境遇を受け入れて生き続けるしかない。

夢であってくれれば、と幾たび思ったことか、とことねはかつての自分を思い起こしていた。三十近くになっても、夫を持たず、子も持たない身のままで、珠姫の御妊娠にこうして悩まされることになろうとは、珠姫と同じ年齢の頃、全く予想もしていなかった。叔母にあたる大殿の北の方に、特別可愛がって頂き、大殿のお邸に引き取られたのだが、高雅な生活が楽しくて、淋しいと思うこともなかった。そして大きくなったら、いったん親もとに戻り、大殿の北の方からも御援助を受けて、姉の夫但馬守と同程度の男と結婚し、姉のように子を多く得るのだろう、と漠然と思い描いていた。

北の方がところが、あっという間にこの世の人ではなくなってしまった。まだ五、六年は、幼い姫君たちで賑やかになったお邸で、のんびりと叔母君に甘え、いろいろとお教え頂きたいと思っていたのに。

夢であってくれれば、とまだ少女としか言えないような年齢だったことねは叔母君の死を嘆き暮らしていた。

しかし、夢のようなことは更に続いた。

その後お邸を去らずにいたことねに、大殿がある夜、忍ばれた。大殿のお淋しさがことねにもよく分かっていただけに、大殿をお慰めするのに心を尽さずにはいられなかった。

亡き北の方にそれぞれ寄り添うような、大殿との静かな夜々だった。愛する人を失った悲しみを、大殿と肌を合わせて分かち合うことは、ことねには辛いことではなかった。ただ、そのような成行きが不思議だった。悲しみを深め合う茵に一種の喜びのあることが、何度現実に味わい知っても、不思議でならなかった。

男女のことを、ことねはそのような形ではじめて知ってしまった。色という色もない、透明な触れ合いは、まわりの中傷は別にしても、まだ若かったことねのなにかを変えてしまったのに違いない。若い男女の交わりが生命の昂《たか》まりを示すものならば、ことねの知ったものは生命の果てたのちの静かな安らぎだった。

そんな自分になったことねは驚き、我が身の変化を見届けようという気力も失って、夢のなかに生き続けている心地だった。

乳母が亡くなり、珠姫の身辺をお世話するようになったのも、亡き北の方に見守られながら大殿のお嘆きに身を寄せ続けてきたことねには、ごく自然な変化だった。なんの抵抗もなく、そうしてさまざまな変化を受け入れ続ける自分が、夢のなかに生きている者のようにしか思えなくなっていた。

本当なら、今頃は姉のように子だくさんの母になっていたはずなのに、と思い返したところで、なんになろう、と最近では思うようにもなっている。なるようにしかならないひとつの長いようで短かい夢を見続けているだけなのだ。珠姫にしても同じことだし、誰にしても同じこと。命が果てないうちは、生き続けている。それだけの単純な、けれどもひとつとして同じもののはない人の夢なのだ。

宗雅殿の御侵入があってから、早速、ことねは珠姫の兄君通忠殿に事情を詳しく打ち明け、お力になって頂くことをお願いする一方で、珠姫の局は固く閉ざし、そよ風さえも入れぬよう警戒した。宗雅殿もまた、鬱々とお悩み続け、病気と変わらぬ御様子となった。

やがて、長兄の輝忠殿が珠姫に万が一のことが起こることも最早、覚悟しなければならない、と決意なさった。そうなった場合、宗雅殿を穢《けが》れからお守りするためにも珠姫をどこかに移すべきである、と。

それで陰陽師に占わせると、珠姫は場所が変われば御回復になる、と言う。どちらにせよそれならば、ということになり、一条にある亡き母君の邸に手を入れて、珠姫をそこに移すことになった。

そのうちに月も三月に変わったのだが、今度は大殿までが高い熱を出して、床に伏してしまわれた。このままはかなくなる珠姫の命ならば、老齢の自分が身替りになりたい、と日頃祈り続けていた大殿は、あの祈りが通じたのなら本望だし、もし珠姫がこの世を去るのなら、それより一日でも早く先立って、悲しみを知らずにすませたい、と嘆かれる。

珠姫を気づかって、一条邸に滞在なさっていた大殿だったのだが、同じ邸で病いを重ねることは珠姫のためにも不吉で、年来、出家したのちの終《つい》のすみかとして、心をこめてお造りになっておいた広沢の池のほとりの御堂にお渡りになることになった。

別れ際に、大殿は熱のあるお体で珠姫のもとまでいらして、珠姫が幼かった頃のように頰摺りをなさりながら、その頰を涙でお濡らしになった。

――気分がひどく悪いので、山里に行きます。子どもたちのなかで、生まれた時から、あなたが特別に可愛いと思ってきた。この私の気持のためにも、親孝行のためにも、元気になってまた会おうと思って下さらなければ。

珠姫は言葉も出ず、ただ泣き続けていた。父上とまたお会いできればどんなにうれしいことか。が、これで最後、という思いは打ち消せない。自分の死を怖れる気持はなかったが、別れはあまりにも悲しいことだった。珠姫ははじめて、死別の悲しみをひとごとではなく思い知らされていた。

――父君も御回復なさるに決まっていますし、姫君だって、根が御丈夫なのです。病いと違い、出産となると、ありがたいことに、底深い力が女の身に湧くもののようです。なにがこれで最後なものですか。

ことねは大殿をお見送りしてから、珠姫の力の無い手を握りしめて、言い聞かせた。悲しみに呑みこまれてしまっている珠姫は蒼白い、ぼんやりした顔で涙をこぼし続けている。

――父君さまはお離れになりますが、通忠さまはこちらにお残りになるようですし、女房のほとんどもこちらでお仕えすることになっているようです。お淋しくなることはありません。かえって、人眼の多すぎるのが苦痛に思えるほどです。でも、とにかく通忠さまがいらっしゃるのですもの、私どもにとってはこんなに安心なことはありません。法性寺の僧都もこちらに詰めておりますし。

――……母君もこうして亡くなったのでしょうね。

珠姫は独り言のように呟く。

――また、そんなことをおっしゃる。母君は一言も気弱なことはおっしゃらず、お命を長らえるためになら、どんなに苦いお薬でも喜んで飲んでいらっしゃいました。生まれてくる御子のために長生きしなければ、と口癖のように言っておいでしたよ。姫君がお生まれになってからは、一層のことです。生き続けたい、とのみ念じていらっしゃいました。お病いが本当にお悪くなってからは、もしどうしてもこの世を去るほかないのならば、この姫君に私には与えられなかった残りの命をお預けしましょう、ともお洩らしになっていらっしゃいました。姫君のお命はそのように大事なお命なのですからね、父君のためにもですが、母君のためにも、お気を強く持たなければなりませんよ。

珠姫の耳に、ことねの声が届いているようにも見えなかった。珠姫は涙を流す人形のように、ぼんやりした表情を変えようとしなかった。

大殿は御長男輝忠殿と大君を伴なって、翌日、広沢にお移りになった。輝忠殿と通忠殿とが、それからは連絡のため、広沢と一条を行き交いだした。

珠姫の御出産まで、あと三十日あまりと迫ってきた。宗雅殿から離れた場所に移られたことはよかったが、一条の邸でも、人眼があり、御出産させるわけにはいかなかった。ことねと僧都、通忠殿三人で考えに考えた挙句、通忠殿の乳母が石山の辺りに卑しくない家を持ち、乳母がそこに二年あまり尼となって籠っていることを、通忠殿が思い出し、その家でなら、とようやく結論が出た。

父君には、陰陽師の占いで、石山寺に籠ると大変よろしい、と出たので珠姫を参籠《さんろう》させたい、と申し上げ、お許しを得てから、三週間の参籠の予定で、三月の終わり頃、一行は石山に移った。

ことね一人が珠姫に付き添って、尼君の家に入り、他の人たちは石山寺に控え、珠姫の御堂での参籠を装った。もう、いつ産気づくとも分からない時期になっていた。緊張した毎日が過ぎて行った。

十日ほど経った夜、突然、宗雅殿が僧都の案内でこの山里の家を秘かに訪れてきた。

きのうきょう、と珠姫の容態がおかしくなり、御出産もかなわず、こんな山里でむなしくなる定めなのか、と今までは強気でいたことねも悲しみに取り乱していたところだった。ただでさえ世離れたところで、ほととぎすの鳴き声一声にさえすがりつきたくなるような心細い日々だった。

以前の隔てを忘れて、ことねは宗雅殿と対面すると、どうしたらよろしいのでしょう、姫君が危のうございます、眼もお開けにならないのです、と声を取り繕うことも忘れて訴え、あとは言葉にもならず泣き声を上げるばかりだった。

宗雅殿もしばらくの間、茫然となって、泣き沈んでいらしたが、呻くようにしてことねにおっしゃった。

――信じられないことです。が、もしものことが現実のこととなるなら、この世では辛い二人の縁でしたが、心残りのないよう、いま一度だけお顔を見届けておきたい。

ことねは傍にいた通忠殿と顔を見合わせ、互いの気持を汲み取った。それがまた耐えがたくなり泣きだしてしまった。宗雅殿と珠姫をお隔てする理由は、もうなくなってしまっている。前世からの深い御縁のお二人なのだろうから、この世の最後に、むしろこちらからお願いしてお会わせしておきたい……。

通忠殿に促され、ようやくことねは立ち上がった。涙を拭きながら、珠姫のもとに宗雅殿を御案内し、御殿油を几帳の外に置き、そのまま泣き顔を袖に埋めてしまった。

息も浅く、昏々と眠り続けている珠姫の様子が少しも見苦しくなく、熱のある頬も紅潮して愛らしいお顔になっているのが、救いだった。お体に掛けてある白い御衣が、つやのある豊かな御髪を引き立てている。

宗雅殿はもどかしげに几帳の帷《かたびら》を一枚横木に掛けて、珠姫の手を握り、頬を寄せ、人眼もお忘れになって泣き放たれた。

珠姫はその気配に薄眼を開け、宗雅殿とははっきり悟れなかったのだろうが、かろうじてお顔を袖で隠し、そのままた、うとうとと夢の世界に沈んでいった。

――わが君よ、どうしてこうもつらい、悲しい御縁なのでしょう。あなたにお目にかかってから、ずっとあなたを思い続け、夜も眠れずにおりましたのに。せめて最後には、こんな対面ではなく、普通の状態でお会いしたかった。これでお別れしなければならないのなら、片時も生き残ってはおられません。ああ、こんなことになるのなら、思いのまま、姫君をどこかへお連れしておけばよかった。……

際限なく、宗雅殿は珠姫に呼びかけ、愚痴をお続けになっていた。

そのまま御装束をほどき、珠姫の御衣と重ねて、横になり、朝まで過ごされた。珠姫はそんなことにも気づかずに眠り続けていたが、どうにか無事にその一夜は切り抜けることができた。

朝を迎えると、それがわずかな希望に過ぎなくても、どうにかまた取り戻すことができた。澄んだ鳥の声がすがすがしく、夜明けの外気に響いていた。朝の救いを、ことねは疲れ果てた心身に感じた。

ことねは几帳に近づき、なかの宗雅殿に呼びかけ、お帰りを促した。

——どうぞまた、人に気づかれぬよう、いらして下さいませ。ですが、きょうはもうお帰りにならなくては、お行方を疑われたり、都の人がお探しになって、今更ながら、大変困ったことになってしまいます。私どもも決して望みを捨てたりはしておりません。少しの油断もなく、姫君をお守りしておりますから……。

すぐには起き上がろうともしない宗雅殿だったが、ことねの言葉でようやく分別を取り戻されて、珠姫の肌を蔽《おお》っていた御衣を御自分の身につけて形見とされ、御装束を整えられた。

宗雅殿がお帰りになって、御格子を上げたり、珠姫のお体を拭き清めたりしているうちに、微かなお痛みがはじまった。僧都にもお知らせし、御堂での御祈禱にいよいよ心をこめて頂き、ことねも少弁、少将と交代でわずかばかりの休息をとりながら、珠姫を見守り続けた。

御陣痛の進みははかばかしくなく、夕方、宗雅殿からのお使いが来た頃には、珠姫の衰弱が目立ち、夜までに御出産がはじまらなければ、母子ともども危ないのではないか、とお使いにお答えするほかない状態になっていた。

日が暮れた頃、ことねが珠姫に白湯をお勧めしたところ、珠姫は一口、二口と啜った。それが引き金となったのか、急に御陣痛の波が高まり、珠姫は大きく呻きながら、身をのけぞらせた。あわてて、少弁と少将が珠姫のお体を起こし、ことねが、お力を入れて下さい、あと少しですから、と珠姫のお腰を抱えるようにして、はげました。

それからしばらくの間、誰もが無我夢中だった。ことねは出産について人から聞いた知識しか持っていなかった。もちろん、そうした知識は出来得る限り、身につけておいたのだが、実際の出産となると、やはり不安を覚えずにはいられない。

しるしのお水が出てから少しして、赤子が順調にこの世に辷り出て来た。女房の一人がその赤子を洗い清めているうちに、後産も無事に済ませることができた。痛みのために、それまでわけのわからぬまま、力をふりしぼっていた珠姫は、赤子の顔を見届けることもできずに、後産と同時に気を失ってしまった。

赤子ははじめ泣き声をあげなかったので、ことねたちに不安を与えたが、産湯から上げ、体をこすって刺激しているうちに元気よく泣きだし、一同を安心させた。体のどこにも異常のない、健康な女の御子だった。

文を書くゆとりもなく、今まで待ってもらっていた宗雅殿からのお使いに、通忠殿がありのままをお伝えした。

——……これで、あとは姫君の御様子だけが案じられるわけですが、どうにか御無事なようです。今までの苦労を忘れて、はじめてほっとした思いを味わっております。ですから、どうか御心配のあまり、こちらにおいでになるような軽はずみなことは決してなさらないように。明後日には私が都へ戻りますので、直接お目にかかってお話いたします。

珠姫の不安な御出産をたまたま分かち合うことになってしまったお使いは、通忠殿の言葉をよく呑み込んで、力強い馬のひづめの音を残して、都へと去って行った。

御子は早速、新しい乳母の胸もとで、すこやかな小さな寝息をたてていた。その乳母は家の主尼君の娘で、最近、子を産んだばかりという経験を生かして、お産の間も、いろいろことねたちを助けてくれていた。通忠殿が御子の乳母君に、と前もって説得して下さっていたのだが、聞いたところによると、これも不運な女性で、子を産んですぐに夫に見捨てられ、途方に暮れていた、という話だった。

なににつけ感じやすくなっていることねは、そうした境遇の女性が晴ればれとした顔で御子を抱く様子を見ても、涙ぐまずにはいられなかった。もちろん、同情の気持などではない。自分にしろ、この女性にしろ、珠姫にしろ、女たちが追い詰められて発揮するしたたかさに改めて驚かされてしまうのだった。しかも、そのしたたかさに自分では気づかずに、無抵抗なまま、ほほえんでいる。

どんなにか、この人もついこの間までは、悲嘆に暮れて、死ぬことさえ望んでいたことか、と思うのに、珠姫の御子と思いがけなく巡り会うことになって、今はこうして、御子の無心な眠りに曇りない喜びを味わっている。髪も顔立ちも美しい人で、今後、この乳母となった人を知る人たちは、よほど前々から、数多くの候補者のなかから周到に選ばれた、理想的な乳母君であることよ、としか思わないことだろう。

なにもかも思いがけない成り行きで、今のこのひとときが導き出されている。宿世《すくせ》とは言うが、その宿世を受け入れて、微笑さえ浮かべて生きてしまう女の強さは、やはり不思議としか言いようがない。

この御子にしても、珠姫のあれほどのお苦しみがなければ、ここにこうしてお生まれになることはなかったのだ。

――もう、御心配なさることはありませんわ。

涙を浮かべて、乳母の腕のなかの御子を眺めていたことねに気づいて、乳母が明かるく声を掛けた。

——この御様子では、御子さまは御丈夫にお育ちになります。お顔色もこんなによろしいんですもの。

——ええ、あなたがそうおっしゃるなら、私も安心していられます。ゆうべからの疲れがつのりすぎて、神経がおかしくなっているようです。ああ、よかった、と思うと、まただらしなく涙が出てきてしまう。

ことねは笑いながら、眼もとの涙を拭き取った。

——お疲れが本当にひどうございましょう。今のうちに、どうぞ、ゆっくりお休みになって下さいませ。生まれてすぐの赤子は、かえって手のかからないものです。乳もあまり飲まずに、眠ってばかりおります。姫君も、御幸運なことにつつがない御出産でしたので、あとは体力を取り戻されるのを気長にお待ちしていれば、必ずお元気になられます。ですから、なにもうお考えにならず、どうかお休みになって下さいませ。

——そうですね。では、そうさせて頂きましょうか。ですが、まあ、よくも御無事にお生まれになりましたこと。すやすや何事もなさそうにお眠りになって……。

ことねはまた涙ぐみそうになった。

——ええ、ゆうべはあんなに怖ろしい思いをさせられましたのにねえ。

——ゆうべの怖ろしさもそうですが、ここにこうしておりますと、ついさっきの御出産さえ遠い出来事のように思われます。私など、なにがなんだかわけが分からず、ずいぶん馬鹿げたことも口走っていたのでしょうね。

乳母は胸もとの御子を見つめながら、小さな笑い声を洩らした。

——みんな同じことでしたわ。無事にすんだからこそ、こうして思い出して笑うこともできますが。……

ことねも頷きながら、微笑を洩らした。


それから何日間か、安らいだ日々が続いた。山里の緑が眩しく光り、さわやかな初夏の風に夢見心地に誘われた。今までは心細さを駆りたてられるだけだった山鳥の声、木々のさやぎも、なつかしく耳に響いた。

限られた、短かい日々ではあった。けれども、そのことを忘れたようにして、ことねたちは美しい一日一日を心から味わい楽しんでいた。楽しむことに没入していた。たまたま与えられた宝玉のような日々の一瞬たりとも、先の心配などで曇らせたくなかった。

珠姫は表向き、石山寺に病気回復のため参籠していることになっているので、当初に決めておいた期限が来れば、なにげなく一条の邸に帰らなければならない。同時に、小さな姫君は宗雅殿に引き渡さなければならない。陰陽師の占いで、その日も決まっていた。

宗雅殿は小姫君を父関白邸に正式に我が子として引き取る前に、しばらく御自身の乳母である丹波守の妻の家に預けるよう、手筈を整えられている。その丹波の乳母は、母君の不明な小姫君のお世話を頼みこまれたその時から、対面できる日を心待ちに待ち続けている、という。すでに、御湯殿のお道具類、中宮や宗雅殿にゆかりのある品々も関白邸から運び出しているらしい。

宗雅殿は、これまで珠姫のことをすべて打ち明けてきた妹君の中宮にも、早速御報告して、喜んで頂いた由。とにかく、なにかと気忙しく、珠姫の御出産後、お過ごしになっていた。

また、珠姫側の通忠殿にしても、忙しくて、大変な状態だったようだが、ことねたちはなにもかも委ねきって、そうした気苦労をひとごとのように見送っていた。無心に乳を吸い、眠る姫御子と、これも赤子のように眠り続け、御自身の御出産さえまだ、ぼんやりとしか、思い出せずにいる珠姫とのお二人に、ことねたちの心は吸い取られてしまっていた。

どんなお引き合わせなのか、珠姫の御出産の直後に、広沢にお移りになっていた父君太政大臣が長い間の宿願であった御出家を遂げられたということで、御次男の通忠殿は父君の御出家と宗雅殿との御連絡とで、並大抵ではない忙しさに巻き込まれてしまっていたのだった。

眠る暇もなかったのですから、と父君からの御言葉を珠姫に伝えるため、石山寺まで駆けつけてきた折りに、通忠殿はことねにその間の事情を詳しく打ち明けられた。

——父上は、珠姫のことをどこまでも案じられているんですよ。少し回復してきたようだ、と申し上げると、喜んではいらしたけれども。もうしばらくしたら、広沢にお渡しするように、ということでした。御出家のことは、その時まで、珠子に心配をかけぬよう伏せておけ、と。そうして、四人の子どものうち、珠子だけを婿も決められぬままに置き残すことになってしまった、と嘆かれていた。

——まあ、そうなのですか。

父君の御心中を思いやっても涙は誘われず、ことねは通忠殿にぼんやりした言葉しか返すことができない。通忠殿の疲労もし、興奮もしている顔に、なつかしい親しみが感じられた。つい先日までは、私も同じ顔を人に見せていたのだろう、と。

——父上はこの兄弟で、珠子のことを必ずお守りするように、お幸せにするように、とおっしゃった。また、宗雅殿にも家の婿として、珠子のことをお願い申し上げていました。事情をなにも御存知ではない父上の言葉に、宗雅殿は耐えきれず泣いていらした。本当に、あの小さな姫君をお見せできたら、と思うと、こちらも辛くなるばかりでした。でも、どうしたってお知らせするわけにはいかないのだから……。

通忠殿は溜息を吐かれた。

——ええ、今はかなわないことですが……、あとは御子さまの持っていらっしゃる御好運にお頼みして、決して悪いようにはならない、と信じるしかございませんわ。

ことねは慰め顔で答えた。通忠殿の少年の頃の無邪気な顔が思い出された。珠姫と似た下唇の厚い口もとで頬が丸く、いたずら好きな少年だった。父君との夜を重ねるようになっていたことねは、その頃、通忠殿を屈託のない少年として、ほほえましく眺めていたのだったが、考えてみると、そのことねは通忠殿より四、五年年長なだけだったのだ。その頃のこちらの顔を、通忠殿も憶えていらっしゃるのだろうか、とことねは、ふと恥かしい気持にもなった。

——そう信じるしかないのだが……。冴子にも、やはり北の方として幸せになって頂きたいし。

——ええ、珠姫さまも心からそのようにお望みです。

——……ところで父上は、御遺産分けもなさったのだが、帯や太刀といった品々は大君にお譲りになり、一方、多くの先帝からの財宝や御荘園は珠子一人にお譲りになることに決められたのです。これには兄君も驚いて、あまりにもこれでは不公平です、大君にこんな御待遇では、婿殿だって御不快でしょう、と申し上げた。けれども、父上は、冴子は宗雅殿のお力を頼れる身、珠子にはこうした親からの財産しか頼れるものがないのだから、とお聞き入れにはならなかった。

——まあ、それはありがたいことでございましたが……、冴姫さまのまわりの方々がそれで納得して下さるのでしょうか。

姉君附きの弁の乳母にうとまれる種がまたひとつ増えてしまった、と思いながら、ことねは呟いた。

——父上のお気持は、それはそれで理にかなったものなのですから、誰にも反対のしようはありません。私だって、そうするしかないと思っている。せめて経済的には、珠子をお守りしておきたいではないか。

通忠殿は感情をつのらせて、声を強めた。ことねは黙って頷き返した。

——この実情を知ったら、なおのこと、父上は財産をできるだけ珠子に与えておく必要をお感じになることと思いますよ。兄上もあとになればきっと納得してくれます。

——ええ、あとになれば……。

——中君、大君、それぞれ辿る運が同じように幸せなものなら、財産だって平等に分けられるのですよ。ところが、中君は命を落とすような苦しみを経験して、御子を秘かに産まなければならなかったのだし、大君は、まわりの期待も空しく、いまだに妊娠なさらない。思うようにはならないものです。いや、なにもかも順調に進み、たとえ身分は低いままでも、憂いを知らず、幸せを当たり前のこととして華やいでいる家族も多いというのに、この家はどういうわけか、家庭的な喜びから縁が遠い。私たちの母上、珠姫たちの母上、どちらもはかなくなられるし……。

——そんなことまで、思い合わされるのはどうかと思いますわ。

声を震わせて愚痴をこぼす通忠殿を、ことねはよほど疲れていらっしゃるのだ、とさすがに気の毒に感じ、対面していた膝を少し進めて、思いやりをこめて言った。眠っている珠姫の邪魔にならぬよう、続きの狭い部屋にいたので、通忠殿の指貫にことねの衣装が触れてしまうほどの近さに坐り合っていた。

——母上というものを、私も珠姫も知らずに育っている。わずか二、三年のことにしても、母上を知ることができた兄上が、私はうらやましくて仕方がなかった。珠姫にも同じような思いがあったかもしれない。そんなことも、今度のことの遠い原因になっているのではないか。兄上も、大君も、私たちとはもとからどこかが違っていた。

——なんということをおっしゃるのです。とんでもないことです。今度のことは、もとはと言えば、宗雅さまのかんちがいから起こったことです。その宗雅さまにしても、なにも御存知なくて御姉妹と関わりをお持ちになってしまったのですから、どちらも前世からの御縁としか考えようがありません。それに姉君は妹思いのお優しい方です。だからこその、姫さまのお苦しみだったのですよ。少しでも冷たいところが姉君にあったら、とどれだけ思いましたことか……。

通忠殿は溜息を吐き、うなだれてしまった。

――しっかりなさいませ。お疲れの時に、あれこれお考えになるのはよくないことです。私どもは、今、御子さまの可愛らしさに夢中になって、ほかのことはなにも見えなくなっておりますのよ。胸の底からうれしく思っておりますわ。

――どうして、そんな呑気なことを……。あとわずかで、二度と会えなくなるかもしれない御子の運命なのに……。

通忠殿は涙ぐんで呟いた。

――だからこそ、なのでしょう……。私どもにも、よく分かりませんが、とにかく今は御子さまのおかげで心がすっかり充たされております。私の姉にも子どもはいますが、私は今度はじめて、赤子のすばらしさを教えられました。ましてや、姫さまのお産みになった御子さまですもの、幸せというものを今、存分に味わわせて頂いておりますわ。

ことねはほほえんだ。

――ことね殿は……悲しいことをお言いだ。

通忠殿はことねの顔を覗きこむようにして囁き、不意にことねの手を握りしめた。

――男は、そんな言葉を聞かされると、切なくなってしまいます。

――……どうしてですか。まあ……、私はただ……。

うろたえて、ことねは身を硬くした。が、通忠殿を怖れる気持はなかった。むしろ、自然に、通忠殿を受け入れてしまいそうな自分に不安を感じた。珠姫と姫御子を見守る自分たちの包まれている奇妙な安らぎに、通忠殿をも引き入れてしまいたい、という甘い誘いがあった。

――……あなたはどういう人なんだろう。眩しいほど強いようにも思えるし、つい先日まではあんなに感情を露わにして嘆いていた……。

通忠殿は呟きながら、ことねの手を自分の頬に押し当てた。柔かく熱い頬の感触に、ことねは息を呑み、身を伏せてしまった。

その時、御子の泣き声が聞えてきた。すっかりことねと親しくなった乳母の声も、遅れて聞えた。珠姫も眼を醒ましたかもしれない。

ことねは思いきって顔を上げ、何気ない声を作って、通忠殿に言った。

——御子さまがお眼ざめですわ。さあ、参りましょう。胸にお抱きになって、お顔を確かに見届けておいて下さいませ。

ことねは立ち上がって、隔ての障子を開けた。

日頃、闊達《かったつ》な通忠殿はすぐに気を取り戻し、御子の御寝室に移った。

御子をひとしきりあやしてから、珠姫のそばに行き、父君のお元気になられたことだけを告げた。珠姫はほのかな笑いを浮かべ、兄君の顔を見つめていた。ことねはその兄君妹君のお姿に、少し前の自分の揺らぎも忘れて、うっとり見とれていた。

——少しは、お分かりになりましたでしょう、私どものたった今の充たされようが……。

通忠殿をお見送りする時に、ことねはそっと言葉を掛けた。

——分かった、と言えば、分かったのかもしれないが……、ことね殿、それでこちらまで充たされることはありません。

通忠殿は顔を歪めて答えた。

忘れた振りをいくら続けていても、その日の来るのは避けられることではなかった。御子といよいよお別れしなければならない、と思うと、やはり涙が出て、今まではこの悲しさを寄せつけたくなくて、意地を張り続けていただけだったのだろうか、とことねは自分を疑ってもみた。が、どうもそのようにも思えない。この短かい日々、御子に備わっている生命力に照らされ、その眩しさ以外、なにも感じられなくなっていた、と相変わらず、信じておきたかった。

その日、御帰京に備えて、珠姫のお体をいつもより念入りに清めてから、ことねは乳母の方へ行き、御子のお湯浴みの様子を泣きながら眺めた。泣き顔を見ては笑い、小さな手を握ってみては笑い暮らしてきた御子だった。日一日と頬が丸くなり、眼もはっきり開けるようになっている。御子のそばを離れずにすむ乳母が、ことねにはうらやましかった。

——あなたとも、もう会えなくなりますのねえ。良い方と巡り会えた、と喜んでおりましたのに。

お湯から上げた御子の体を拭きながら、乳母も泣き声で答えた。

——私こそ、楽しゅうございました。これからのことを思いますと、心細くてなりません。いつまでも、ここで人知れずお育てしていたい、と思うのは、いけないことなのでしょうが……。

——私に御子さまを抱かせて下さいな。珠姫さまに、このままお会わせしましょう。……御子さまのためには、もちろん宗雅さまにお渡ししなければならないのですが、それでも、私もあなたと同じことを願わずにはいられないのですよ。ここでは格式も問題にならず、毎日、私も御子さまのおそばにくつろいで寄らせて頂いておりました。都のお邸では考えられない幸せに恵まれていました。姫さまにとっては御不幸な環境でしたのに、それをこのように思うなんて、本当にどういうことなのでしょうねえ。

――さあ、どうぞお抱き下さいませ。

乳母は白綾《しらあや》に包まれた、桜の色に光る御子を、ことねに慎重に手渡した。

――ああ、良いにおいだこと。お肌もつやつやして……。

ことねは顔を御子に摺り寄せ、いっとき、眼をつむった。

――お美しい姫君になられますわ。必ず、必ず、またお会いできますよ。

――……ええ、でも、それはいつのことでしょう。お小さい時も、お見届けしたかった。御様子をどうぞ、人に気づかれぬよう、折りに触れて知らせて下さいね。

乳母は何度も頷き、涙を流した。

それから二人は珠姫のもとへ行った。御子はお湯浴みで疲れたのか、ぐっすり眠っている。珠姫の茵に御子を寝かせた。珠姫はまだお体も起こせずに休み続けているのだが、御子を見届けると顔を赤くして、涙ぐんだ。

うれし涙なのか、悲しい思いに誘われての涙なのか、当惑しての涙だったのか、よく分からない珠姫の涙だった。まだ夢のなかに留まっている珠姫は、御子に触れてみることも思いつかぬまま、泣き顔を衾に埋め隠してしまった。

母君になったとは言え、珠姫にとってそれは夢のなかの出来事で、御子を前にしての様子はまだほんの子どものようだった。ことねたちはその子どもらしさに、改めて胸を衝かれ、泣きださずにはいられなかった。

その日、日が高くならないうちに、珠姫の一行は都に戻った。

珠姫は先頭の車に、少将、少弁に付き添われて乗り、次の車には女房たち、そして、少し遅れて人眼を忍びながら、最後の車に御子と乳母、ことねが乗った。

途中で、珠姫の御気分が悪くなったが、どうやら無事に一条邸に到着した。珠姫のお体を今は、隠す必要もなくなっているので邸の女房たちに珠姫のお世話をまかせておくことはできた。遅れて到着した御子の車は、こっそり西の対の南面に寄せて、邸内に御子をことねと乳母とでお運びした。少弁と少将も休息する振りをして西の対に来て、これから改めて宗雅殿に引き渡さなければならない御子と乳母の身支度をみなで慌しく整えた。その支度を入念に準備しておいて下さった通忠殿も様子を伺いに来た。

日が落ちてすぐに、宗雅殿が女房の乗った車のように見せかけて、一条邸にお迎えに来た。ことねがまずお会いして、珠姫や御子の様子を御報告してから、御子をお連れして、抱いて頂いた。

宗雅殿にとってもはじめての御子で、しかも珠姫との不思議な御縁で生まれ出た御子だった。宗雅殿はしばらく感動で、声もお出しになれなくなっていた。

しかし、そのうち宗雅殿は今までと同じように、珠姫にお会いしたいのだが、とことねに訴えられた。この間は確かに、珠姫のお命も危うく、この世の名残りにと思い、会って頂いたのだが、今はもう同じ状態ではない。あの時の余韻を残して今また、お会わせするのは、互いになれなれしすぎるというものだ、とことねは宗雅殿に少し腹を立てながら、お断わりした。

例によってことねを恨み、責めてから、ことねの、とにかく今夜はいけません、ほかの日にでもまた、という苦しまぎれの言葉を聞き届けてようやく、宗雅殿は諦めをつけて、出立の用意をお命じになった。

いよいよ御出立、ということになると、ことねも御子の乳母も少弁もみな、急に蒼ざめ、顔を見合わせて、啜り泣いた。

――珠姫とこの御子を並べて見ることもできないとは。そんな時がこの先、あるのだろうか。

……

宗雅殿も涙ながらにおっしゃった。

御子のお見送りには、少将が御佩刀《みはかし》を持って付き添って行った。他に女房二人、童一人、下仕えたちという一行だった。通忠殿、宗雅殿、お二人の心尽しで、一応の体裁を整えることはできたが、人眼を避けての御出立は、やはり侘しいものだった。

少将は宗雅殿に引きとめられて、御子が関白邸に正式に引き取られた四月の末まで、帰れなかった。ことねにはその少将もうらやましく思えた。

御子と乳母、そして少将までがいなくなってみると、珠姫のお世話にいくら努めても、淋しさがつきまとい、ことねは溜息を洩らしがちになってしまった。御子もろとも珠姫がこの世から消えてしまう危険があったことを思い出せば、欲張りな自分の気持だ、と呆れるのだが、妊娠中から案じ続けていた赤子が生まれ、胸に抱きしめることができた喜びを一度、知らされてしまうと、その喜びをもう忘れることができなくなってしまう。その喜びを、日々、確かめ続け、母君となった珠姫とも、御子の乳母とも分かち合い続けたかった。

赤子の誕生がどういうものなのか知ってみると、人の子では所詮甲斐がなく、今からでも自分の子を産んでみたくなった。ことねはこんな自分の気持にびっくりしたが、打ち消そうとも思わなかった。珠姫が母君となられ、珠姫の亡き母君は祖母君となられたわけで、それでようやく、この世に残されたことねは珠姫の母君から離れることができたということなのだろうか。同じく残された父君も御出家を遂げられた。

もちろん、子を産むと言っても、一人で願ってかなうものではない。珠姫からも、まだ当分の間は眼が離せない。ことさらに急ぐ気にもならなかったし、その機会を自分から作りだす気にもならなかった。成行き次第で、子に恵まれないままでもかまわない、と思っていた。しかし、自分の子が欲しいという思いは、ことねの身に不思議な香のにおいのように、かぐわしくまつわりついてしまっていた。

ことねに文を寄越す男も、たまにはいた。姉の夫である但馬守からうわさを聞いたり、女房たちから話が伝わることもあるのだろう。そんな文を今まではろくに見もしなかったのだが、縁のある男がそうしたなかにいるのかもしれない。いずれも受領層の男ばかりで、当然、ことねも身分の高すぎる男を相手にして、子を成すことは実りのないこと、とはじめから思い定めていた。珠姫の父君との時は、ことねの体が未熟すぎたせいか、一度も妊娠しなかった。それが幸運なことだったのかどうかは、よく分からない。が、今度、珠姫の妊娠、出産に付き添い続けてきて、身分が釣り合っていてさえ、これほどの辛さだった、まして身分が釣り合わなかったら、という苦い思いは身に染みていた。

それでも通忠殿を見かけると、ふと心が晴れ、胸が弾むのは、自分でも押えようのないことだった。

通忠殿に、ことねと同じ情感の揺らぎが残っているとは思えなかった。あの日、心身がくたびれ果てていた通忠殿は子どものような心細さに襲われ、つい、ことねの手を握りしめてしまったのだ。それだけのことだった。が、ことねにはその外聞を忘れた通忠殿の子どもらしい様子が忘れられなかった。その時、甘えかかるような女の意識が自分になかったこともうれしかった。通忠殿が男で、自分は女だ、と片時も忘れてはいなかったが、その時は少年と少女が向き合っていただけだったようにも思えた。少女としてのことねが、通忠殿によって引き出されていたのだ。それは、ことねに少女の時代から生き直すことができるような甘い喜びを感じさせた。

少将が御子に付き添ったまま、留守にしている間、珠姫は数日、お体の回復を待ってから、広沢の父君のもとに移った。

父君の御出家は御対面まで珠姫に知らせられてはいなかったので、そのお姿に珠姫は言葉を失い、泣くばかりだった。

父君の入道殿は、この受戒の力で私は生きてこられたのだし、こうして互いに元気で会えたのだからよかったではないか、と珠姫をお慰めしたが、瘠《や》せ衰え、まだ顔色も元に戻らず弱々しい珠姫の様子に、心配そうな表情を浮かべていらした。

広沢には、まだ宗雅殿の北の方が父君のために滞在していた。

珠姫が入道殿の前から下がり、体を休めていると、早速、北の方がなつかしさに頬を紅潮させてお見舞にいらした。

北の方さまがいらっしゃいます、という女童の声を聞いて、珠姫とことねは顔を見合わせずにはいられなかった。

――今までのことはお忘れになることですよ。よろしいですね。

ことねの言葉に、珠姫のただでさえ蒼い顔が蒼ざめた。

姉君は部屋に入ると、真直ぐ、珠姫のそばに寄り、笑みを浮かべて、

――そのまま寝ていて下さい。お体がお疲れでしょうから。

と言い、妹君の白い瘠せた手に手を添えた。

珠姫はためらいを見せたが、ことねがそっと促すと、諦めたように、茵に身を伏せた。

――まだ、お顔色はお悪いようですけど、こうしてまたお目にかかれて、どんなに私もうれしい思いでいるか、お分かりですか。この日を、父上さまのおそばで、毎日、待ち暮らしていたのですよ。本当によかったこと。

姉君にしては珍しく声が弾んでいた。

――……ありがとうございます。御心配をおかけして、申しわけございませんでした。

姉君から顔をそらすこともできずに、珠姫はかろうじて、小さな声で答えた。ことねの手も緊張で汗ばんでいた。

姉君は妹君の頬にもそっと触れ、溜息を洩らした。

――お気の毒に、こんなにお瘠せになってしまって……。以前の、ふっくらとした可愛らしいお顔を早く取り戻して下さいね。私と違って、あなたはこれからの人なのですから。

――……お姉さま、そんなこと、どうして……。

珠姫の眼がみるみるうちに、うるんでいった。

北の方に付き添ってきた弁の乳母も北の方の気弱な言葉を聞き咎《とが》めて、声を差しはさんだ。

――本当にいけないことでございますよ、そういうことをおっしゃるのは。これから次々と御子さまをお産みになる身でいらっしゃるのですからね。

北の方は眼を伏せて、また溜息を吐いた。珠姫もこの言葉に、袖で顔のなかばを隠して、涙をこぼした。

――それはそうなのかもしれませんが、ここでは思い出す必要もないことです。大切な妹のそばにいる時ぐらい、そんなことは忘れておきたいのです。分かってくれますね。

北の方に言われ、弁の乳母は辛そうに頭を垂れてしまった。早く御妊娠を、と焦る弁の乳母の心中を思いやり、ことねは同情もし、これで珠姫の御出産が知られたら、と考えると、事実の怖ろしさも改めて思い知らされずにいられなかった。

――……かわいそうに。私もあなたの御参籠に付き添ってさしあげたかったのですよ。心細かったでしょう。でも、父上さまも御病気になられ、お年を考えると、おそばを離れるわけにもいかなくて……。身がふたつあったら、とくやしく思っていました。せめて、あなたのために読経だけでも、と毎日、できるだけのおつとめは続けておりましたが。……

――ありがとうございます。そのお気持が確かに、石山まで届いたのだと存じます。

ことねが珠姫に代って、礼を述べた。

姉君は微笑を浮かべた。

――そうだとよかったのですが……。でも、父上さまの御出家もあって、それもまた悲しいことではありましたが、お体はありがたいことにおすこやかになられたし、あなたとも、こうしてまたお目にかかれました。なにもかも良いようになり、これ以上、望むこともなくなりました。弁の乳母は、少し違う気持でいるようですけれど……。

弁の乳母を振り返り、姉君は小さな笑い声を上げた。せっかくの冗談だったが、他に笑いだす者は一人もいなかった。ことねにも、笑みを浮かべるゆとりはなかった。

姉君は続けて、父君の御出家の時の様子を話したが、遺産分けの話はなく、もっぱら御家族の会話などを伝えるだけだった。その話の間、ことねは弁の乳母と間違っても顔が合わないよう、深くうなだれ続けていた。珠姫も声を呑んで、泣き続けていた。

御姉妹にとって、父君からの御遺産のことなど、興味の持ちようもないことなのに違いなかった。珠姫は、まだその内容を知らされてもいない。が、弁の乳母にしてみれば、明かるい話題に恵まれない日々に追い討ちをかけるような、不快きわまりない御遺産の配分であるはずなのだった。さぞかし、輝忠殿や女房たちと不満を言い合っていることだろう。

姉君が立ち去ると、待ちかねていたように、珠姫はことねにしがみついて、泣きだした。

——……どうして、あの時に私は死ななかったのでしょう。お姉さまに申しわけなくて……。これからもお姉さまにお会いしなければならないことを思うと、つくづく生き続けているのがいやになります。このように苦しまなければならない心を、これ以上、この世に残したくない……。

——姫さまが悪いのでも、誰が悪いのでもございません。おつらいのは分かりますが、せっかくのお命をないがしろにするようなことをおっしゃるのはよくありませんわ。姫さまのお命が危うかったあの頃、そして無事に御子さまがお生まれになった時の私どもの気持を少しでも分かって頂けたら、と思います。どんなにか悲しく、そして、どんなにうれしかったことか……。

ことねも涙を流しながら、珠姫を慰め続けた。

二日ほどして、父君のお体がすっかり御回復になり北の方の御滞在もこれ以上延ばすわけにはいかなくなった、ということで、宗雅殿が広沢に北の方をお迎えに、賑やかな御一行を従えておいでになった。

――私がいなくなっては、お淋しくなるでしょう。一緒に、戻りませんか。

前の日から姉君はしきりに勧めていたが、当日、ぎりぎりの時になってからも、珠姫に伝言を寄越した。

――もう少し、父上さまのおそばにいたいと思いますので……。

珠姫は前日以来の返事をためらうこともなくお返しした。

父君も珠姫の体がまだ心配だから、とお引き留めになったので、それでは、と姉君はようやく心を決めて、用意された車に乗りこんだ。

御前駆の者たちも数多く参集し、女房どももたくさんお迎えに参っていたので、何台も連なった車が大騒ぎをして、広沢を離れていった。そのあとの淋しさは、覚悟していたこととは言え、やはり残された者を打ちのめさないわけにはいかなかった。

こんな折りに、宗雅殿が御文を届けて下さるはずもなかったのだが、御文ひとつ頂けなかったと知ると、それもことねには辛く思えた。宗雅殿に腹を立てたり、不満を感じたりするのも、宗雅殿を身近に感じてこそのことだった。

それから数日経ち、珠姫も渋々ながら、京の本邸に戻った。父君から、本心を言えば、このまま、そばにいてもらいたいのです、しかし、出家の身で我がままは許されないことです、姫の体もどうやら大丈夫らしい、それなら、姫もこんなところに長くいるのはよくない、宗雅殿にも今後のことはくれぐれも頼んでおいたので、安心して、都に戻り、あなたの年齢にふさわしい、楽しいことの多い生活にお戻りなさい、と促されての御帰京だった。

本邸に戻っても、もう父君はいらっしゃらないので、実質的には、宗雅殿のお邸ということになってしまっていた。北の方の姉君は、これでまた、昔のように仲良く暮らせるのですね、と喜んで下さっていたが、珠姫の方は今更、逃がれようのない妹という立場に苦しみを新たにするばかりだった。

翌日、ことねの待ちに待っていた少将が御子のもとから戻ってきた。

――御子さまはすこやかにお育ちになっていらっしゃいます。それはもう、可愛らしくおなりで、笑顔もお見せになっております。父君となられた御方もおそばを離れられないほど、愛しくお思いの御様子でしたが、四月の月末に関白さまのお邸に正式にお移りになられましてからは、関白さま、関白北の方さま、お二方も心からお喜びで、かわるがわるお抱きしては、御子さまのお美しさに眼を細めておいででした。……

少将の報告を聞きながら、珠姫は御子の成長を自分で見届けることができないという定めを思い起こしたのか、また、関白邸で正式に育てられる以上、御子の今後の身分は保証されたわけで、その安心もあってか、静かに眼をうるませながら、何度も頷いていた。

母親らしいお気持が、気づかぬうちに、お育ちになっていたのか、とことねはその珠姫の様子に驚かされた。夢のなかでの御出産、御子との御対面だったはずなのに。

局に下がってから、ことねはまず少将に、自分の驚きを打ち明けないではいられなかった。

——……こちらは姉君とのことがどんなにかおつらいだろう、とそればかり案じておりましたのに、いつの間にか、御子さまの母君にお体だけではなく、お心もお変わりになっていらっしゃるのですもの、呆気に取られるような見事なお強さですわ。

——あれだけのお触れ合いでも、愛情が育くまれるのですねえ。

少将も深く溜息を吐いて、答えた。

——おそばにいた私たちの方がよほど、御子さまをお抱きし、親しませて頂いていたのに、お体を二つに分けた姫さまは、そんな親しみも必要としないほど、別の境地にいらっしゃるのでしょうか。

——お乳の張りなどでも、母親らしい気持が芽生えるとか。御妊娠の間も、御子さまの重みをお体で感じていらしたのでしょうし。

産後の三、四日ほど、珠姫の御乳が張り、お揉みしても乳がほとばしり出ることもなく、腫れもののようになった御乳から高い熱が導き出されたことを、ことねは思い出させられた。

——やはり、体を分けた者にしか分からないということがあるのですね。御妊娠中にも、そう言えば、時々、なんでもない時に、あっと驚いた声を出されるので、どうなさったのかと思うと、御子さまがおなかのなかで動いていた、ということがありましたっけ。

少将は頷くと、ことねの顔を笑いながら覗きこんだ。

——それにしても、ずいぶん、こだわられますこと。御自分も赤子が欲しくなられましたか。

――あら、そんな……。私はただ、姫さまのお気持の変化がありがたくて……。

ことねはうろたえ、顔を赤らめた。

――ええ……、実は私も、自分のこととして体験したら、と思うようになっているのですよ。きっと底深い満足感があるのでしょうね。それも、女だけに許されていることなのですもの……。

――あなたにも、そんなお気持があったのですか。

――それはそうですとも。

少将は恥ずかしそうに笑い、頷いた。

――今度のことをきっかけに、不思議に自分の身について考えさせられました。今までは具体的に先のことを考えるという欲も頭もなく、珠姫さまのためだけに年を重ねて参りましたが、御子さまのお顔を拝見し、宗雅さまの御子さまと珠姫さまへの御執着を身近に見聞きしているうちに、自分の淋しさをふと、感じさせられてしまったのです。夫というもの、子というものを、自分の身に直接、知りたくなりました。

ことねは何度も頷きながら、少将の言葉に聞き入っていた。

――私も……、私も同じ思いを持っておりましたのよ。こんな時に自分のことを思うなんて、姫さまに申しわけない、という気持もあるのですが……。妙なものですね、二人して自分の身が女であることを思い出させられたわけですから。

――二人だけではありますまい。子を持たぬ女なら、今度のようなことを知れば、必ず心が揺らぐものなのでしょう。

――そうなのかもしれませんね。

ことねは頷いてから、北の方のことを急に思い出した。北の方にしても例外ではない、と考えると、血の引く思いがした。関白邸に正式に、宗雅殿の御子として引き取られたからには、北の方にも御子の存在が知らされることになる。御妊娠の兆しが一向に見られない北の方にとって、それだけでもどんなにか恨めしくつらいことだろう。まして、御子の母君が妹君だと知られてしまったら……。

ことねは眼をつむり、溜息を吐いた。

少将も同じ思いに襲われたのか、少しの間、黙りこんでいたが、気を取り直したように、不意に明かるい声で話しだした。

――それはそうと、あとでゆっくり少弁も一緒に、ひとつひとつお見せしたいと思っておりますが、宗雅さまは私にそれはもう、立派な贈物をたくさん下さったのですよ。あまりお気前が良くて、恐縮してしまいました。私が車に乗る時にも、かたじけなくもお手ずから乗せて下さいましたの。なんだか、ぼうっとしてしまいましたわ。

――まあ……。

ことねもようやくほほえんだ。

――柱に寄りかかって、私の車をいつまでも心細そうに見送って下さっていたのです。そのお姿がまた、におうようにお美しくて、心底、うっとりさせられました。

――宗雅さまは、あなたを易々と味方に引き入れてしまわれたようですね。

――そうですわねえ、ちがうとも言えませんかしら。

少将はいたずらっぽく言い返した。

――そうおっしゃるあなたにしても、もし私と同じ立場にいたら、同じように宗雅さまびいきになられますよ。

――あら、私をひがませるようなことをおっしゃって……。

――ええ、ひがんで頂きたいような、打ち解けたお態度でしたのよ。はじめ、宗雅さまの乳母君の家に参りましたでしょう。その夜も一晩、御子さまをお膝の前にお寝かせして、今までのことをしみじみとお話し下さいました。御身分もお忘れになられたようなお話し振りでしたわ。私も涙が出て、困ってしまいました。

ことねは黙って頷き返した。ことねには簡単に想像がつく場面だった。

――関白さまのお邸に御子さまをお移しする時も、人眼にはつかないから、と宗雅さまに何度も言われ、結局、私もお供してしまったのです。そうそう、その折り、中宮さまから御子さまにお召物などの贈物もございました。銀の箱に入った、立派なもので、ありがたい御配慮でございました。……関白さまのお邸では、西の対の北の渡殿が乳母君の局となりました。あの乳母君は、私たちの期待通り、関白さま、関白北の方さまのお気に召したようですよ。

……

――それはよろしゅうございましたわ。あの方が乳母君になって下さって、私も本当に安心していられます。

少将は表情を少し硬くして、傍に置いてあった黒塗りの箱を両手で押し出した。

――……実は、私の出立前に、宗雅さまから姫さまへと御文をことづかって参りました。

なんとしても、お返事を、とのことです。また、世間の非難も、人の恨みもかまわないから、姫さまをどこかへお隠ししてしまいたい、その手伝いをしてくれ、と怖ろしいようなこともおっしゃっておいででした。

やっぱり、という思いで、ことねは御文の入った箱を見つめた。

——それで、珠姫さまとの御連絡を取り計らうように、とも宗雅さまはおっしゃったのでしょう。

少将はうつむいてしまった。

——あの方の、いつものお手口なのですよ。困ったこと。……姫さまのことはもう、諦めて下さらなければいけませんのに。

——……でも、御子さまが今のお二人の間にはいらっしゃるのですから、無下にお隔てし続けるわけにもいかないのではないでしょうか。……

震え声で少将は言い、眼もとを赤くした。

——……そう、姫さまももう母君となられたお方。これからは姫さまの御判断におまかせすべきなのでしょうね。でも……、私はおそろしいのですよ。同じお邸にいらっしゃる北の方のお耳にたとえうわさだけでも届いてしまうのが。……このまま、なんとか無事にすんで欲しい、とお二方のために念じるばかりなのです。宗雅さまも、今は珠姫さまの御後見役ともおなりなのですから、いっそ姫さまにおふさわしい御結婚を真剣にお考え下さるとよいのですが……。

——そんな、……それでは、あまりに無情というものです。

——でも、ほかにどんな道が残されているというのですか。……

言いながら、ことねも結局、涙ぐんでしまった。もし実際にそんな成行きになったとしたら、と想像するだけでも、宗雅殿の冷酷さを恨みたくなり、御子とのつながりを断ち切られる珠姫の嘆きに胸が痛くなった。

やがて、二人で顔を直し合ってから、ことねと少将は珠姫のもとへ行き、宗雅殿の御文を手渡した。御子さまのことが書かれてあるにちがいありません、とことねが言ったのに誘われて、珠姫は御文を拡げて眼を通したが、途中から涙を流し、そのまま袖を顔に押し当ててしまった。御子を思う気持は溢れるほどあっても、お返事を自分で書こうという気持はなさそうだった。ことねも珠姫に代ってのお返事は控えておいた。今となっては、それもかえって宗雅殿に失礼なことに思えた。

関白邸では、その後、照子と名づけられた小姫君の五十日《いか》、百日《ももか》のお祝いが盛大に行なわれ、乳母からの折々の便りからも、小姫君の順調に、美しく育っていく様子が伝わってきた。声をあげて、笑われるようになりましたとか、アー、ウーとなにやら話しかけられるのです、と書いてあるのを読むたびに、ことねは頬を火照らせ、珠姫にも報告した。嘆き続けていても仕方ないことと、珠姫もことねたちも心を決めてはいたが、小姫君の成長を喜び合ううちに、直接見届けることのできない淋しさが湧き起こってきて、いつしか眼がうるんでしまうのはどうにもできることではなかった。

そんなある日、宗雅殿から御文がまた舞いこんできた。赤い料紙に撫子《なでしこ》が包まれていた。この撫子に寄せて、可愛らしいと見て下さい、見るたびに美しくなる私たちの娘です、すぐにでもお目にかけたいのですが……。

いつもと違って、言葉少なく、これだけのことが書いてあった。

珠姫の方も、ちょうど御前の植込みに咲く撫子を、童の手でまわりの草を引かせて眺めていたところだったので、御文の撫子もほほえましく感じたようだった。

――しみじみと照姫さまのことが思いやられます、今回は御返事をさしあげてもよろしいのではありませんか。

ことねは照姫のお顔をあれこれ想像しながら、いつになくお勧めしてみた。母君の珠姫から感謝の気持なり、愛着の念なりを、少しはお伝えしておくことも、必要なことなのかもしれない、という気がした。が、珠姫は身をはばかって、お返事を書こうかどうしようかと迷うことさえしなかった。

実際、照姫が関白邸に引き取られてから、北の方は照姫の母君である女性を手を尽して探させている、とのことで、うっかりしたことはできない状態になってはいた。

宗雅殿は関白邸にばかりおこもりになり、北の方のもとにはほんの申しわけ程度にしかお通いにならない。

熱心にお通いになっている女性が必ずいるはず、といくら探させても、どうにも分からない。北の方は局に閉じこもって、すっかりふさいでしまっている。弁の乳母が苛立って、いつ殿がいらっしゃるか分からないのですから、だらしなくしていてはいけませんよ、と女房たちを叱りつけたり、このままではあまりにも北の方さまがお気の毒だということが、どうして分からないのですか、関白邸の童など、なにかを知っているかもしれませんよ、いいですか、なにも分からなかったなどという知らせは、もう聞きませんからね、と下仕えの者たちをののしる声が、珠姫の局にまで、届いてしまうことさえあった。
そんな折り、珠姫もことねも聞かない振りを装っていたが、顔色までは装うことができず、互いに溜息を洩らし合っていた。
七月までは、それでも平穏なまま日が過ぎていってくれた。
そうして七日の夜、とうとう怖れていたことが起こってしまった。久し振りに北の方のもとを訪れた宗雅殿が、その夜の月の明かるさに一年前の珠姫との出会いを思い出し、大胆にも、珠姫の局の前までいらして、御格子を叩き、
かわいそうだと少しでも思って下さいよ、ずっと一人侘しく夜も眠れずにいるのです、
といった意味の歌を囁きかけられた。御格子のなかでは息をひそめて、やりすごしていたのだが、その宗雅殿のお姿が北の方側の一人に見つかってしまったのだった。
うわさはすぐに拡がり、北の方の耳にも届いてしまった。

雨

その日、通忠がいつものようにまず、大君に御挨拶してから中君の局に、と思い、大君の局に入って行くと、妙にとげとげしい空気に充たされていることに気づかされた。いつもならば、兄妹のこと、御簾のなかにと促されるところなのに、御簾は下ろされたままで、大君も口を閉ざしたままでいる。

うろたえて、弁の乳母や女房たちの様子を見やると、明きらかに通忠を憎む眼を向けていた。さては、と思い当たり、通忠は意味のない言葉をしどろもどろに口走りながら、なんとかその場を逃がれ、渡殿を通って、中君珠子の局に急いだ。気のせいか、行き交う女童や下仕えの者たちまで、わざわざ動きを止めて、また、話をしていたのをふと黙りこんで、精いっぱいの憎しみをこめて、通忠を睨みつけている。

この邸では、兄の輝忠よりも次男の気安さのせいか、自分の方が親しみを持たれている、と通忠は自認していた。なんと言っても、ここは生まれ育った、なつかしい家で、少年だった頃からの顔も多く見られる。兄は早くに結婚し、邸から離れたが、通忠はほんの二年前まで、この邸にいた。今まで、通忠が邸に戻ると、通りかかる女房や童も微笑で迎えてくれていた。

やはり、これは最悪のことになってしまったのだ。通忠の胸の動悸が激しくなった。中君と会う前に、ことねから状況を聞いておこう、と思い、ことねの局に立ち寄って、そこにいた女房にことねを呼んでもらった。

ことねは待ち兼ねていたように、すぐに姿を現わした。

——どうしたというのですか。なにもかも北の方の知るところとなってしまったのですか。

ことねが坐るのも待ちきれずに、通忠が余計な言葉を省いて問いを重ねたので、咎めるような強い口調に、ことねの耳には響いてしまったようだった。

——申しわけございませんでした。ですが、私たちはなにも……。

ことねは手をついて言ううち、声を詰まらせて、肩を震わせだした。豊かな髪が肩から流れるように辷り落ち、通忠はその髪に顔を埋めてみたい、といつものことながら、誘惑を感じずにはいられなかった。

——いや、あなたを責めてなどいないのですよ。聞き方が悪かったようです。どうも、大変なことになっているらしくて、さっき、びっくりさせられたところなのです。北の方は一言も答えてくれないし、弁の乳母の顔といったら……。

ことねは袖で顔を隠しながら、身を起こした。乱れた髪を取り繕うことも忘れているのが、年齢を感じさせない若々しい風情だった。

——……通忠さまにまで……。いいえ、通忠さまにこそあちらではお怒りを集中させているのかもしれません。

――どうして……。まあ、私のことはともかく、はじめから事情が分かるように説明してくれませんか。

局のなかは蒸し暑く、通忠の額に汗が噴き出ていた。

――……事情と申しましても、宗雅さまが珠姫さまのお局の前にいらっしゃるのを、どなたかがお見受けしたようで、そのことから大仰なうわさが拡がってしまった、というだけのことなのです。こちらで御格子を開けて、毎夜のように、宗雅さまをお導きしているのだとか……、珠姫さまもお心を寄せていらっしゃるのだとか……。二度と耳にしたくないような、はしたないことが、姉君のまわりで言い交わされているらしいのです。

ことねは泣き顔になったが、涙はこらえて、言葉を続けた。

――姉君も珠姫さまのもとにいらしては下さらなくなりました。こちらでは、殿の御文すらお受けしないように、気をつけているのですが、うわさというものは一度拡がってしまうと止めようがなくなってしまうもので……。

通忠も眉根を寄せて、頷いた。

――……うわさを否定しようにも、照姫のことがあるから、むずかしいな。

――ええ、ですから、下手な弁解をせずに、我慢して聞かぬ振りはしているのですが、どうにもつらい状態でございます。珠姫さまも……、どうして生き長らえてしまったのか、あの時にはかなくなっていれば、姉君も許して下さっていたかもしれないのに、と悲しんでいらっしゃいます。……そんな姫さまのお気持だけでも姉君に知って頂けたら、と思うのですが、例の弁の乳母君が和解への道を考えて下さるどころか、興奮しきっていて、姫さま附きの女房を見かけても、顔色を変えて、皮肉をおっしゃるほどなのです。

――皮肉とはどんな……。

――どんな御主人におつかえしているかで、その人の人となりも分かるものです、とか、頼みがいのない御主人におつかえするのはつらいことでしょう、とか……。

ことねの顔が蒼ざめ、唇が震えた。

――そんなことを……。

通忠はうなだれ、溜息を洩らした。

――ええ……、それで心細くなり、辞めていく女房も出はじめているのです。このままでは一体どうなることやら……。姉君は輝忠さまにもお打ち明けになられたそうで、となると、弁の乳母君のおおげさな言葉もお聞きになったはず、到底、こちらをお許し下さるようにも思えません。……通忠さま、こんなことになってしまいましたからには、いっそのこと、ありのままを姉君にお伝えした方がよろしいのでしょうか。……

ことねの眼が涙でふくらんだ。その顔を、袖や扇で隠そうともしない。

このように子どものように無防備でいるのは、気を許しているからなのだろうか。いや、単に、心細さに我を忘れているだけなのか。通忠には少年の頃に見知っていた大人びたことねの姿と、今眼の前で少女のように泣くことねが一致せず、混乱する思いがあった。眼の前のことねは、子ども同士のけんかで負けた気の強い女の子のようにしか見えなかった。

――……いや、なにも言わない方がいい。今の状態では、どうせ冷静には聞いて下さらないでしょう。かえって、やはり本当のことだった、と騒ぎが大きくなるだけです。それに、あの宗雅殿が珠姫に冷淡なお気持でいらっしゃるのなら、まだよいのだが、北の方としては婿殿のお気持がなによりも肝心なことなのだろうし……。

――でも、このままでは……。

ことねの鼻の脇を、涙が一筋流れた。

――……このままでは、つらい。それはよく分かります。なんとか考えましょう。……しかし、他の場所に軽率にお移しして、事実を知られたものだから逃げだしてしまった、と思われるのも、良くないことだし、迂闊なことはできません。……うわさはうわさに過ぎないという面もありますからね、なんの証拠もないのですから、とにかく知らぬ存ぜぬを通してしまうことです。……それよりも、私が気になるのは兄上のこと。兄上は、さぞかし私にお腹立ちなのでしょうね。兄上のお腹立ちがあるから、北の方もなるほど、と思い、私をお恨みになったのでしょう。……

兄が知った以上、家庭内の出来事というだけでは納まらなくなってしまう、と予想され、通忠は両手のこぶしを固く握らずにはいられなかった。大納言宗雅殿が冴子の婿殿となられた以上、兄や通忠の身分も今後、身内の者として引き立てて頂ける、という見通しは、無論、通忠としても持ち合わせてはいるが、兄はより強く意識し、頼みとしているらしい。冴子ともともと親しく、その冴子の婿殿なのだから、それはそれで不自然なことはないのだが、冴子と婿殿を大事に思うあまり、同じ妹の珠子を軽んじがちだったのが、今、この上なく不安なこととして思い返された。

珠子の世話をする役目を、父上の御命令で、ここしばらくの間、通忠が果たしている。御命令がなくても、自分から引き受けたい役目ではあった。珠子の魅力、美しさを通忠は得がたいものと信じ、兄として、珠子の幸運を願い続けてきた。そうした弟を、長兄は今度のような場合、許しはしないだろう。父に訴え、大納言に訴え、大納言の父関白にまで訴えてしまうかもしれない。そうしたら、宰相中将という自分の身分さえ、危ないことになってしまう。まさか、そんなことは、と言いきれないのが、兄輝忠の、火のつきやすい気性なのだ。

——通忠さまになんの責任もないことですのに……。

溜息をつくことねの手を、通忠は握りしめた。熱い、汗ばんだ手だった。ことねは片手を通忠に預けたまま、うつむいている。夏物の紫の単《ひとえ》がさねを着た胸もとにも汗が光って見えた。

——それでも、男の私の責任ということになるのです。それはかまいません。しかし、ことね殿……、この先どんなことになるか分かりませんが、あの妹を支え続けてやって下さい。この兄妹が、どんなにことね殿を頼りに思っていることか……。

通忠は息が苦しくなり、言葉を切って、ことねから眼をそらした。通忠の脳裏には、少年の頃に見たことねの面影が蘇っていた。

——そんなおっしゃりようはいけません。私こそ……、通忠さまに頼りきっているのでございます。私など、その場その場でうろたえるだけで……、珠姫さまも弁の乳母君のような気の強い方に守られていましたら、もっと御安心だったでしょうに、とお気の毒に思われるのです。……

押し寄せてきたいろいろな感情に耐えきれなくなり、ことねは泣き伏してしまった。

——そんなことはない……、そんなことはありません……。

通忠も眼もとを熱くしながら、ことねの髪の裾の方を遠慮がちに撫で続けた。

少し経って、ことねは泣き顔を急に上げた。

――いつまでも、こうしているわけには参りません。申しわけございませんでした。どうぞお先に珠姫さまの方にいらして下さいませ。私もこの顔を直してからすぐにうかがいます。

ことねの唐突な切り上げ方は、いつものことだった。呆気に取られながらも、通忠は苦笑して立ち上がった。子どものまま取り残されている部分と、大人びた賢明な部分とどちらが多いのか、とことねの局をあとにしながらぼんやり思い続けた。

姫君たちの母上に可愛がられていたということねの無邪気な時代が自分の記憶に残っていないことが残念だった。兄は憶えているのだろうが、まさか聞くわけにもいかない。兄、と考え、通忠の思いは現実に引き戻された。さて、どうしたものか、と考えてみても、しかし、妙案は簡単に浮かんできそうにもない。

珠子の局の前に、萩が五分咲きに咲いていた。そう言えば、今年は家族での月の宴もなくなってしまっていた。この先も、昔のままに家族が管弦を合わせて、一夜を過ごすということは実現されないままになってしまうのかもしれない。

通忠は顔を歪めたが、すぐに表情を明かるくして、珠子の局の御簾を上げた。きょうはどうも暑い日ですねえ、と言いながら、几帳の前に坐り、控えていた少将に軽く頭を下げた。

少将の顔も、案の定、憂鬱そうで、通忠にすがりつくようにして口を開きかけたが、通忠はかまわず呑気そうに言葉を続けた。

――秋と言っても、この暑さなのですから、几帳をこんなに寄せたままでいるのは、どうかと思いますよ。もっと風をお入れなさい。どうも、これでは病人のようです。

通忠が眼で促すと、少将はあわてて形ばかり几帳の間に隙間を作った。

通忠は膝を進め、更にその几帳を押しやってから、珠子の様子を覗きこんだ。檜扇《ひおうぎ》で顔を隠した珠子はくつろいだ撫子の袿姿で、女房二人に髪を梳《す》かせていた。珠子は兄の顔を見ると、顔を赤らめ、うつむいてしまった。

――どうですか、この頃、食は進んでいるのですか。

珠子は黙って、首を小さく横に振った。

少将が後から、悲しげな声を出した。

――お召し上がりになることはなるのですが、まるで小鳥のようにほんの少しをおついばみになるだけなのです。兄上さまからも、もっとお召し上がりになるよう、御忠告下さいませ。

――いけないね、そういうことでは。こんな風に狭いところにこもっていては、食欲も落ちてしまいますよ。もう、病いはこりごりですからね。もっと階の近くに出て、昔のように琴の練習でもしたらよいのですよ。

通忠はわざと無頓着に言ってみたが、さすがに琴は少し言いすぎたか、と気がついた。今の状態で、琴を響かせるなど、珠子には怖ろしくてできるはずもないことだった。

珠子は扇を忘れて顔をあげた。

――お兄さま……、私はもう……。

言いかけて、涙がこみ上げ、珠子は袖に顔を埋めてしまった。

――通忠さま、実は……。

少将のうろたえた声に、通忠は急いで快活を装って言った。

――姫は泣き虫で困りますねえ。なにを憂えてお泣きになるのか、この兄にはよく分かりませんが、涙は物事の解決にはあまりならないようですよ。姫の笑顔が私は好きなのですが、きょうは見せてもらえないのでしょうか。さあ、お顔を上げて、一緒に萩でも眺めましょう。愛らしい花を咲かせていますよ。

――お兄さま……。

珠子はようやく袖から顔を覗かせ、通忠を見つめた。

――お兄さま……、お姉さまはなにかおっしゃっていましたか。

――ああ……いや、それは……、いつもと同じで、特別なことはなにも……。

通忠が口ごもっていると、珠子は、

――私のことは、もう、口にもなさらないのですね……。

と呟き、眼に新しい涙を浮かべた。

そこに、ことねが入ってきた。

ことねは知らん振りで、珠子のそばに寄り、通忠に挨拶した。

――失礼いたしました。雑用がございましたものですから。

通忠はことねが来たことでほっとして微笑を浮かべた。

――いや、姫が憂鬱そうにしていらっしゃるので、今、壺の萩でも見ながら、おしゃべりをしませんか、とお誘いしていたところです。

――まあ、そうですか。それはようございますこと。では、甘いものでも取り寄せますので、姫さまと少しここでお過ごし下さいませ。

ことねは早速、女房に菓子の用意を言いつけ、珠子に話しかけた。

——姫さまもそんなお顔はもうおやめになって、この間の女童と猫のお話でも、お兄さまに聞いて頂いたらいかがですか。

——それはぜひ、聞いてみたいですね。実は、私の知っているある人の家でも、美しい白猫が迷いこみ、ちょっとした騒動があったのですよ。……

誰一人として深い関心を持っているわけでもない些細な話題を、通忠もことねも笑いながら熱心に続けた。途中から珠子もにっこり笑い、口少なに話に加わった。

珠子を見ていると、通忠は今更ながら、その愛らしい姿に感嘆せずにはいられなかった。血色も一時と比べると、すっかり良くなり、唇が紅の必要もなく、鮮やかにつやつやとしている。眼もとはまつげが濃く、子どもの頃のままの輝きを見せている。これが自分の妹なのかと思うと誇らしくもあり、胸騒ぎもした。

自分たち二人が父の気性を受け継いでいる。顔や体はよく分からないが、やはり父から分け与えられているところが少なからずあるはずなのだ、と思うと、珠子の裸身に直接、自分が寄り添ってしまっているような感覚に襲われ、恥かしさと喜びが混ぜ合わさった気持になる。

以前からそんな感覚とは無縁ではなかったのに、今度、宗雅殿とのことがあり、出産を経験した、となると、ますます珠子のそばにいる間、落着いていることのできない、漠然とした焦りを体の奥に感じるようになっていた。

美しい、魅力的な妹を持った兄なら、こんな感じは誰でもが持つはずなのだ、と通忠は思い定めることにしていた。決して卑しい、愚かな思いが特別に、この自分にあるわけではない。そう決めつけておかなければ、珠子のそばに何食わぬ顔で坐っていることは、到底できることではなかった。

しかし一方で、珠子といつでも無意識の裡《うち》に比べてしまうせいか、自分が女というものに熱心な期待を持たなくなってしまっていることにも、気づかされていた。ことねを除いては、女に言い寄ることも面倒に思えた。

今の通忠には無論、正式な妻がいる。もうすぐ子も生まれる。家筋は悪くないし、容貌も美人の類いに入れられる。両親共健在で、なんの不自由もなく育ったせいか、気が強く、おしゃべりなところもあるが、通忠はその妻に充分、満足している。不満があるとすれば、妻の方なのだろう、と思いやってもいる。妻には結婚生活への夢がそれなりにあったのだろう。たとえば、もう少し情熱的な文とか、無邪気な睦み合いとか。

人を恋しく思うには、計算外のなにかが必要らしい。そう思えるのだが、通忠は自分の場合、それがどんなところに隠されているのか、まだつきとめてはいなかった。つきとめることに、ためらいがあった。

ことねへの自分の思いのなかに、もしかしたら、答がひそんでいるのかもしれない。そんな気も、最近になって、しはじめていた。

ことねをなぜ、冷静に見ていられなくなったのか。

ひとつには珠子の件で、この半年ばかり、密接に話をかわす機会が多くなり、互いに取り乱したところを見せてしまった、ということもある。しかし、それはきっかけに過ぎない。少年の頃にことねを見知っていなければ、どうだったろうか。また、ことねが珠子にとって唯一無二の人となって共に生きている人でなかったとしたら、自分の感じ方に違いはなかったろうか。このようなことを考えてみると、通忠は必ず、混乱した思いになった。

ことねは珠子と母方で縁がつながっているだけあって、珠子の姉のようにも見える、美しく、利口な女だ。もともと、ことねを年齢よりも大人に見ていたせいか、通忠の眼には、ことねが少しも老けたように見えない。しかも、三十という年齢の体の柔かさ、深みを持ち合わせている。そんなところに惹かれる。それ以上のことを、とやかく考えることもないではないか、と思うのだが、珠子とことねの二人を並べて見ていると、気持が落着かなくなり、自己嫌悪の思いにさえ誘われた。

なにを求め、なにに憧れているのだろう、と我ながら、わけが分からなくなってしまう。珠子という愛らしい妹がいる好運を喜び、ことねという美しい年上の女と親しくなれたことを喜んでいれば、それでよさそうなものなのに、どこか人に知られたくない後めたさが、二人への執着にはつきまとっていた。

宗雅殿が珠子に一途に、理性も忘れて、心を寄せ続けているのは、相手が珠子ならば、無理からぬこと、と通忠は納得のいく思いでいた。冴子には気の毒だが、珠子と宗雅殿の味方になるといった気持もなく、当然のこと、と二人の結びつきを受けとめてしまっていた。また、父がことねを一時期おそばに召していたのも、ことねで良かったと思えるのだ。ことねを選んだ父に、子としての安心を覚える。しかし、では自分は、と振り返ると、なにをこんなところでうろうろしているのか、と気落ちし、恥かしくもなった。

二日経って、通忠は広沢の父入道のもとに参上した。

もしや、と懸念していたのだが、早くも兄は珠子をめぐるうわさを父に報告してしまってい た。折入っての話がある、別室へ、と言う父の顔を見て、通忠はそのことを悟った。それにし ても、こんなに早くいやな話を父上にお知らせすることもないのに、と兄に腹が立った。兄は 兄で、弟にこの上もなく腹を立てているのだろうが。

——さて、なんの話か、見当はついているらしいな。

父入道は居室に通忠を迎え入れると、にこりともせずに話しだした。通忠は平伏したまま、 まずは入道の言葉を聞いていなければならなかった。

二日前に、兄は広沢に来て、冴子が妹と宗雅殿とのことで苦しみ、母代りと思って見守って きた妹のために、自分は尼になって、妹と宗雅殿とを御夫婦にしてさしあげたい、と言いだし ているのだが、どうしたものか、と話をきりだした、という。

尼という話は、通忠にははじめて聞くことだったので、驚いて、思わず声を洩らしてしまっ た。

——冴子の決意は固いらしい。もし、これが本当のことなら、それも無理はない分別と言 えよう。輝忠は、冴子も目撃しているのだから、疑えない事実だとしている。男はどんな男で も女のこととなると、理性を失いがちだが、女の方で取り合わなければ、男も気がついて引き 下がるものなのに、珠子はそうはせず、心を奪われてしまったのだろう、とまで輝忠は言って いるのだ。……

入道は言葉を切り、深く息をついた。この話を聞いてから、読経どころではなく、夜も眠れずに悩んでいらっしゃったのだろう、と通忠は思いやり、兄のあけすけな報告が悲しくなった。せめて、もう少しもの柔かに申し上げることはできなかったのか。

——……しかし、身の固いことで有名な、ごく慎重な性格の宗雅殿がどうして、と信じられぬし、珠子もずっと病いの身でいたのに、おかしなことだ、とも思うのだ。他の者と見間違えたのかもしれぬ。が、ここに離れて暮らしている身では、確かなことが分からず、心配ばかりがつのり続ける。……こんな心配をしなければならないとは、しかしよくよく考えてみると、姫を守る母のいないことが不幸のはじまりだったのかもしれない。そうも思えてくるのだよ。母が生きていたら、母の忠告を得て、身を慎むことができただろうし、人が軽く見て、こんなうわさを言いたてることもなかっただろう。……

小姫君のことはさすがに兄も気づいてはいない、と知り、通忠は内心、ほっとしていた。

——そなたたちにも母はないが、母のない娘は特に悩みが多くて、まったく人の持つべきものではないなあ。姫の世話を若い女房にまかせてしまっていた私も悪かったのだよ。……

入道は長い溜息をついてから、言葉を続けた。

——そなた相手に愚痴をこぼし続けていても仕方がない。輝忠の言うことがまことかどうか、そなたの口から説明を聞きたい。そなたには珠子の面倒を見るように、と特に頼んでおいた。どういうことなのか、そなたなら輝忠よりも正確に知っているはず。輝忠は、そなたの責任である、厳重に叱るように、と言っていたが、叱るかどうかはあとのことにして、とにかく事実を私は知っておきたい。さあ、話してごらん。

通忠はようやく顔を上げ、父入道の顔を見つめた。老いた顔が蒼白になり、息も苦しげな様子だった。つとめて声に力をこめて通忠は答えた。

——そのようなことは、私はなにも知らないのです。兄上の話で、どれだけ御心配になられているることか、今、私もお話をうかがいながら、心底驚き、胸を痛めております。……姫は御存知の通り、去年の秋頃から病いが重くなり、今も回復なさったとは言え、まだまだ眼が離せぬ状態でおります。そんな御様子なのに、いつうわさのような暇があるのか、と姫の病状をよく知っている者としてはさっぱり分からないことです。

——それは、私も同じ思いではいるのだ。

入道は何度も頷きながら、呟いた。

——宗雅殿のお付きの侍たちが女房の局に立ち寄ったりするのを、宗雅殿からのお使いかと思い違いされたり、宗雅殿が月夜などにぶらぶらお歩きになっていて、姫の局の前にふと立ち止まったことも、それは何気ない好奇心で、いくらでも有り得たことでしょう。そんなことからの、心ない人たちの大仰なうわさなのに違いありません。

入道は満足気に頷いている。入道が期待していた通りの通忠の言い分なのだから、当然の反応ではあった。

通忠は父の表情にはげまされ、いよいよ確信をこめて言い続けた。

——それに、あの弁の乳母がおります。あの気性は、父上も御承知の通りです。北の方思いなのは結構なのですが、あまりにも一途で、人をそしることも北の方のためならば、平気でしてしまうところがあります。きっと弁の乳母はうわさを聞き、逆上し、北の方にも無分別にあれこれ申し立ててしまったのでしょう。私には、どうもそのように思われます。……

——なるほど、弁の乳母か。あれは単純で、気が短かいからな。そう言えば、前にもあれには困らされたことがある。

そばに召すようになったことねを弁の乳母が憎んで、悪口を言い散らしていたことを父は思い合わせているのか、と通忠の胸が少し鳴った。父の時間と、子である自分の時間とは、同じものではない。父には、二人の妻の死も、ことねとのことも、つい最近のことのように思い出せるのだろうか。

それで、と入道に促がされて、通忠はあわてて言葉を続けた。

——それで……まあ、宗雅殿が、どんなことを思っていらっしゃるのか、珠姫とお会いしたいと思っていらっしゃるのかどうか、それはこちらに分かることではありません。しかし、こちらとしては、いくら宗雅殿が立派な方でも、まさか一人に二人の妹を添わせるなど、思いもよらないことです。姫には、宗雅殿よりもやや身分の劣る婿殿をお探ししましょう。

入道は気が進まぬ様子で、頷いた。入道が珠子には姉君の婿殿よりもすぐれた婿殿を、と望み続けていたことは、通忠も充分、承知はしていたし、通忠自身の願いでもあったのだが、今となっては、身内としての欲を捨て去ることを覚悟しなければならないのだった。

——ともかく、私に関することは、そらごとですので、ほかのことも、同様でございましょう。うわさばかりが身分の上下なく、はしたなく言われている状態では、姫が気の毒でならないのです。女房も里下がりしてしまう者が続くし、人少なの心細い有様で、姫は御病気のようになってしまっております。どうか、姫をここに迎えてやって下さい。それが一番の解決法だと存じます。……

入道に話すうちに、ふとここ広沢の父のもとで珠子をかくまってもらえれば、と思いついたのだったが、口にしてみると、いよいよそうするしかないのだ、と思えてならなくなった。世間を離れた淋しい境遇にはなってしまうが、珠子の傷心をいやすには、父上の愛情しか期待できない。父上が守って下さる限り、珠子は絶望から救われる。

父入道は考えこんだ末に、口を開いた。

——そうだな、北の方が尼になってしまうよりも、珠子をここに引き取った方が、まだ外聞が良いだろう。……それにしても、珠子の命をあれほどに惜しみ、回復を祈ったのは、間違いだったのだろうか。あの時に、はかなくなっていれば、ただただあわれな姫よ、と思い出すだけで、どれだけその方が、心安らかなことだっただろう。……

——とんでもないことです。父上までが、うわさに心負けするようなことがあってはなりません。珠姫の預り知らぬところから、うわさは作られ、拡がったのですから、無責任なうわさをこそ、どうかお恨み下さい。

——それはそうなのだろうが……、出家した身で今更、こんな悩みを持たなければならないとはなあ……。

溜息と共にうなだれた入道の体が、ひときわ小さくなってしまったように見え、通忠もつらくなり、うなだれずにいられなかった。

入道が日常、住まいとして使っている、御堂とつながった小さな寝殿に、珠子を住まわせ、入道は渡殿に造られている広い局に移ることに話が決まった。通忠は珠子のもとに行って、早速、そのことを告げた。

しかし、珠子が通忠の報告を聞いて、無邪気に喜ぶはずもなかった。

――……では、あのうわさが父上さまのお耳にまで、届いてしまったのですね。なんという恥かしいことでしょう。父上さまのお気持を思うと、自分のこの身が悲しくなります。

……

――しかしうわさを信じていらっしゃるわけではない。

――でも……。

珠子が言いさして、通忠は照子のことを今更のように思い出させられた。珠姫が娘のことを忘れる時はないのだろう。子は子として恋しく、なつかしい。その気持を消し去ることはできない。そう自分で認めているからこその、珠子の姉に対する苦しみなのだ。子への執着、姉への思いが、そのまま苦痛につながっているのだから、理不尽な運命としか、言いようがない。

その日は、ことねと二人きりで会う暇もなかった。

九月はじめの吉日に、珠子は広沢に移ることになった。それからでは、今までのように気軽に珠姫の様子を見に、立ち寄ることはできなくなる。ことねとも会いにくくなってしまうことだろう。それまでの珠子やことねたちの、うわさに押しつぶされがちな日々も気がかりだったので、通忠は暇を見つけては珠子のもとに通い続けた。

珠子のところへ行けば、しかし、同じ邸に住む北の方に挨拶ひとつしないままでいる、というわけにはいかなかった。それで、気まずさを呑みこんで北の方の局に行くのだが、御簾はもちろん閉ざしたままで、弁の乳母も他の女房も顔をそむけてしまい、取りつく島もない。居たたまれずに、すぐに退出してしまうのだが、北の方の局を離れたあとは必ず、体の奥底まで疲れ果て、頭も痛みだしていた。

ことねの局に立ち寄って、裏表のない話を交わすのが、通忠の大きな楽しみになっていた。少将か少弁も話に加わることがある。しかし、北の方側のとげとげしい空気を思うと、なにがまた新しいうわさのもとになるか分からず、用心のため、ごく短かい時間でことねの局から離れなければならなかった。ことねとしんみり話をする余裕さえ、なかった。

宗雅殿が珍しく、北の方のもとで一夜を過ごして行った、という話を、ことねは囁くようにして、通忠に伝える。

それはもちろん結構なことなのですが、弁の乳母君が勝ち誇って、私どもに聞えるように、あちらの御格子は今夜も開け放たれていたのでしょうかね、などと声高におっしゃるのです、とことねは話のはしたなさに顔を赤らめて、言う。

また、通忠は通忠で、内裏で偶然、会った時の、兄の態度を告げる。露骨に無視するので、家庭内のことで済ませるべきことなのに、不審に思う人がいたかもしれない。

私がいくら憎まれても、それは仕方のないことと諦めます。ですが、世間にもし今度のうわさが洩れ聞えては、珠姫一人の不名誉に留まらず、私たち兄妹、父上みなの不名誉となることなのです。そこのところが、どうして兄上にはお分かりにならないのか、と兄上自身のためにも残念な気がします。

通忠が顔を歪めて言うと、ことねも肩を落として溜息を洩らした。

一方、当の珠子は、この命に一体、どんな意味があるのだろう、と答の出ない問いを、日々、重ね続けていた。なぜ、この世に生かされ続けているのだろう。あの世の母君はなぜ、早く私を呼び寄せて下さらないのだろう。この世に残されるべき、どんな価値が自分にあるのだろう。

希望、というものが、珠子には必要なのだった。どんな小さな、つまらぬ希望でも。通忠は美しい菊を局の前の壺に寄せ植えてやったり、風変わりな好みの唐衣をわざわざ自分で選んで取り寄せてやったりもしたが、珠子のこの世への執着がそんなことで強められる、ということもなかった。

いつの日にかは、必ず、照姫さまとお会いになれます、姉上さまとも以前のように親しくお話になれる日も参ります、とことねたちは繰り返し、慰め続けているのだが、いつ、という問いには、無論、誰も答えられない。

いつ、とは分からなくても、その日を信じることが希望を持つ、ということになる。しかし、珠子はその日を信じたくても、信じ続ける気力を持ち合わせてはいなかった。信じる前に、考えこんでしまうのだ。

照子は宗雅殿の子として、今は迎えられている。それも、母親が隠されたままでいるからこそ、照子は世の非難を受けずにすんでいるのだ。このまま、自分がいなくなれば、照子にもかえって幸せなことなのではないか。

姉上、父上の気持にしても、同じこと。自分がおめおめと生き続けているから、悩みが深く、悲嘆を味わわなければならないのだ。せめて今のうちにでも、この世を去れば、愛しい娘、愛しい妹、と涙を流しながらも、静かな心境を取り戻して下さるのではないだろうか。……

通忠やことねに、こうした珠子の考えを破る理屈があるわけではなかった。ただ、照子が生まれてからのごく短かい間に知った奇妙な安らぎ、充たされた喜びを思い合わせると、どんなことでも必ず、悪いようにはならない、と信じられた。それが文字通りの幸せな展開ではなくても、思いがけないところから思いがけない喜びを得られるものなのだ。

そうした漠然とした希望を、珠子にうまく伝えられないもどかしさはあったが、口先の慰めではなく、心の底から先の成行きを期待し、信じていることねの言葉が、珠子をかろうじて支えてはいるようだった。

そんなある日、少将が内々に宗雅殿から呼ばれた。ことねと相談し、小姫君の成長を見届けたくもあり、姫君が広沢に移ってしまうのでは、今度が最後の機会になるかもしれないのだから、と誰にも見つからぬよう、関白邸に出かけて行った。

通忠も照子の消息ならどんなことでも知っておきたかった。その夜、ことねから少将のことを聞き、珠子の局を下がってから、少しの間、少将からの連絡を待ってみた。帰りが明日になるというのなら、明日また来なければなるまい、と思っていると、少将自身が思いがけず、早々に邸に戻ってきた。

——どうしたのですか。もう少しお帰りは遅いものと思っておりました。

ことねも不思議そうに、疲れた顔の少将に聞いた。少将の体に、ひんやりとした秋の夜の空気が、まだ漂い残っていた。

少将はことねに直接は答えず、通忠に向かって言った。

——宗雅さまと、ただ今、関白さまのお邸でお会いしてまいりました。照姫さまにもお会いしたかったのですが、明日にならなければそれはかなわない、ということで、長居してまたうわさになっても、と思い、無理に帰って参りました。宗雅さまは引き留めて下さったのですが、どうも心苦しく、長居する気持にはなれませんでした。……

少将はまだ、緊張し続けていた。その口もとに、微笑も浮かばない。

――まあ、それでは照姫さまのお顔は拝見できなかったのですか。

ことねは明からさまに、がっかりした声を出した。がっかりしたのは、通忠も同様ではあった。

――ええ、私も残念でならなかったのですが……。代りに、乳母君にはお会いしてきました。こちらの事情を説明し、これからはお会いできる機会もないかもしれない、と伝えておきました。乳母君も心を痛めて、泣いておりました。新しい乳母がまた召されたとかで、暇もできそうなので、せめてあちらからできるだけ文をお送りしたい、と申しておりました。

――そうですか。あの方にも、いろいろ心配をおかけしてしまいますね。

ことねは溜息混じりに呟いた。

――ところで、宗雅殿が、なにか厄介なことをおっしゃったのではありませんか。それで、早々に退出したくなったのでは……。

通忠がふと思いついて、少将に言った。少将は素直に頷いた。

――その通りなのでございます。それですっかり、困惑してしまいまして。

――どんなことを……。

――ええ……、今は人も知ることになってしまったのだから、一緒に暮らせるようにしたい、ほかの場所にお移しするから、私にその協力をするように、と……。

――それはまた性急な……。

通忠もことねも呆れて、顔を見合わせた。

――私も……、ですからどのようにお答えすればよいのか、分からなくなってしまって、答の代りに、涙を流してしまいました。そんなことになったら、姫さまは世に隠れた妻ということになって、人から悪く言われるばかり。そう思ったら、つらくてつらくて、涙が止まらなくなってしまいました。……

少将は言いながら、涙をまた、その眼もとに浮かべた。

――しかし、それはその通りですよ。お気持はありがたいが、世を忍ばねばならない立場は、女には悲しいものです。姫に殿への気持がいくらかでもあるのなら、また別のことですが、姫にはそのような気持がないのですから、それは全く無茶な話です。とかく男はそういうものかもしれないが、殿もどうも御自分の都合で物事を考えてしまうようですね。

ことねも傍で、熱心に頷いた。

――……そんなことにでもなったら、姫さまはためらいなく、舌を噛み切るなりして、御自分のお命を捨ててしまいますわ。

――おそろしいこと……。

少将の顔が蒼ざめた。

――いえ、確かに姫さまは、そうなさいます。姉上さまのお苦しみが、姫さまにはなによりもおつらいことなのですから。あなたも、それは分かっておいででしょうに。

――いずれにしても、宗雅殿は財も力もある方。こちらがうっかりしていると、殿の思うがままのことになってしまいます。少将殿、よほどこれから気をつけて下さらなければ……。

通忠が言うと、少将は身を伏せて、泣きだしてしまった。

ことねがその少将を慰めるように、言った。

――あなたを咎めているのではないのですよ。私とて、以前ならともかく、照姫さまがいらっしゃる今となっては、宗雅殿との御縁は前世からの深いもの、と思ってはいます。姉君よりも早くに、会っていらっしゃるわけですし。……でも、今の姫さまには殿よりも、姉君の方が大事なのです。隠れた妻になるには、よほどの覚悟が必要です。姫さまは、そんなことになるより、いっそ尼になる方をお選びになると思いますよ。

――尼にも、させはしない。……

通忠は独り言のように呟いた。

――ええ、私も力ずくでも、それはお引き留めいたしますが……。

ことねが言ったので、通忠は微笑を浮かべた。逃げようとする珠子を、男さながらことねが両腕で押えつける様子が、想像された。

早く父上と相談して、適当な婿を決めなければならない、といつもと同じ結論に、その日も、辿り着いただけだった。それしか、ないのだ、と。

しかし、それは実際には、むずかしいことこの上ないことでもあった。世間体を考えても、姉君と比べても、あまりにも惨めな身分や格の婿では困る。そして、いちばん重要な人柄の問題もある。珠姫を心から大事に思ってくれて、十二分に慈しんでくれるような青年。珠子が打ち解け、安らぎを覚えるには、並大抵の相手では役不足なのではないか、と通忠は悲観的な気持になってしまうのだった。

不幸な結婚生活になると分かっていても、それでも無理矢理、婿を迎え取ってしまう方が、尼になるよりも、珠子には幸せなことなのだろうか。婿が決まれば、子も生まれる。その方が良いに決まっている、と思いはするのだが、いざ、誰を、と具体的に考えだすと、迷いが起こった。宗雅殿のように理想的な婿殿だと信じていても、今度のようなことになることもある。まして、はじめから腰を低くしての婿の選びようでは、結婚生活も思いやられる。しかし、そこで味わういろいろな感情をひとつひとつ知っていくことが、つまり女のまずは妥当な幸せ、というものなのだろうか。

妻を思い出すと、そんな気もしたが、自分の妹たちを思うと、単純に頷けない気持が残った。迷うばかりで、適当な相手を一人も思いつくことができないまま、早くも、珠子が広沢に移る日が来てしまった。

通忠もお供をするため、朝のうちに、珠子の局を訪れた。支度はすべて整い、ことね、少将、少弁もみな、ひっそりと坐り、車に乗るまでの、所在のないひとときを過ごしていた。

珠子は珍しく縁に出て、庭の草木を眺めているので通忠も近くに寄り、声を掛けた。

——良い天気になって良かったですね。きょうは日の光が眩しく感じられます。広沢の楓《かえで》もよく色づいていることでしょう。

しかし、振り向いた珠子の顔を見て、通忠は息を呑まずにいられなかった。秋晴れの輝かしさとは裏腹な、悲しそうな蒼ざめた顔だった。

ことねが寄ってきて、通忠に囁きかけた。

——姉上さまにさきほど、出立のことをお伝えしたのですが、お返事を頂けなくて……。

珠子も口を開いた。

――……今まで、お姉さまとどんなに心楽しく毎日を過ごしていたか、思い知らされてなりません。あんな雑草にも、思い出があるのです。月を見るのも、花を見るのも、いつでもお姉さまと一緒でしたのに……。もう、みんな昔のことになってしまいました。私は山の奥深くに入って、ここにはもう戻りません。……

――姫さま、ほんの一時のことを、どうしてそのようにおっしゃるのです。

ことねが叱るように言った。

――姫のような年齢に、昔、などという言葉は、似合いませんよ。

通忠も言った。

――……お姉さまはよく私に、母上さまのことを話して下さいました。母上さまは紫の花がお好きで、紫苑《しおん》が特にお好きだった、とか。紫苑が秋風に揺れて、薄紫の色が煙るように漂うさまが、どんな花よりも、心をさわやかに広げてくれる、とおっしゃっていたのですって。……そのお話を聞いてから、私も紫の花を好むようになりました、その良さもよくは分からないまま。……

自分の方は兄から、そんな母に関する話も聞かせてもらったことがない、と内心、呟きながら、通忠はほほえんで珠子に言った。珠子の眺める庭には、なるほど、紫苑が一群れ咲いていた。鋭い日射しのもとでは、しかしその色は褪せて見えた。夕暮れに、その美しさを発揮する花なのだろう。

――姫には、紫の花は地味すぎますよ。そう、桜かな、姫にふさわしい花は。草花なら、そうだなあ、菊だろうか。

——鳥たちも、あのようにつがいで寄り添っていますのに……。

珠子は通忠の言葉には無関心に、一人で呟き、袖に顔を埋め、泣きだしてしまった。

通忠は池にあわてて眼を移した。水鳥が十数羽も浮かんでいた。池の面がきらきら光り、水鳥は黒い点にしか見えないが、珠子の言うようにつがいでその面を辷っているのは、一部の水鳥だけだった。しかし、姉君を慕う珠子の眼には、つがいで離れずにいる水鳥しか映らないのだろう。通忠は、珠子を慰める言葉も思いつくことができなくなり、ことねにあとをまかせて、車の様子を見に立ち上がった。

車の数も少ない、忍びやかな出立だった。

朝には心強く思えた秋の青空も、車が次第に広沢に近づくにつれ、かえってその空の高さが心細く感じられ、道端の枯れ枯れの草花の白く光るのも、氷の光のように眼に痛く感じられた。

珠子の一行が用意されていた局に落着くと、早速、父入道が珠子の顔を見に、姿を現わした。喜ぶことのできない再会ではあった。入道もさすがに、珠子に一言二言は今度のはしたないうわさについて、苦言をおっしゃるのだろうか、と覚悟して、一同、かしこまっていた。が、入道は珠子の前に坐ったきり、何度も何度も眼を細めて頷き、そのうち涙ぐんで、娘の髪を確かめ、肩に手を置き、膝を撫で、手を両手で握りしめもした。珠子は恥かしさに身を縮め、しかし父をなつかしく思う気持から、幼女のように喉を詰まらせて泣きだした。

——……あのように長かった病気に、やつれも残していない。御髪もあるいは少し貧弱になっているかと案じていたが、裾も細くなっていない。安心しました。

入道は優しく、頬を涙で光らす珠子に話しかけた。

――いろいろなことは、もう考える必要はない。先の長くない私だが、生きている限りは、ここで姫のお世話を続けるつもりなのだからね。もし、私が死んでも、ここで一生を終えればよいのだ。世のなかのことはきれいに思い捨てて。……この世の栄えはどんなにめでたいことでも、仮のものなのです。姫も残念な宿世で、母君も早く失い、私とも、このような生涯の閉じめに身を寄せ合うことになった。親の思いであれこれ願っても、前世からの宿世というものがあるのでは、かなわぬことと思い定めなくてはならない。……

通忠には意外な気もする、入道の言葉だった。それでは、珠子を結婚させる意志はないのだろうか。一人身のまま置き、いずれは尼に、と考えているのだろうか。

ことねたちも不安に襲われたのだろう。もらい泣きのみには見えない、苦しげな泣き顔を袖から覗かせていた。

この場に限っての、入道の慰めかもしれない。確かに、珠子自身には心安らぐ言葉だったはずなのだ。日を改めて、父上の気持を確かめなければ、と通忠は自分に言い聞かせた。

入道は食事を取り寄せ、通忠やことねも共に、くつろいで、もてなしを受けた。

さあ、これもお食べなさい、これはどうかな、と入道は小さな子どもに言うように、珠子につきっきりで、膳のものをあれこれ勧めた。珠子は恥かしいことは恥かしいのだろうが、ほっとした、あどけない表情で、入道の勧めにおとなしく従っている。

こうした父と娘の姿は、傍の通忠をもほっとさせた。珠子の美しさを心静かに父と共に喜び、父に甘える幼なさを、兄としてほほえましく見守っていることができた。自分の安心感に、兄のことは分からぬが、少なくとも自分や姫たちはまだまだ、父を必要としているのだ、と思い当たり、出家がもっとあとのことであったら、自分たちもどんなに心強く、また事態もこれほどにこじれずにすんでいたかもしれない、と愚痴めいた思いも胸をよぎった。

ことねの方をそっと見やると、しかし相変わらず、通忠の胸は騒いだ。ことねは顔を伏せ、隅の暗いところでひそやかに膳のものを頂いている。入道などはことねのいることを忘れ果てているのかもしれない。

入道はなんと言っても出家した身、女のことはもうとっくに考えなくなっているのだろう。二人の妻と以前のことねは、まとめてあの世に見送られてしまっているのか。が、ことねの方では、入道と同じようには、この世の身から以前のことを見送れるはずもない。入道を前にして、どのような思いを辿っているのか。父に愛されたために、孤独な場所に閉じ込められた年上の少女を、通忠は忘れ去ることができなかった。

珠子一同のために、父入道は心をこめて、女房たちの局もそれぞれ美しく整え、庭も山里の淋しさが少しでも紛れるように、と水の流れを工夫してみたり、草や木を移し変えたりして、通忠や珠子たちを恐縮させた。しかし、さすがに伸びやかな山の空気は珠子の気持を日に日にくつろがせていった。毎日のように、庭に下り立って、ここには呉竹の方がよいだろうか、それとも葦の方が似合うかな、と声を掛ける父に、珠子も縁先まで出て、ほほえみながら、葦がよろしいのでは、などと答え、その効果を楽しむようにもなった。

とりあえず、これで救われた、と通忠も広沢を訪れるたびに、入道と庭に立ち、珠子の穏やかな顔を見やっては、胸を撫で下ろし、自分も山里でのくつろぎを覚えた。

――都と違って、ここはふんだんに水を使えるからな。もっと大胆な仕組みを作ってみたいものなのだが、どうだろう。

入道が池のほとりに立って、通忠に尋ねる。

――このままでも充分な眺めと思いますが……。それより、この頃は庭のことでおつとめもお休みがちなのではないか、と案じております。

通忠は正直に答える。父の情はありがたいが、珠子や庭にかまけての読経の怠りで、父の浄土への道がわずかでも汚れたものになっては、と不安を感じていたのだ。

入道は苦笑して、御堂の方を振り向いた。

――もう、冬がそこまで迫ってきている。それまでの、ほんのわずかな間のこと。案じることはない。父として果たさなければならない仕事が残されているのなら、それを果たさずして成仏もできないだろう。……出家したからと言って、肉親の情を捨て去ることは、人としてかえって不自然なことではないか、と思うようになった。御仏にとって、出家する前だから、あとだから、というこの世での賢《さか》しらな目安は、どうでもよいことなのではないかな。

通忠は深く頷くだけで、それこそ賢しらな言葉を口にする気になれなかった。父の今の心境が、どれだけの苦痛を経てのものか、おぼろげながら推量できるだけに、父の晴れ晴れとした顔を見つめ続けるのも気がひけた。

――しかし、そう思うのも私一人のことで、この世では、けしからぬこととお叱りを受けなければならない怠惰な今の生活なのだろうがね。……それにしても、とりあえずは、あの若い女房たちが山里の生活に退屈に思わぬよう、私に出来る範囲のことはしてやりたいのだよ。

若い人は飽きやすいからね。

――はい、ありがとうございます。ですが……。

通忠は言い淀み、入道の横顔を盗み見た。

――どうした。なにか、言いたいことがあるのかね。

――はい、珠姫のことで……。

通忠は思いきって、気になり続けていたことを入道に打ち明けた。いつかは確かめておかなければならないことだった。

――姫は、喜ばしいことに、心の緊張を解いて、早くも、父上のおそばに暮らしながら、笑顔を見せるようになっております。それで、こちらも一安心はしているのですが……。父上は、先日、姫にこの上はここで浮世を思い捨て、生涯を過ごすように、とおっしゃられたのですが、その意味が私にはよく分からず、あれこれと思い悩んでいるのです。と言いますのも、以前、姫の婿殿をお探しすることを、私はお約束し、少しずつ検討しはじめていたものですから……、その件は、どうなるのか、と……。あの姫を、父上はこのまま……。

話すうちに、入道に鋭い視線で睨みつけられ、通忠は言葉もしどろもどろに乱してしまった。

――……それで、そなたの婿選びは、少しは進んでいるのか。

入道は低い声で聞いた。

――いいえ、それが……。なかなか……。

通忠が口ごもると、ようやく入道は口もとに笑みを浮かべ、通忠から鋭い眼をはずした。

――この父も、そなたと同じ気持なのだよ。……そなたは常識的に考えても、姫に早く幸せな結婚生活を、と願うのだろうが、実際には、こちらが希望するような理想的な婿は、滅多にいるものではない。現実の男は、物語の男のようなわけにはいかないからな。誰でも、なにかしらの欠点は持っているものだ。……たとえ、あそこの御長男なら、と思いついても、姫の幸せを思うと、ためらってしまう。そなたの考えが少しも進んでいないというのは、そういうことなのではないか。違うかな。

——はい……、誠に愚かなことながら、ほんのわずかな不安な種も無視できなくて、早く姫を幸せに、と心から願う一方、その幸せをどうにも確信できず、迷い続けております。

入道の気持に納得しはじめていた通忠は、素直に答えた。

——そうか……、そんなところかと思いやってはいたが、今そなたの口から聞いて、改めて、私も安心した。

入道が池のほとりを歩きだしたので、通忠も歩調を合わせて従った。

——……そなたは愚かな兄だが、それもあの姫を思ってのこと。この父も、同じ愚かな父だ。もし、そなたが本当に、婿にはこの男を、と言ってきたら、どうしたらよいものか、と気がかりでいた。

——では……。

——どんな相手でも、満足できそうにない自分が分かっていたからな。無論、姫を尼になどとは考えてもいない。……まあ、急ぐことはないではないか。

通忠の胸は、父の言葉に熱くなった。姫はこの父に恵まれた幸せを、すでに持ち合わせているではないか、と珠子に言ってやりたかった。

——半年、一年、とことでくつろがせておいても、よいだろう。姫は体と心の病いを不運にも続けてしまったのだ。そのうち、無理をしないでも、なんらかの道が開けるだろう。それまで、そっとしておいてやろうではないか。……心をいやすには、こうした草木の移ろいを眺めているのが、いちばんなのだよ。冬には枯れたように見えても、時が来れば、ちゃんと芽吹くのだから、不思議なものだ。美しい花も咲かせる。……

——はい……、不思議なのは、この水の流れも……。

入道は頷き、自分よりも背の高い息子の肩を軽く叩いてから、御堂に戻って行った。

通忠の足もとでは、いったん水がたゆたい、紅や黄の落葉をうず高く重ねて浮かべていた。水の拡がった辺りには、渡り鳥が鳴き騒ぎ、その声に応えるように、山の彼方からも鳥の鳴き声が響いていた。

父入道の言葉を聞いてからは、通忠もようやく肩の荷を下ろした思いになって、珠子の結婚相手を考えることもやめてしまった。

季節は冬に入り、宗雅殿から珠子のもとに文が届けられたり、一度は御自身が広沢まで体を運んだこともあったらしいが、少将やことねが気強く何事もなく済ませた。

通忠のもとでは妻の出産があって、広沢をしげしげと訪ねることもできなくなっていた。

妻の両親の気の揉みよう、喜びようを見せつけられると、自分も一緒に不安や喜びを味わいながらも、珠子の出産の淋しさを思い出し、改めてどんなにかつらく、心細かったことだろう、と切なくもなった。

雪の日に生まれた通忠のはじめての子は、男の子だった。小さな赤子ではあったが、とりあえず心配なことはなさそうだった。生まれてすぐでは、顔立ちもよく分からないのだが、どことなく自分の顔を覗いたような気恥かしいなつかしさが湧くのも、妙な気分だった。

妙と言えば、妻の変わりようにも途惑わせられた。赤子を無事に産んだ自信からか、遠慮なく、通忠に文句を言うようになった。通忠が赤子を抱こうとしても、お手が冷たくはありませんか、と言い放ち、赤子が眠っている間に、笛を吹いたりすると、おやめ下さい、と通忠を叱りつけるように言う。

夫に守られ、両親にも守られて、自分の産んだ子を心置きなく育てられる状態が、どんなにありがたいものか、こうしてすでに与えられている者にはそのありがたさが分からないのだ、と通忠は人の持つ矛盾をはじめて教えられた気がした。ありがたさを知らない者が、すなわち幸せな者なのか、と。

石山で照子が生まれてから、宗雅殿のもとに引き取られるまでの間の、ことねたちの充たされた顔を、通忠は思い出さずにはいられなかった。照子との別れを控えていて、どんなに悲嘆に暮れていることだろう、と同情していたのに、ことねはこともなげに、胸の底から、うれしい、充分に幸せを味わっている、と通忠に言いきったのだった。

その折りは、わけが分からず、追いつめられた立場での意地なのか、と疑ってみたりもした。が、今、充たされきった状態の、自分の妻の苛立った顔を見ていると、ことねの言ったことは、あの時のありのままの気持だったのだろう、とはじめて納得いった。

なにもかも奪い去られての、丸裸かの照子の誕生だった。その照子さえ、ほんの数日で奪い取られようとしていた。どんなに嘆いても足りないほどの、淋しく、心細い出産だったのだ。

しかし、だからこそ、ことねたちは純粋に赤子がこの世に新しく生まれ出た喜びを知り、その喜びに幸せを感じることができたのだろう。

辛い状態を、人は必ずしも辛いとは感じず、喜びさえ感じることがある、と通忠は今頃になって驚かされ、ことねのその時の笑顔を、美しく輝くひとつの貴重な像として思い出し、脳裏にもう一度、刻み直した。

そんなことねに、赤子の誕生は知られたくなかったが、父入道にまで伏せておくわけにもいかず、通忠は渋々、広沢に報告に参上した。入道は、手放しで喜んでくれたが、その喜びを分かち合おう、と珠子まで呼び寄せたのは、通忠には気の重いことだった。

——お兄さま、おめでとうございます。

——通忠さま、おめでとうございます。

と、珠子、ことねに声を重ねて言われると、身の置きどころがなくなった。

せめて、ことねには自分の気持を伝えておきたい、と思ったが、自分の子が生まれたことを喜べぬ、とは言えず、どのように話してみても、結局、我が子の恵まれた誕生を強調するだけのことに終わりそうな気がして、その話題は避け通すことにしてしまった。

入道とは別に、珠子も祝いの品を通忠のもとに届けてくれたが、幸いなことに、子については無関心でいてくれた。ことねたちも同様で、通忠に子の成長振りを聞くということもなかった。無関心と言うよりは、照子を思わずにいられない話には、やはり珠子たちにしても近づきたくはなかったのかもしれない。

珠子のいないところに下がっても、ことねは通忠に他愛ない話をのんびりと聞かせるだけだった。

朝、雪の降り積った庭を見ると、雀の足跡が残されていた。チョンチョンと跳んで、どこまで続くのかしら、と思って、先を見やると、足跡の続くべきところに細長い跡が残されていた。なんの跡なのだろう、と少し考えてから、ようやく分かった。

——お分かりになります、どういうことか。

ことねはいたずらっぽく笑う。

通忠は首をひねる。

——チョンチョンと跳んでいて、足を辷らせ、尻もちをついたまま、雪の上を辷ったのですよ。可愛いじゃありませんか。姫さまにもお知らせして、みなでその跡を見ましたのよ。通忠さまにも、お見せしたかった。

——実際に見てみないと、その可愛さもぴんときませんね。

通忠もほほえましい思いで笑う。

妻のもとよりも、冴子のもとよりも、ここの方が、明かるさを感じさせ、くつろぎを与えられるのが、通忠にはありがたいことだった。こんな山里に、先の見通しもなく閉じ込められたままになっている珠子を、口さがない世間の人たちはあれこれ言い、気の毒がってもいて、どんなにお嘆きのことか、と宗雅殿も同情するばかりなのだが、実際には、珠子たちは想像されている状態と全く別のところで、軽やかに日々を楽しんでいるのだ。

人間とは妙なものだ、と通忠は一人、感心し続けていた。

祝いの品は、冴子、兄からも、形式的に届けられた。が、文も添えられていなかったので、受け取った通忠はかえって兄たちの変わらぬ怒りを感じさせられ、味気ない思いを味わわせられただけだった。そんな事情を知らずに、祝いの品々を置き並べ、女房たちと、これはさすがに趣味がいいとか、これは少し見劣りがするとか、言い合う妻を見ると、さすがに不愉快になり、浅ましいことをするものではない、と叱り、片づけさせてしまった。妻はそれを恨んだようだったが、裏の事情を説明するわけにもいかず、あえてそのままにしておいた。

冬も、そうこうするうちに過ぎ去り、再び正月が巡ってきた。

元旦に、気が進まないながら、宗雅殿と北の方のもとに御挨拶のために参上した。自分の育ったなつかしい邸ではあるが、珠子も今はいなくなり、なかの様子はすっかり宗雅殿のお邸になり変わっていた。控えている侍の数が多くなり、男臭さを感じさせられた。

北の方の局に入ると、宗雅殿は御簾の外で退屈そうに酒を飲んでいた。通忠を見ると、なつかしそうに目を細めて、頷いた。珠子のことを思い出しているのだろう、とその心中を思いやることはできるが、ここでは素知らぬ顔をしていなければならない。

まず、その宗雅殿に挨拶をしてから、御簾のなかにいる北の方にも、と体の向きを通忠が変えると、宗雅殿が愛想良く言った。

——どうして、そんな他人行儀なところにいるのですか。なかに入りなさい。

——いいえ、私はここで……。

——まあ、いいじゃないですか。

今までのいきさつは充分、承知しているはずの殿なのに、と通忠には宗雅殿の真意がいぶかしく思えたが、北の方の前であまり頑なに辞退し続けるのも、それはそれで嫌味に思われてしまいそうな気がして、仕方なく、通忠は御簾のなかに入った。

しかし、外の会話をすべて聞いていた北の方の冴子は、すぐさま、几帳を引き寄せて、姿を隠してしまった。せっかく御簾のなかに入っても、顔も見せず、声を出そうともしない北の方に、なにを話しかけたらよいものか、思いつくことができない。といって、なにも言わずに外に戻るわけにもいかない。

通忠は困惑しきって、ありきたりの新年の挨拶を知恵の足りない子どものように、たどたどしく述べ、これから父上のもとへ行くが、伝言はないか、とも付け足した。珠子の名は出すことができなかった。

無論、几帳のなかからの返事はなく、通忠はそれで御簾の外に這《は》い出してしまった。

——おや、もうよろしいのですか。

婿殿がその通忠に早速、声を掛けた。

——はい……、きょうは広沢にも行かなければならず、忙しいものですから。

通忠は答えてから、宗雅殿の顔を見た。すでに酔っているその顔はくつろぎを見せず、細い目が意地悪く光っていた。そう言えば、夫婦なのに、なぜ御簾の内と外に分かれているのだろう、とはじめてその不自然さに気づかされた。そして、この殿の御様子ではお気持がすっかりすさんでいらっしゃる。通忠はこの夫婦の仲がどんなことになっているのか、如実に感じ取り、鳥肌立った。

——広沢か。……それは御苦労なことですな。私からも父上によろしく、とお伝え下さい。

——はい、それは必ず……。

——まあ、せっかくですから、この酒を付き合ってくれませんか。なかなかの美酒なのですよ。

——しかし……。

——ほんの一口だけ。……早く、この兄君に盃をお渡ししなさい。全く、気がきかない。

女房があわてて、通忠の前に膳を運んできた。

強引な勧めに仕方なく、通忠は唇を酒に濡らしたが、宗雅殿はそれを見届けると、ふっつり黙りこんでしまった。

所在なく、通忠は局を見渡した。肝心の夫婦仲は冷えきったものになってしまっているようだが、眼に映る様子は、さすがに正月にふさわしく華やいでいた。廂《ひさし》の間に控えている多くの女房たちの衣裳もそれぞれに美しく、その衣裳に女房たち自身も心浮き立つのか、弾んだ話し声、笑い声が賑やかに聞える。

宗雅殿にしても、表情は別にして眼に映る限りの姿は、申し分のない立派な姿で、局の空気を一段と晴れやかなものにしているように思える。弁の乳母のうれしそうに笑う顔も見えた。広沢の御堂での正月はことは裏腹な、淋しい正月なのだろう、と思いやられた。夫婦仲がどうであれ、これだけの華やぎに包まれていれば、気が紛れるというものだ。北の方については、とりあえず心配する必要はない。

通忠は唐突に、腰を浮かした。一刻も早く、広沢を訪れ、珠子やことねの顔を見届けたくなった。

——あの……、失礼ながら、きょうは時間もございませんので……。

傍で、放心している宗雅殿に、そっと声を掛けた。

宗雅殿は肩を振るわせてから、通忠の顔を見つめた。通忠はためらいつつ、その眼を受け、ゆっくり頷いた。すると、宗雅殿も深々と息を吸い込み、吐き出してから、通忠に頷き返した。

これから、珠姫のもとへ行きますが、あなたはこちらの北の方をどうか、大事にしてやって下さい、それが珠姫の望みでもあるのです、と通忠としては、伝えたつもりだった。そして、分かりました、年と共に気持も改めて、私もこれからはこの妻を幸せにするよう努力しましょう、珠姫への秘かな思いは、父邸で育てている照姫への愛情にきっぱり、限ることにしましょう、と宗雅殿が応えてくれた、と思っておきたかった。が、実際には、二人の思いがそう都合良く、嚙み合っていたはずもなかった。

宗雅殿の方では、通忠が、珠姫のもとへあなたも一緒に行ければよいのですが、と話しかけ、本当に残念だ、どうか珠姫の様子を見届け、こっそり教えて欲しい、ここにこうしていても味気なくて仕方がない、今年こそは、珠姫の気持が私に向くことを祈っている、とこんな思いを、通忠に伝えたかったのではないか。

いずれにせよ、宗雅殿の気持はそのうち、おのずから分かるのだから、今は気にすることはない、と通忠は広沢に向かう道々、思ったが、元旦早々、不安な種を宗雅殿から預けられてしまったような、あとあじの悪さが残った。珠子のことは、もう忘れてやって欲しい、珠子自身のためにも、北の方のためにも、と通忠は確かに願っているのだが、仲むつまじい夫婦であることを見せつけられたとしたら、それはそれで耐えがたく悲しくなったことだろう。

しかし、やはり宗雅殿は珠子に執着し続け、北の方を慰めることも忘れている、と気づかされれば、安堵するどころの話ではない。珠子を隠し妻にしたい、とまだ思い続けているのだろうか。

表面上、平穏を保っているだけで、珠子の身が定まらないうちは、一触即発の、危うい状態に留められたままでいるのだった。

今年は、一体どんな年になるというのだろう。一年前、珠子は身重の体を隠し続けていたわけだが、と通忠は溜息を洩らし続けた。

都ではもう消えてしまっている雪が、広沢にはまだ、ところどころに残っていた。その上、かすかに粉雪までもが舞っていた。

こんなにも冷え込みが違うものか、と今更ながらに山里の寒さを思い知らされた。

法師たちのいる御堂の脇を通って、珠子のいる寝殿の方にまわると、そこだけ、よほど日当たりが良いのか、階の前の紅梅が咲いていた。雪のなかで見る紅梅はひときわ鮮やかで、通忠もその色を見て、ふと、夢から醒めたような心地がした。

珠子はことねたちと共に、御堂にこもる父と心を合わせて、数珠を手にお勤めをしていたようだった。今、通忠が外で見てきたばかりの紅梅と同じ色の袿を着て、読経用の萌黄色の帯を掛けていた。紅梅の袿のせいか、数珠を兄の眼から隠そうともじもじしている様子が目新しかったせいか、年をひとつ増して、ますます美しくなったように見え、通忠は外の寒さも忘れて、妹に笑みを向けた。

ことねや女房たちもみな、正月の晴着を着ていたが、尼でもないのに読経で明け暮れる元旦などでは心が浮き立つはずもなく、都のにおいを運んできた通忠をなつかしげに囲み、口々に元旦の挨拶をした。

――よく、おいで下さいました。入道さまと輝忠さまのお勤めは、まだしばらく終わりませんので、どうぞ、ここでお待ち下さいませ。

ことねが最後に、さりげなく付け足した。

通忠は驚いて、聞き返した。

――兄上も……。だいぶ早くに、こちらにいらしたのですか。

――昼頃にいらしたようです。あのう……、輝忠さまはこちらにいらしても、御堂にいらっしゃるだけで、この局にはお立ち寄りになりませんので、確かなことは分からないのです。

……

ことねは小声で答え、すぐに話題を変えてしまった。

――それよりも、きのうは入道さまも御一緒に、この人たちの衣裳選びをして下さいましたのよ。入道さまは冗談ばかりおっしゃるので、笑い通しでしたの。姫さまも久し振りでしたね、あんなにお笑いになったのは。

――ええ……、だって、あんまりおどけたことをおっしゃるのですもの。

珠子はにこにこと笑いながら、言う。

女たちが楽しそうに、入道の冗談を繰り返したり、女房たちの衣裳を見比べたりしているのを聞きながら、通忠は兄のことを思っていた。

兄はこれから、宗雅殿の方へまわるつもりなのだろうか。それにしても、ここまで来ておいて、珠子に会わずに帰ってしまうことを今まで繰り返していたとは、なんという心ない態度なのだろう。父にしたって、その態度を悲しく思わないわけはないのに。

しかし、女たちはものの見事に屈託なく、楽しそうに振舞っていた。

珠子でさえ、今は、思い悩んでも仕方がないことは思いきりよく忘れてしまう、という術を身につけてしまったのか、眼を輝かせて笑い声をあげている。

たくましくなったものだ、と通忠は感心し、いつしか、女たちの他愛なさに引き込まれて、兄のことを考えなくなっていた。

そんなところに突然、兄が姿を現わしたので、通忠は一瞬、息が止まるほど、驚かされてしまった。驚いたのは、珠子たちも同様で、局のなかは静まりかえった。

――……なにを、騒いでいた。まったく、父上のお勤めはまだ続いているというのに、だらしのないことだ。

苦々しく兄が言うと、女房たちはこそこそと下がるべきところに下がり、通忠は坐り直して、歯切れ悪く兄に挨拶をした。

――通忠もいたのか。……そなたがいて、どうして、女房たちを放っておいたのだ。

兄は通忠の傍に坐り、その大きな眼で弟を睨みつけた。珠子の方をなかなか、見ようとしない。久し振りの対面に、さすがに輝忠も平静ではいられないようだった。

――いや、しかし……、元旦でもありますから、多少は賑やかなのも、と……。

通忠がうろたえて答えていると、ことねが落ち着き払った声を差しはさんだ。

――わざわざ、こちらまで足をお運び下さいまして、ありがとうございました。年のはじめのこの日にこそ、輝忠さまとお会いできたら、どんなにうれしいことか、と秘かに、姫さまも朝から思っていらっしゃいました。……さ、姫さまからも、御礼を申し上げなさいませ。

珠子は顔を赤らめながら、囁くような声をかろうじて出した。

——……お兄さま、お久しゅうございます。

輝忠は、ようやく、渋々といった様子で、珠子に顔を向けた。

——そうだな、実に久し振りにお目にかかりましたな。……ちょっとしたことのために、父上がよろしからず思う御様子だったので、遠慮していたのです……。

輝忠の表情は、しかし珠子を見つめるうちに変わっていった。

もう一人の妹のために、珠子には背を向け続けていた兄だったが、間近に接すれば、こちらの妹にも兄らしい気持が、理屈抜きに湧いてくるのだろう。また、これほどに美しい妹だったろうか、と見直す思いもあったろう。珠子は、誰が見ても、やはり年齢と共に美しさを増しているのだ。通忠は、思わずことねの方を見て、ほほえみながら頷いた。ことねも、口もとに微笑を浮かべた。

——会わないうちに、御髪が抜け落ちたりはしなかっただろうね。

輝忠は言い、珠子に近づいて、その髪を無雑作にかきあげた。豊かな髪の裾が、扇のようにつややかに拡がった。

——ああ、見事なものだ。ずいぶん、長くなった。おとなびて、まことに美しくおなりだ。こうしてお目にかかると、かえって姫の身がいろいろに案じられ、悩みを深めることになってしまう……。

輝忠は独り言のように呟くと、憂い顔を伏せてしまった。珠子も耐えきれなくなり、袖に顔を隠し、忍び泣きをはじめた。

――……御案じ下さるのも、もっともなことではございますが……。

通忠は座を明かるいものにしたい一心で、口を開いた。

――……ここでの生活は姫の気性によほど合っているのか、すっかりくつろいで楽しんでいる様子なのですよ。なにしろ、あの大病を経ているので、一、二年はゆっくり、ここで静養すればよい、と父上もおっしゃって下さっておりますし。……

ことねも同じ思いで口を添えた。

――入道さまと合奏も楽しんでいらっしゃいます。この山里の静かな夜には、ひときわ楽の音も澄んで響き、私どももありがたく聞かせて頂いております。

――そうか……、姫は幾つになられたのかな。

――はい、めでたく十八におなりです。

ことねが答えた。

――十八か。それなら、父上のおっしゃる通り、あと一年ぐらいは、ここで遊び暮らしても、みっともないということにもなるまい。……まあ、しかしよかったよ、ここの生活を不満に思っているわけではない、と分かって。

輝忠は妹を見やって頷いた。

ことねは続けて、さしさわりのない庭のこと、朝夕の読経のことなどを輝忠に話した。

ようやく局の空気がくつろぎだした頃、御堂から父入道が渡ってきた。

輝忠があのうわさ以来、はじめて珠子を許し、この局で通忠も共に談笑していたことが、入道にはよほどうれしかったのだろう、輝忠の背を叩き、通忠の肩を叩いて、笑い声を弾ませ、早速、食事を運ばせて、内々の新年の宴をはじめた。

打ち解けた、心和むひとときだった。しかしその間、誰も冴子の名を口にすることができずにいた。父のもとにこうして三人の子が集えば、もう一人の子冴子の欠けていることが、いやでも意識されるのに、父と二人の息子は珠子を思いやって、言いだせなかったし、珠子もその三人の思いやりを息苦しいほど感じながら、自分からその沈黙を破ることはどうしてもできなかった。

それで、酔いで顔を赤く染めた輝忠が腰を上げて、これから宗雅殿御夫婦に新年の挨拶をする予定でいるので、失礼させてもらう、と言いだした時、宴の果てるのは残念だったが、冴子のために、一同むしろほっとした思いを味わっていた。

輝忠が立ち去ると、入道も、もう眠くなったと言い、腰を上げた。

――そなたは、まだここに残っていてやれるだろう。

あわてて立ち上がりかけた通忠に、入道は言った。

――賑やかだったのが、急に静かになってしまうのも、淋しいものだ。あと半刻《はんとき》だけでも、ここにいてやってくれ。……もし、そなたさえかまわなければ、ここに泊っていってもいいさ。無理に、この雪のなかを都に戻ることもあるまい。そのつもりになったら、ことねにでも言って、私の方に寝所の支度をしてもらえばよい。……

帰るとも、泊るとも答えられずに、通忠は入道を見送った。食膳も片づけられた。

――……お兄さま、きょうはありがとうございました。輝忠兄さまにお許し頂けたようで、私も少しはほっといたしました。

局が静かになったところで、珠子が居住まいを正して、通忠に言った。

――いや、私はなにも……。

――それにしても、お姉さまはいつになったら、私をお許し下さるのでしょう……。父上さまも、きっとお姉さまのことが、さきほどのようにお笑いになっていらしても、喉に刺さった小骨のように、つらいこととお感じになられていたのでしょう。

珠子が深い溜息をつくと、ことねが膝を進めて言った。

――それは私どもも同じ思いでおりました。が、ともかく輝忠さまのお許しを得られただけでも、よろしかったではありませんか。

珠子は素直に頷いた。

――それはそうなのですが……。お兄さま、私も少し疲れました。もう、帳台のなかで横になりたいと思いますが、どうぞ、遠慮なく、ことねたちとお話を続けていて下さいませ。

……

――いくらなんでも、もうそろそろおいとましますよ。

通忠は言ったが、ことねが眼配せしているのに気づき、黙ってしまった。

珠子が少弁と女房の一人に付き添われて帳台のなかに消えると、ことねは通忠を御格子近くに手招きした。

通忠は何食わぬ顔でことねに近寄ったが、内心、ことねがこれから打ち明けてくれることへの期待に胸を躍らせていた。

――申しわけございません、わざわざこんな隅にお呼び寄せしてしまいまして……。実は、先日、関白邸の乳母君から文をもらいまして、照姫さまの御様子が少し分かりましたので、お伝えしておきたかったのです。……

なんだ、照子のことだったのか、といったんは落胆したが、確かに照子の様子も気になることではあったので、ことねの言葉を通忠は小さく頷きながら聞いた。

照子はお坐りができるようになり、丸々とよく肥り、人の顔もよく見分け、父君にもすっかり甘えるようになった。

――照姫さまの仕種《しぐさ》や表情がそれはそれは可愛らしくて、まわりで笑いが絶えないそうです。その代り、動きが活発になってきて、眼も放せなくなったとか。……

ことねはうれしそうに小声で話し続ける。

――お口に几帳の裾でも、筆でも、檜扇の房でもなんでも、入れようとなさって、関白さまのお袖も濡らされてしまった、ということです。それで、また、こんなおいたをなさって、と照姫さまを睨みつける真似をすると、声をたててお笑いになるので、つい、まわりもその笑顔のあまりの可愛らしさに、笑いだしてしまうのだそうですよ。……私もそっと、そんな御様子を覗いてみたいものですが、……。

――……宗雅殿も可愛さが増せば増すほど、照姫を母君にお会わせしたい、とお思いになるのかもしれませんね。

いつの間にか、ことねのそばに摺り寄っていた少将が、この通忠の言葉に口を差し挟んだ。

――そうなのです。本当に、そのように思われ、悲しんでいらっしゃるようなのです。父としての喜びが深く、珠姫さまをたとえ、忘れようとしても、以前はともかくとして、今は到底、照姫さまの母君を片時も忘れることはできない、と……、父と母となった二人で喜びを確かめ合いたい、と……。

一月ほど前に、少将は宗雅殿に直接、自分の局に忍び込まれ、一晩中かかって、珠姫に会わせてはもらえないか、と頼まれ続けたことがあった。失礼にならないよう、裏でことねと言い訳を考えながら、結局、そのまま帰って頂くことに成功した、とのことだ。だが、その折りにでも、少将は宗雅殿の胸の裡を切々と訴えられ、同情心も誘い出されたのだろう。

——……しかし、これは確かめ合うまでもない、お二人の親の情ですよ。二親が子と共に生活をしているからといって、親の情がそれで特別に美しく磨かれるわけではない。離れて暮らしている方が、よほど親の真の価値が保たれるのかもしれませんよ。……

通忠が言うと、ことねがいぶかしそうな眼を向けた。

——ええ……、でも宗雅さまもそのようにお考え下さるかどうか……。

少将が言った。

そこに帳台の方から、啜り泣きの声が聞えてきた。

少将とことねは顔を見合わせ、帳台の方を振り向いた。啜り泣きの声は途切れ途切れに続く。

通忠はさりげなく立ち上がった。

——やはり、私はこれから帰ることにしましょう。あなたたちは姫のおそばに、どうかいてやって下さい。……

ことねは通忠を引き留めはしなかった。朝まで、ことねと二人きりで過ごせるかもしれないという通忠の期待は、それで消えてしまった。

珠子の耳に届く場所で、宗雅殿の話をし、心を乱させてしまったのは、通忠の失敗であり、少将の失敗でもあった。その夜は、たとえ通忠が無理に居残っていたとしても、ことねを甘い気持に誘うことは、到底できることではなかったろう。

通忠はしかし、その夜が過ぎてからも、諦めきれない気持を引摺り続けていた。いつかは二人きりで、珠子のことも、照子のことも離れ、互いの思いを打ち明け合ってみたい。肌を接したいという望みもあるにはあったが、それに劣らぬ強さで、ことねの内面の思いに少しでも近づいてみたかった。

しかし、そのような機会は、なかなか訪れてはこなかった。

十日ほど経ってから、宗雅殿が新年の挨拶のために広沢を訪れた時も、通忠は兄と共に参上し、共に精進料理を頂き、珠姫にも一言御挨拶しなければ、というので、御簾越しに、型通りの挨拶だけをして頂いたりもした。ことねの顔も見、今晩はもしかしたら、と淡い夢を持ったのだったが、やはり、そんな余裕を見つけだすことはできなかった。

偶然の機会を受身で待ち続けているだけでは、いつまでも自分の望みをかなえることはできそうにない、と思い直すようにもなった。ここは世間の男たちがみな、そうしているように、こちらの思いをこめた文を次々に送り、夜、局に強引に忍び込んでしまった方が良いのだろうか。その方が、ことねにもこちらの思いを納得してもらえるのだろうか。

このように思ってもみたが、いざとなると、ためらわれ、実用的な文以外に、情緒的な文ひとつを送ることもできなかった。そうした世間並みの手段に、違和感がつきまとった。恋、という言葉で片づけられるような心情とは違う。そんな反撥《はんぱつ》があった。恋という言葉をはじめに許してしまったら、どこまでもその言葉にこだわり続けなければならなくなる怖さを感じた。ことねに惹かれているのは、事実だった。ことねをもっと身近に知りたい。しかし、その心情が恋と呼べるのかどうか。曖昧にたゆたう自分の気持に、あくまでも忠実でありたかった。偶然に二人きりになった時に、時間を惜しまずに、形の摑《つか》みにくい自分の心情を聞いてもらうしかない。いろいろに考えても、最終的にはそう結論を下してしまうことになった。

ところが二月になってから、通忠はことねの文を受け取り、うろたえさせられた。ぜひ、御相談したいことが、また出てきたので、御足労だが、夜、人に知れぬよう、広沢まで出向いてはもらえないか、自分の局の御格子は開けたままにしておくから、ということだった。

ことねのことだから、文字通り、珠子のことでまた思いつめることがあって、自分に助けを求めているだけなのだろう。そうは思っても、人に知られず二人きりで夜を過ごす機会がようやく巡ってきた、と通忠としては、胸を騒がせないわけにはいかなかった。

雨の降り注ぐ、冷え込む夜だった。姿を隠して、広沢に近づくには、好都合な夜ではあった。道ですれ違う人も車もなかった。

文に書いてあったように、ことねの局の御格子は、目立たぬ程度に開けてあった。なかに点されている御殿油の赤味を帯びた光が、雨に煙る闇のなかにぼんやりと浮かび上がっていた。その光を見届けると、通忠は息苦しくなった。体の欲望が湧き起こっていることを、いやでも思い知らされずにいられなかった。

ぐずぐずと外でためらっていることもできずに、通忠は素早く、知り合いの女房の訪問に見せかけた女車を降り、局に体を辷り込ませた。ことねは灯台の傍で、寒そうな顔をして通忠を待ち構えていた。邸は静まりかえり、珠子も入道も、とっくに深い眠りに落ちているようだった。

――こんな夜にお呼びだてして、申しわけございませんでした。お体が濡れはしませんでしたか。

ことねは囁きかけるように言った。

――いや、大丈夫です。

通忠はことねの間近に坐りこんだが、気後れを感じ、その顔を正面から見つめることはできずにいた。

――それで、なにがあったのですか。

生真面目な口調で、通忠は尋ねた。

上品な柳襲《やなぎがさね》の袿に身を包んだことねは、通忠に警戒心も見せずに、更に膝を近づけて、顔も露わにしたまま、悩みごとを打ち明けた。

――実は、姫さまの御結婚のことなのです。輝忠さまがここに、きのう、いらっしゃって、父上さまに、大変、良いお知らせがある、とお伝えになられたのですが、父上さまもどうも、悪からぬこととお思いのようで……。

――兄上が、ですか。それは意外な……。

さては、兄に先を越されたか、と通忠は顔を歪めた。

――ええ、でも、そのお話が、なんとも呆れるようなお話だったのです。……あの、今の左大将の信輔さまを御存知でしょうか。関白さまの弟君、つまり宗雅さまの叔父君にあたる御方ですが……。

——よく存じ上げていますよ、あの方なら。無骨で、いかつい人ですが、優しい心をお持ちです。少し短気なところのある関白殿と違って、温和で、公平な人ですね。でも、まさか、あの人が……。

——……その御方とのお話だったのです。熱心に、姫さまをお求めになられているとかで、兄上さまはその御方からの御文も預かっていらっしゃいました。

ことねは微かに声を震わせ、うなだれてしまった。

——しかし、あの人はもう、五十に近いお年なのですよ。姫はようやく十八。夫婦に、などとは、全く考えられません。左大将殿のお気持はお気持としても、喜んで、仲立ちをしようという兄上の気持が分からない。

通忠は腹立ちを抑えられず、思わず声を高めていた。

——あの人は三年ほど前に、北の方を亡くされているのです。育ちざかりの娘を三人も残され、お悩みが深い、とも聞いていますよ。その娘たちの母代りになる人が欲しい、ということなのではありませんか。だとしたら、とんでもないことです。御身分も立派で、良心的な人だ、と今まで思っていましたが、これですっかり幻滅してしまいました。

——……どうか、お声をもう少し落として下さいませ。外に、洩れ聞えてしまいます。……ことねが、通忠の膝にそっと手を置いて言った。通忠は体を硬くして、ことねの顔を見た。ことねは気の抜けたような微笑を浮かべて見せた。額の髪が少し辷り落ち、白い顔に影を作っていた。

——……左大将さまは、もしそれが御希望なら、三人の姫さまとは御対面もさせないでおく、とおっしゃっているそうです。珠姫さまのお目に触れぬところで育てさせよう、と。それはそれは御熱心なのだそうです。でも……、そのようにして下さったとしても、姫さまにはそれもおつらいことになってしまうのではないか、と。……姫さまも母上さまを早くに失なっていらっしゃいますから、左大将家の姫さまたちのことをひとごとではなく、お思いになるにちがいありません。とは言え、母君の代りに姫さまがなられるのは、あまりにお気の毒というもの……。

——どちらにせよ、無理な話なのですよ。決まっているではありませんか。

ことねは自分の手がどこに置かれているのか、今頃気づいたように、恥かしげに引込めようとした。その手に、通忠は自分の手を添え、元の位置に戻した。

——……いいですか、ことね殿、珠姫のためを思えば、そんな話は引き受けるわけにはいかないのです。大体、私が姫のお相手をお選びすることになっていたのです。私が必ず、もっと姫にも納得してもらえる人を探してきますよ。父上、兄上にも、私から話しておきます。ですから、ことね殿の方でも、今の話が進まぬよう、姫を守ってやって下さい。

——でも、どうやって……。入道さまもお気持を動かしていらっしゃるということですのに、私などにできることは……。

ことねは呟きながら、ぼんやり通忠の手のなかにある自分の手を見つめていた。不思議な生きものに気を呑まれているような顔つきだった。

――ですから、父上は姫にとってつらく悲しいことを、無理矢理、そうと分かりながらも押しつけるような方ではないのですよ。こちらで、どんなにつらがっているか、悲しんでいるか、をお伝えすればよいのですよ。

――……私にはそのようなことは申し上げられません。

思いがけないことを、ことねは言った。

――え、どうして。うそをつけ、と言っているのではないのですよ。姫が嘆かないわけはないのですから。

――……でも、入道さまに私からは何も申し上げられないのです。

ことねはかたくなに、同じことを言い続ける。

――どういうことですか。ことね殿らしくもない。

呆れて、通忠はことねの顔を覗きこんだ。ことねはその通忠を一瞬、強い視線で睨み返したと思うと、泣き笑いの顔になり、呟いた。

――あなたには、お分かりにならないのですね。御説明できることでもないのです。どうか、お見逃がし下さいませ。

横に顔をそむけてしまったことねの眼が光りだし、通忠の見守るうちに、涙が一筋二筋とこぼれ落ちた。それまで、通忠にまかせていた手を袖に引込め、顔をその袖に隠してしまった。わけの分からぬまま、ことねを見つめていた通忠はあわただしく、それまでの会話を辿り直し、ふと、父入道と左大将とを境遇の上で重ね合わせることができることに気がついた。

――ああ、ことね殿……。

通忠は思わず、声を洩らし、無我夢中で、ことねの体を抱き寄せた。ことねは瞬間、眼を見開いたが、すぐに顔を伏せ、通忠の腕に身をまかせた。

――……あなたのことを思い続けているつもりでいたのに、あなたの心を踏みにじるようなことを言ってしまった。私の浅はかさを許せるものなら、許して下さい。……

ことねの豊かな髪に顔を埋め、柔かな背を撫で、耳朶に、襟元に唇を押し当てながら、通忠は呻くように言った。

――私が少年だった頃に、見かけたあなたの姿を忘れられずにいるのです。……いつもあなたを見るたびに、まだ少女の年齢なのに、普通の少女の世界から抜け出してしまった、さりとて大人とも違う、かつてのあなたを思い出さずにはいられなかったのです。……それなのに、なんという愚かなことでしょう。そのあなたに、父娘ほどに年齢が違い、しかも幼い子どもがいる男に愛されなければならない女の不幸を、父上に言いたてることを強要してしまったのですから……。あなたには、御自分が決して不幸だったとは言えないのですね。……いや、不幸ではなかった。……父上もあなたに深く感謝こそすれ、あなたとのことを……。

――お願いです。もう、そのようなことはおっしゃらないで下さい。

ことねがあえぐように言った。

――少しもつらくなかったことが、そのように言われますと、無性につらく思われてならなくなります。……私だけの、不思議な、気高い夢だったのです。どうか、お忘れ下さいませ。

通忠は呻き声をあげ、ことねを抱く腕に一層の力を込めた。

――……あなたがそうおっしゃるのなら……、私も少年の頃に、その不思議な、気高い夢を……、その幻のような美しさを、あなたの姿にかいま見たのかもしれない。……忘れられないのです。……

通忠の手がことねの胸もとに辷り入り、柔かな乳房を摑んだ。

ことねの体が震えた。

几帳の蔭の茵に、ことねを抱いて倒れこんでから、通忠の眼にはなにも映らないままでいた。透明な、蒼い海の底に沈み行く者のように、身を捩《よじ》り、漂わせ、水を抱き、海草にしがみついた。ほの暗い海底の彼方に、裸身の少女がおぼろな光を放ちながら銀の魚のように揺らめいていた。

――通忠さま……。

ことねの声にならない声が聞こえた。

――通忠さま……。

水底からの声ではないことに、ようやく通忠は気がついた。

顔を少し上げると、ことねの上気した顔がすぐ眼の前にあった。

――ああ、ことね殿。

通忠が呟くと、ことねは恥かしそうに笑いながら囁きかけた。

――お起こししたくはなかったのですが……、あの……、このままではお風邪を召してしまいますし、なにかお体にお掛けしたくても、身動きもなりませんので……。

そう言われれば、足の方に痺れたような感覚があった。体を起こし、足もとに眼をやって、顔を赤らめた。ことねの白い足と自分の足が、腰の辺りから、にょっきりと衾からはみ出しているのが、冷えきった夜の闇のなかにも、はっきりと見えた。

眠りに落ちていた、とも思われないのだが、いつの間にか、ことねの体に乗ったまま、顔を髪に埋めて、意識を失なってしまっていたらしい。通忠はあわてて、ことねの傍に体を移し、衾を二人の体に掛け直した。

それから改めて、ことねの体を抱き寄せた。

——……申しわけございません。

ことねの声が聞えた。

——どうして、あなたがあやまるのですか。私こそ……。

——いえ、どうかおっしゃらないで下さいませ。……それよりも、もうそろそろ、お帰りのお支度をなさいませんと……。

——まだ、大丈夫ですよ。そんな薄情なことはおっしゃらないで下さい。こんなに暖かく、柔かいお体から突き放されて、寒い夜を一人帰る男の身が、どれほど辛いものか、少しは想像もしてみて下さいよ。

通忠はことねの乳房に頰を押し当てた。豊かな乳房だった。体は思いのほか細く、決して大柄な方ではない通忠の腕のなかでもその細さが痛々しく感じられた。

——でも……、万が一にも誰かに気づかれるようなことがあってはなりませんし……。

ことねは身を縮めようとしたが、それでかえって通忠の足に自分の足をからませる形になってしまった。

——……どちらにせよ、まだ時間はあります。どうか、ぎりぎりまで、このままでいさせて下さい。今までずっと、あなたのことを思い続けていたのです。この場だけのはずみなどでは決してないのです。信じて下さいますか。……ああ、夢のようです。ことね殿、私は今、このようなことになって、少年の頃からの夢がかなえられ、もう、いつ死んでもいいような幸せを感じているのですが、あなたには思いがけない、不快なことだったのでしょうか。もし、そうだったのだとしたら……。

——通忠さま……。

ことねは通忠の胸に顔を当てて、言った。

——そのようなことは……、決してございません。通忠さまのお言葉がどんなにありがたく耳に響いていることか、少しでも分かって頂けたら、と思います。私も……、私も……、お慕いしておりました。

——それは本当ですか、ことね殿……。

通忠はことねを抱きしめた。

——ええ……、でも……、もう一人の私が、と言った方がよいのかもしれません。

——もう一人のことね……。

通忠は呟き返し、水中に輝いていた銀色の少女の姿を思い浮かべた。あの少女のことを、ことねは言っているのだろうか。すると、自分一人で作り上げた妄想の幻ではなく、あの少女は現実に、このことねの傍で生き続けていた、というのか。通忠は混乱した思いになり、ことねの体をともかくも確かめたくなり、背を撫で、腕を撫で、腰を撫でた。

——……どう申し上げればよいのか……、よく分からないのです。この身の喜びは、もちろん、恥かしいほどにございますが……。

ことねはあえぎながら、通忠の背に手をまわした。

――このお体がなつかしくて……。

――うれしいことをおっしゃる……。

――いえ、通忠さま……、それが妙に思われてならないのです。

――妙に思うことはないでしょう……。私だって、あなたのお体がなつかしい。愛しい。このまま、手放したくない。

通忠はことねの首に、唇を当てた。ことねはほほえみ、通忠の胸にこっそり、唇を触れた。

――……やはり、妙なことですわ。こうしていることが、はじめてのことのように思えないのは……。

――それは子どもの頃から互いに知らなかったわけではないのですから……。あるいは……、父上をこの私から、あなたは思い出していらっしゃるとか。

通忠はわざと無雑作に言ってみた。ことねが父を思い続けているとしても、自分がそれを恨む権利はない。恨まれなくてはならないのは自分なのだ。そう思ったが、ことねと父の、男女としての交わりを思い出させられるのは、苦痛なことには違いなかった。

――なんということを……。そんなことをおっしゃるものではありません。むしろ……、そうです、逆なのです。

――逆とは……。

――……あの頃から忘れ続けていたものが、少しも古びずに生き返った、というような感じがしているのです。ですから、なつかしい、と。……でも、現実の私はこの身ひとつです。もう一人の私がいるわけではありません。あの頃に忘れ去ったものは、忘れ去ったままなのです。生き返ったと感じるのは……、そう感じるだけのこと。

——そんなことはない、ことね。……あなたが忘れていたとおっしゃるものがどういうものなのかは聞きませんが、それを取り戻すことはできるのではありませんか。それが、人間というものの不思議さなのではないですか。……あなたは少女に戻ることができるし、私だって、無邪気な少年に、現に、今こうして戻ってしまっている。二人だけの時に、こうして少年少女に戻れるなんて人間だからこそ味わえるすばらしいことですよ。

ことねはまた、ほほえんで、通忠の顔を指先で眼、鼻、唇と辿った。

——……本当に、幼かった頃の通忠さまが思い出されます。私もいい年をして、あの頃の自分に戻ってしまったような思いでいるのです……。二人の北の方が生きていらした頃……、私は春の頃のように、ふわふわと暖かな日の光と、美しい花しか知らずに、幸せな日々を過ごしていました。……もちろん、あの日々の美しさ、楽しさを忘れてはいないのです。でも……、私は今こうして生きていますが、あの時期に私が死んだってなにがどう違うのだろう、とも思えるのです。

——生きていたからこそ、こうして肌を確かめ合うことができたのではありませんか……。

——ええ……、でもこの夜が明ければ、もう思い出のなかに閉じこめられてしまうのです。

——また、ここに来ますよ。

——通忠さま……、人は時々刻々、死に続けているのだとは、お思いになりませんか。ですから、いつ死んでも同じこと。そうして……、決して一度死んだ昔を取り戻すこともできない、と。……通忠さまとまたお会いすれば、また同じ死を辿り直すことになってしまいます。あの頃の私はもう戻ってはこない、と思い知らされるのが、悲しくないわけではないのです……。愛着あるものを見送ることは、できるだけ少なくしておきたいのです。

通忠はことねの細い体を抱きしめて、言った。

――普通は、愛着するものを増やすことを、この世に生きる張り合いと思うものなのに。女には特に、そのように生きる本性があるのではありませんか。それが、あなたの本音なのでしょうか。自然な感情を隠しているのではありませんか。……また、会いたい、命のある限り、会い続けたい、とどうか、言って下さい。

――声に出して言わなければ、通忠さまにはお聞えにならないのですか。

ことねの体が震えた。顔を覗くと、眼もとに涙が溜まっていた。

――私とて、平凡な一人の女です。通忠さまとこのようなことになって、平静でいられるわけはありません。また会いたいと欲を出し、またお会いすれば、せめてまた一度、と欲は尽きず、苦しみが増すばかりです。……人間のこの世での欲望が、かなえられることなどあるのでしょうか。いっそ自分を捨てて断ち切り、死に続けて生きる方が、喜びを喜びのまま、保ち続けることができるような気がするのです。

――理屈としては分からないではないが……、まるで、それでは、もう女ではなくなった尼のようなお考えだ。あなたはまだ、こんなに若く、美しいのに。……まさか、あなたは少女の頃から、そのように考えて、生きてきたのではないでしょうね。

通忠の問いに、ことねはすぐには答えず、声を呑んで涙を流していた。やがて、深い溜息をついて話しはじめた。

——……もう一人の私、と先ほど申し上げましたが、今、ふっと、それは通忠さまのことだったのかしら、と思いつきました。妙な言い方ですけど、そう思うと、なにか納得できるような思いになりました。

——もう一人のことねが、この通忠……。私には、よく分からない。

通忠はことねの頰を撫でながら、呟いた。

——通忠さまをお見かけすると、昔の楽しかった頃が思い出されていました。通忠さまをお慕いしていたのは、私が執着しているもう一人の昔の私が、通忠さまのなかに生き続けていたからです。私は、そのもう一人の私に心を寄せ続けていたのではないでしょうか……。そして、失礼ながら、通忠さまも、この私に、亡き母上さまや珠姫さまへの深い思いを重ねていらしたのかもしれません。

——珠姫……。

通忠は驚いて、ことねから手を離した。

——母君や、妹君への御愛情は、決して不自然なことではありませんわ。……通忠さまは、もともと情の厚い方ですもの、ごく自然なことだ、と思っております。……でも、通忠さまは、その情を私を通じてはじめて御自分でお見届けになったのではないか、と私には思えるのです。これは、見当はずれの思いなのでしょうか。

しばらく考えこんでから、通忠はようやく重い口を開いた。

――……あなたの言う通りなのかもしれない。しかし、それだけのことではなかった。あなたを見ながら、あなたを全く、見ずにすませるなどと、そんな器用な真似はできません。

――ええ、それは私だって……。

ことねは再び、啜り泣きをはじめていた。

――それに……、たとえ、そんな思いが互いを慕うきっかけになっていたとしても、それがどうしたというのですか。

――分かりません。……私にも、よくは分からないのです。でも、きっかけだけではないというような気がするのです。……通忠さま御本人よりも、たとえほんの一瞬でも、私自身を愛しいと思うなんて……、怖ろしいことです……。通忠さまをお慕いするには、まず私が私であることを忘れてしまいたいのに……。

――……それでも、私がまた、あなたから以前のあなたを呼び戻し、少年としての喜びを引き出そうとする。あなたに甘え、あなたと共に、今の身を忘れようとする。そういうことなのですね。……喜びを追い求めているはずなのに、苦痛がつのるばかりになる、とあなたは怖れているのですね。……ああ、でも、だとしたら、どうしたら、よいのでしょう。こんなことになったのは、とんでもない間違いだった、ということなのでしょうか。

――いいえ……、いいえ、そんなこと、どうして思えるでしょう。……私は欲が深すぎるのです。この今の幸せに少しでも、傷をつけたくなくて。

ことねは通忠に抱きついた。

――ことね……。

通忠はことねの顔から足の先まで、唇と指で確かめだした。できれば、ことねの全身を自分の唾液で濡らし、溶かし、呑みこんでしまいたい。そんな思いに駆られていた。

気がつくと、ことねも大胆に、通忠の体のあちこちを舌で濡らしていた。

二度とこのような機会は巡ってこないのかもしれない、と思うと、通忠も、そしてことねも恥かしさなど感じている余裕を持てなくなってしまっていた。

乱暴なほどの抱擁を繰り返すうちに、早くも空が白みだしていた。

これからもことねとは珠子のことで、しばしば会わなければならない。それがなによりもつらいことに、通忠には思えた。これからの約束も交わさぬまま別れるのなら、いっそのこと、一切顔を合わさないようにしてしまう方が、まだしも気が楽なのだが、そうもいかない。

ことねにどれほど執着を感じても、今は否が応でももう、この広沢から立ち去らなければならなかった。眩暈《めまい》を感じながら通忠はことねの体から離れ、手探りで身支度を整えだした。ことねもあわただしく着るものを身につけ、通忠よりも先に帳台の外に出てしまった。通忠が出て行くと、御格子の前で身を固くして、ことねは坐っていた。そうして通忠によそよそしい声で言った。

——では、左大将さまの件をなにとぞ、よろしくお願いいたします。……

見送る時にこんなことしか言わないことねを恨みながら、通忠は茫然と帰途についた。

二通めの手紙

時の流れる音が、耳もとに、風の音のように響き続けています。時の流れがこのような音を伴っていることも、そして、こんなにも速いということも、私は今まで知らずにいました。それだけ、自分のこの世での生に甘えつつも、満足していた、ということなのでしょうか。

この間、あなたに手紙を書いてから、もう季節もすっかり変わってしまいました。暑い日々が続いていたのに、今はもう木々の葉が黄や赤に変わっています。

私の住むビルの六階からは、ありがたいことに広い森が見渡せます。百年ほど前の庭園が保存されていて、その森に隣接したビルに私は住んでいるのですが、春から夏、そして秋、と森の葉の移ろいを今まで眺め続けてきて、今更ながら、四季の変化に忠実な葉の変化に呆れるような思いを持ちはじめています。

あとしばらくしたら、あの木々は確実に裸になります。そして春が近づくにつれ、森の全体が淡い浅黄色に煙り、やがて軽やかな若葉に染まります。赤みを帯びた色、青みを帯びた色、黄を帯びた色、と同じ若葉とは言っても微妙に色が違います。若葉の色は日々濃くなり、重たげな夏の色になる。そうしてやがて、秋の色に変わっていきます。冬になると、また裸になり、春にまた芽吹き、その芽は若葉になり、夏の緑濃い葉に育つのです。

来年も、その次の年も、またその次の年も。

そう思うと、一体これはどういうことなのだろう、と私は四季の変化をはじめて知った子どものように、うろたえてしまうのです。時の流れとは、こんなにも単調で、淡々として、しかも着実に流れ続けるものだったのか、と。その流れのなかで無数の木の葉が新しく生まれ、そしてまたたくうちに枯れ、粉になり果て、土に戻っていく。その繰り返しを木々は倦《う》むこともなく、無論、なんの感情も持たずに、受け入れています。木によっては、人間の寿命よりもはるかに長い年数を、そうして過ごしているのです。

人の命だって、同じようなものなのに、どうして木々のような沈黙に人は恵まれずにいるのだろう、と人間の一員である我が身が呪わしいような、恨めしいような気持を持ってしまいます。

一人しかいない子どもを突然、あの世に見送らなければならなくなった瞬間から、私は時の流れから逃げだしてしまっていました。でも、私一人が立ち止まっても、まわりでは容赦なく、時が流れ続けています。一日として、私と共に立ち止まってくれる日はありません。轟然《ごうぜん》と眼に映るものが流れ続け、めまいが常態になってしまいました。

地球はこうしてまわり続けていたのか、とはじめて実感させられもしました。それにしても、なんという音、そして速さでしょう。

このめまいから解き放たれる時が、この世で言う死の時なのでしょうか。それならば、早く解き放たれたいものだと願わずにはいられないのですが、これはいけない望みなのでしょうか。子どもの死からしばらくの間、私の体は女の働きを止めていました。二度とこれで、月々のしるしを見ずにすむのだ、と当然のこととして私は受けとめていました。と言うよりも、月のものがまたはじまった時まで、意識さえしていなかったのです。

鏡を見るのも、はじめのうちは怖れていました。髪が白くなってしまった、と思っていたのです。髪の逆立つのを感じ、頭皮がひきつれたようになっていました。顔も、一体どのように変わってしまっただろう。愚かなことですが、それを見届けるのが、楽しみでもあり、不安でもありました。けれども、ある日、思いきって鏡を覗くと、さしたる変化を見せていない自分の顔が見え、落胆し、また多少、ほっともしたのでした。

それでも未練たらしく、白髪ができなかったはずはない、髪が薄くなっているのではないか、と今でも鏡のなかで探すことをやめられずにいます。

髪が抜け落ちて、円型の青白い地肌を見せたのは、私の母でした。体の故障もわずかずつ、出てくるようになりました。そのような母を、私は秘かに、うらやましく感じてしまっています。愚かな者は、どこまでも愚かなままです。母の死を怖れる気持も消え失せてしまいました。ただ今更の苦痛は避けさせたいと願うばかりです。

この頃、よく眠れなくてねえ、これからのことをあれこれ考えていると。

母が私に言った時、私は遠慮も忘れて、母に言ってしまいました。

考えて何になるって言うのよ。いちばん若い子どもが先に逝くなどというとんでもないことが起こるんですからね。

年の順から、私は母の死を、以前はなによりも怖れ、百歳までも生きていて欲しい、と思っていたのでした。そのように母の死を案じていたことまでが、馬鹿馬鹿しく思えてならなくなっていたのです。なぜ、母や私が生き続けていて、子どもが死ななければならないのか、自分にも母にも腹が立ってしまうのです。

まさか、母にはそこまで言わずにいますが、母とて老齢の自分に首をかしげる思いを持ち続けているのでしょう。なぜなのだろう。なぜ、孫ではなく、自分が死ななかったのだろう。

私自身、白髪になるどころか、病気にもならずに今までの時間を過ごしてしまいました。そして、女としての機能もたった三ヵ月で回復してしまったのです。今頃、なぜ月のものを見なければならないのだろう、とまた、この世に残された者のなぜ、に悩まされ、涙が流れました。

それればかりではなく、次の月からは、今まで通りに排卵日から乳が張るようにもなってしまったのです。今まではどこか誇らしくもあった月毎の乳の張りに、子どもを身ごもってから、乳を与えていた頃までの感触を如実に思い出させられて、自分の体の無知な働きが恨めしくなります。乳首の痛みが、痛みのまま、私を責め続けます。

おっぱいを吸ってもいい、と一年生になっても子どもは言いだすことがありました。

明きらかに、もう無邪気なだけの動機ではないのです。女の体への好奇心が、半分はあったでしょう。あと半分は、いたずら心だったのでしょうか。

そんな時、私はいつも、ああ、いいわよ、好きなだけどうぞ、もう何も出ないけどね、と言い、もじもじしている子どもの顔の前に乳首を恥かしげもなく差し出してやっていました。子どもは形だけ乳首を口に含むと、げらげら笑いだして、逃げていってしまいます。あれ、もういいの、と私も笑いながら、子どもをからかってやります。

そんなことも思い出されます。

私がもし自分の子を失ったら、気が狂います、生きてはいられないでしょう、と何人もの母親である人たちが私に言いました。でも、あなたは案外、元気なんですね、やはり強い人なんですね、安心しましたよ、と。

そう、私は、案外、元気です。気も狂ってはいないようです。

私自身も、二年ほど前に、六歳の娘を交通事故で失った母親の言葉を伝え聞いて、驚かされたことがありました。

案外、どんなことがあっても、人は生きていられるものらしいです。

娘の事故死から半年も経ってからの、母親の感想でした。そんなものなのだろうか、とその頃の私も信じられない思いでいたのです。娘を車に轢《ひ》き殺されて、なんとか生き続けることができるとしても、それは一体、どんな生なのだろう、と。

そんな私でしたから、私に同じような感想を洩らす母親たちの気持を察することはできました。

私が元気に生き続けているのは、確かに不思議なことです。有ってはならないことだとも、我ながら思います。でも、こうして生き残っているのは、どうやら待ち続けている気の張りがあるからだとも言えるようです。子どもと会える日を、息を詰めて待ち続けているのです。感覚や感情も、その日のために、大切に保管し続けているのです。

些細なことをきっかけにして、自分が子どもの死を信じずに、子どもが以前のまま戻される日を待ち続けていることに、気がつかされます。道を歩きながら微かな風をふと感じたり、路上に落ちているお菓子を見かけたり、あるいは足を辷らせそうになったり、どんなことでも、きっかけにはなります。

もう、いやだ！　もう、我慢できない！

突然、眼が醒めたように、その場でわめきちらしたくなるのです。けれども実際にはわめくこともなく、ただ、だらしなく涙を拭き取るだけです。

こんなに我慢しているのに、まだ子どもを返してくれないのか。一体、いつになったら、許してくれるのか。まだ、我慢が足りないというのか。

自分の、子どもがいなくなっても黙々と、自暴自棄にもならずに生き続けているという、自分にも信じられないような努力が全く報われないことに腹が立ってなりません。けれども、腹を立てているうちに、ふと、思うのです。人にこんな気持を知られたら、笑われるだけなのだろうな、と。なんという馬鹿げた妄想に自分を閉じこめてしまっていることかと私の愚かしさを指摘されるだけなのだろう。

死はその人のすべてが、その時に終わってしまうことだ、と受けとめている人が、今の私たちの時代には多くいます。なにもかもが消え去ってしまう。だから、二度と会えないのだし、声を聞くこともできない。霊魂などというものが残る、と思うのも、残された者のただの気慰めに過ぎない。

どうして、こんな人間にとって過酷なことを思っていられるのか、と今の私には不思議に思えてしまうのですが、このように人間の死を断定する人が、今の世では本当に多い。そのために、死を怖れに怖れ、嫌い、避け通そうとして、忘れたりもしています。ですが、誰でも次の瞬間には、死ぬ可能性を抱いているのですから、その瞬間の底知れぬ恐怖をどうするつもりなのか、と問いたくもなります。人間の生命を単なる物質的な次元におとしめてしまえば、その復讐は免れない、という気持を持ってしまいます。

もしかしたら、事実、死とはその人の完全な消滅、ということなのかもしれません。私には、しかし〝事実〟を知りたい、と思う気持もないのです。私にとって、子どもの死とは、今のところ、ただの留守番のようなものでしかありません。子どもの留守を守って生活を続けるのが、私にできる精いっぱいのことなのです。一般に言われ、信じられている死の意味まで、なぜ、私が受け入れなくてはならないのでしょうか。そんなものは知りたくもないし、聞きたくもない。

そう、私は子どもの死を未だに理解していないし、信じてもいないのです。愚かで、心の弱いことなのかもしれませんが、私という人間がそれだけの器だということです。

今、一緒に暮らしている母を、子どものことで途惑わせてしまうことも多いようです。

玄関には、子どもの靴を今でも置いたままにしています。埃を払っています。

子どもの部屋も、他の部屋も、子どもが戻ってきた時に、なんの変化も感じさせないようにしておきたい、と思い、畳の表替えをしなくちゃ、という母の声を聞き流し続け、襖《ふすま》の穴もふさがず、カーテン・レールに吊した虫籠もそのままにしてあります。埃をかぶらせては、それを見た子どもがいやな気持になるだろう、とたびたび手に取って埃を払っています。

子どもの部屋には、祭壇が作ってあり、花も絶やさないようにしているのですが、そんなものは、子どもが戻ってきた時に、さっさと片づけてしまえばよいのです。

家中のあらゆるところに、子どものものが転がっています。消しゴムのかけら、短くなった鉛筆、いたずら書きのある紙、電車のおもちゃ……。

早く片づけてしまいなさいよ、こんなものを見ながら、よく平気でいられるね、と母は私に言います。そうして、母としては見るに見かねて、子どものものを戸棚のなかに隠してしまうこともあります。私はすると、大人気なく母を恨みながら、あわてでまた、戸棚のなかから出し、元の場所に転がしておきます。

母は母で、子どもの死に苦しみ続けているのだということは、よく分かっているのです。悲しみや苦しみを必要以上に増すことはないのだから、死んだ子どもの残した物は片づけてしまった方がよい、と母のように思うのが、理性的な、常識的な考えなのかもしれません。でも、私にはそれがどうしてもできない。子どもがあの世に旅立ったと思うからこそ、あなたにもこうして語りかける気持になったというのに、それでも、あの子は戻ってくるかもしれないじゃないか、と思い続け、戻ってきた子どもを落胆させないように、と自分の住まいを見張り続けずにはいられないのです。

こんなにも愚かな人間だったのか、と自分でも充分に、呆れてはいるのです。けれども、いわゆる理屈というものは、どんな場合にも必要なものなのでしょうか。私には、そう思えなくなっています。人間の存在は矛盾がせめぎ合って、はじめてその息吹きを得ているものなのではないか、という気がします。

長い間、子どもがいなくなってから、耳鳴りにも悩まされていました。

身のまわりの音は、今まで通りに耳に響き続けているのです。が、いちばん聞きたい音である子どもの声がどうしても聞えない。微かな囁き声でも、くしゃみひとつでも聞き届けたいのに、なにも聞えない。だんだん、その沈黙が耳鳴りのような、耳に痛いひとつの音に変わってしまっていました。

同じように、私の眼も子どもの姿を待ち続けているし、私の口も、子どもに語りかける言葉を封じられ続けています。私の手も、足も。

夜の夢のなかでは、私にとっての日常を取り戻すことができ、ほっとするのです。子どもが私のそばにいる、ごく当たり前の、平凡な日常です。子どもが戻ってきていることに、夢のなかでは、特別な感動もしていません。あまりにも、それは私にとって当たり前の、自然なことなのですから。ああ、やっと、これでいったん途切れていた日常がはじまる、と伸び伸びとした気持になっているのです。緊張して、こちこちになっていた体が、いっぺんに優しく解きほぐれていきます。

夢のなかですっかりくつろぎ、安心もして、朝、眼が醒めると、夢が夢でしかなかったことに気づかされ、それでもなかなか、それを本気にすることはできずに、あれこれと考えてから、子どもの死という、もうひとつの悪い夢を思い出させられ、気落ちしてしまいます。

たかが夢、とはしかし、私は思っていません。あなたの時代にも、夢を通じて、神仏が人間になにかを伝えたり、予言したりすることを信じていたそうですね。夢は、この世とあの世の接点である、と。また、人の魂も夢を出たり入ったりできる、とも。

私もそのように、知らず知らずのうちに思い決めてしまっているようです。子どもがいなくなってからすぐのことではなく、三ヵ月ほども経ってから、夢のなかになら、子どもも容易に戻ってこられるらしい、と自分自身の夢に教わり、寝る前に、必ず子どもに、今晩も姿を見せてよ、と頼みこむようになりました。

子どもから電話が掛かってきて、ぼく、戻ってもいいかな、とためらいがちに聞かれたこともあります。

当たり前でしょ、あなたの家なんだもの、すぐに帰っておいで、と私は言います。

子どもはどこからともなく、すぐに帰ってきます。なんとなく見慣れない感じがあるのですが、しばらく見なかったのだから、仕方がない、と思います。

部屋のなかで遊ばせながら、そう言えば、と私は困惑します。葬式もして、型通りに香典返しまですませてしまったのに、どのようにみんなに子どもが戻ってきたことを知らせたものか、と。

ぼく、学校に行ってもいいの、と子どもが寄ってきて、私に言います。

学校の先生もさぞかし仰天することだろう。でもいろいろ説明して歩くのも大変なことだし、いったんは驚かせても、生きている子どもを見れば納得してもらえることなのだから、と思い、いいわよ、明日から行けばいいわ。

と私は答えてやります。子どもはうれしそうな顔で頷きます。そんなに学校が好きなのかしら、と私は少し意外な気もします。

また、こんなこともありました。

なにか生ま温かい水が体に降り注いできました。驚いて顔を上げると、子どもが私を目がけて、おしっこをしているのです。

やめてよ、汚ないなあ、と私は子どもを叱るのですが、実は、さほど汚ないとも感じていません。

その子どもの体を、私は抱き寄せます。暖かく、柔かい体。

今まで、あんたがいなくて苦しかったんだよ、と私が言うと、子どもは照れ臭そうにくすくす笑いだします。

また、こんな夢も。

子どもがそばにいます。顔を思う存分撫でまわし、最後に、両頰をつねりあげてやります。子どもは逃げだし、少し離れたところに坐ります。

そうだ、まだ、あの子の声を聞いていなかった、と私は思い、子どもの名前を呼びます。けれども、答がありません。二度、三度。

まだ、だめです。私は恐怖心に駆られ、子どもの名前をあらん限りの声で絶叫します。

すると、子どもはプーと吹きだし、なんだよ、となんともない口調で言います。私も、ああ、よかった、と安心して、笑いだします。

なんで、すぐに答えないのよ、と文句を言うと、子どもは、だって面倒なんだもん、と答えます。私のうろたえ振りがよほど面白かったのか、いつまでも子どもは笑い続けています。

あるいは。

子どもが部屋で勉強をしています。覗くと、ノートに独特に几帳面な書き方で、番号を振りながら、三年生の算数問題を解いています。よくやってるねえ、と私が声をかけると、もう、めんどくさいよお、と言って逃げだしてしまいます。

こうして、学校にも通っているし、勉強も毎日しているし、これでどうしてあの子が死んだなどと言わなければならないのか、と我ながら安心する思いを持ちます。不安に思う必要はひとつもない。こうして共に生活を送っている私が誰よりもちゃんと知っている。

また。

近所のお祭りで、山車を引張っていた子どもと一緒に家に戻ると、すぐにまた、外に行かなくちゃいけないんだよ、と子どもに言われます。疲れているのに、とうんざりしながら外に出ると、顔を知った人たちが待っていて、これから遠足に行く、と言います。

突然のことで驚きながら、そのまま山へハイキングに行きます。

どこかの山道を歩きながら、誰かがおにぎりを出して食べはじめます。すると子どもも、大きな大きなおにぎりを出してかじりつきます。みんな、大笑いです。私も釣られて笑いながら、なんて楽しいんだろう、とうっとりしています。

また一方では、あとあじのひどく悪い夢も見てしまいます。

どこかへ出かけよう、と私は電車に乗っています。車窓から見える日の当たる土手に、子どもが他の男の子二人と共にしゃがみこんで、笑っているのに、気づきます。夏草のなかで、顔も髪の毛も眩しいほど、光って見えます。

まあ、あんなところで遊んでいたんだ、と私が驚いて、子どもの様子をよく見ると、どうやら石を線路上に落とすいたずらを楽しんでいるようなのです。

危ないから、やめなさい、と私は電車のなかから思わず叫びます。そこに、対向の電車が来ます。それなのに、ひときわ大きな石を、子どもはきらきら笑いながら落とそうとしています。私は大声で叫び続けます。が、なにを言っているのか自分でも分からなくなっているし、地団駄を踏んで思いきり体を力ませるのですが、思うようには声も出ないのです。大変な事故になる、という恐怖のなかで、私は石が電車にぶつかっていくのを見つめています。

わけの分からない混乱に巻きこまれ、気がつくと、私の手もとに子どもが渡されます。いやなことが起こった、それでもとにかく、子どもを見つけることはできたのだ、と安堵する思いで、私は母の待つ家に戻ります。

子どもは見直してみると、実際よりかなり幼く、しかも妙に静かです。大丈夫なのかなあ、病気じゃないのかなあ、と気がかりなまま、子どもを食堂椅子に坐らせます。

ところが、子どもの体はぐにゃぐにゃしていて、安定せず、椅子から転げ落ちてしまいます。床に落ちた子どもを見ると、頭がもぎれてしまい、首から黄色の汁のようなものが流れ出ています。

ああ、こわれちゃった。早く、直さなくちゃ。

私は泣くに泣けない気持で、子どもの体を見つめます。そばで母が、もう、こんなになっているものを、無理に直したって、またためになる、と呟きます。

私も、そうなのかもしれないなあ、とぼんやり思うのですが、あきらめることもできずにいます。

最近では、こんな夢も見ました。

どこか船室のようなところに、子どもの使っていたベッドが置いてあります。そのベッドの白いシーツの端に、なにか気味の悪いものが覗いているのです。近づいて見ると、ひどく変形し、変色した子どもの足です。

反対側を見やると、頭部も見えます。いつだったか手術で切り取ったもうひとつの頭が、まだ捨てずに置いてあった、と私は思い当たり、ほっとします。子どもの体はまだこうした形で残っていたと。

あるいは、母が子どものすでに色の変わってしまっている頭を熱心に揺り動かしていたこともありました。もう長い間、母は子どもの眼を醒まさせよう、と同じ動作を続けているのです。子どもは白い台の上に硬直して横たわっています。

やめて、今更、そんなことしないで、もう、そっとしておいてやって、と私は叫びますが、母は、大丈夫、まだなんとかなりますよ、と言いながらも、子どもを揺すぶる手を休めようとはしません。

何ヵ月も経った今では、なんの望みも持てなくなっているのに、残酷なことをする、と私は不満な思いで子どもを見つめています。ところがそのうちに、気のせいか、少しずつ、本当に少しずつ、子どもの顔色が変わりはじめるのです。

これはもしかしたら、と眼を見開いて子どもを見守っていると、子どもはぐんぐん生気を取り戻し、遂には眼を開けて、自分の力で起き上がります。そうして、私に気づき、微笑を浮かべます。

私はうれしくて、うれしくて、生き返った子どもを抱きしめます。が、とんでもない事実を私は思い出し、茫然としてしまいます。なんということだろう、私は子どもの体をすでに焼いてしまっているではないか。――


子どもの死から半年以上経ってから、私は子どもの体をなぜ焼かせてしまったのか、せめて、一週間なりと焼くのを待って欲しかった、と悔やみだしていたのです。

今の時代では、たった一晩か二晩の通夜で、生長の息吹きが去った体を、大きな機械で焼き、骨に変えてしまうのです。もっとも地方によっては土葬の所もあるようですが、一週間も、一ヵ月も、亡骸を地上に残しておくことは許されていません。

私の子どもの場合も、たった二晩で骨にされてしまいました。それを、いやだ、やめて欲しい、と思う気力が、その時にはなかったのです。なにもかも夢のなかの出来事でしたから、感覚もなく、ただ目前の出来事を眺めているだけのことでした。

それが今頃、後悔の種になってしまっているのです。

無論、子どもを死なさずにすんだかもしれないあらゆる可能性への未練や、病院の医師たちへの、処置が中途半端だったのではないかという疑い、怒りは消えずに、私の胸を去来していますが、せめて、こうなったら体だけでも、と最後の未練があわただしい今の世の火葬に対して湧き起こってくるのです。

あなたの世でも、火葬はあったようですが、それはもっと日を経てからのことだったのではないでしょうか。死んだと見なされても万が一の奇跡を待ち望んで、何日も亡骸に付き添い続け、腐敗を見届けてから、ようやく諦めをつけて死を認めることができる。

けれども、あなたの時代、平安朝で最も一般的な葬送は、郊外に亡骸を置き捨てるだけのことだった、とも聞いています。庶民は無論のこと、かなり身分の高い家でも子どもなどはそうしていた。その亡骸は腐って白骨になるまでに、野犬やカラスに食い荒されることも多かった、と聞きました。

以前は、なんというむごいことを平気でするものだ、と呆れる思いしか持っていませんでした。なぜ、土に埋めてやらないのだろう、と不思議でもありました。

でも今は、私が体験させられたあわただしい火葬に比べれば、どんなに、あなたの時代の置き去りの葬送の方が心優しい習俗か、と思えてならないのです。

自分の傍にいつまでも亡骸を置き続けて、腐り崩れて行くのを見るのは、なんとしてもつらいことです。でも、なにか思いも寄らない、不思議なことが、亡骸に起きるかもしれない。その可能性を捨て去ることもできない。

それで、とにかく人里離れた場所に亡骸は移すが、それから一週間経って、亡骸がどうなったか、とこっそり、遠くからでも見届けに行ってみる。まだ形を保っていたとしたら、一週間後に、また見に行く。無惨な有様に成り果てていたら、やはりだめだったか、と諦めをつける。犬が他の場所に移してしまったりして、亡骸が見えなくなっていたとしたら、何者かに生まれ変わってくれたか、と希望を持つことができる。

そんなことではなかったんですよ、とあなたには私のこんな想像を苦々しく思われてしまうのかもしれませんが、そうした見送り方を今の世に生きる私にも許して欲しかったと身勝手に今の世を恨んでしまうということなのです。

あまりにも呆気なく、素早く、私の子どもの体は骨に変えられてしまった。形を留めた骨ならまだしも、骨の焼けかすのような代物に変えられてしまったのです。

七日を七度経た四十九日には、まだとても子どもの死を受け入れる余裕もなく、地中に骨を移す気になれませんでした。百日経っても、子どもの骨を手離すことができなかった。

いつまでもそばに置いておくのは、決して良いことではない、と周りの人から言われることもあります。子どもが成仏できないから、ということなのでしょうが、それなら成仏などして欲しくもないし、あんなに素早く、亡骸と別れさせられなかったら、もう少し、子どもへの未練も違ったものになっていたかもしれないのに、恨みがましい反発さえ覚えてしまう。

こうした私には、最近、死んで早々のとびきり新鮮なある種の臓物なら、同じところを病んでいる人に移し変え、その人を救えるようになったと聞いても、それが朗報なのか悲報なのか判断がつけられないのです。

子どもの命を救う手段が実は、ひとつだけ残されている、と聞かされれば、私も無我夢中でその可能性にしがみついてしまうことでしょう。ですから健康な臓物を誰か死んだ人から貰えれば助かると聞かされて、その機会を待ち望んでいる人の気持は分かります。

でも、子どもに死なれた親の気持としては、先に書いたように、形が変わり果てても、なにか奇跡が起こってくれるかもしれないという期待を捨てきれずに、亡骸にいつまでもしがみついてしまいます。死因を探るために、子どもの体を一度切り開かれたことも、これが今の世ではなかったら、と口惜しく、悲しく思い続けているのです。

　こうした残された者の妄執からは、子どもの、まだ硬くさえなっていない体から、臓物が持ち出され、それで人の命を救ってしまったとしたら、と考えるだけでも、耐えがたい気持になります。子どもの死を無神経に踏みにじることで、人の命を救いたい、などと、どうして思えるでしょう。

　こちらも死んでしまいました。そちらも、ですからどうぞ、死んでください。

　正直に言えば、これだけの気持しか持てないのです。冗談じゃない、人の死は簡単に受け入れておいて、自分は助かろうとしたところで、一体、不死身の体になれるとでも思っているのですか、と。

　残された者の妄執まで切り捨ててしまうことは、同じ人として許されることではないような気がします。死んだ人がこの世に残してくれた亡骸は、死んだ人のものではなく、愛着を持ち続けている生き残った者のものだ、とも私は思いたいのですが、千年も昔のあなたはどのようにお考えでしょうか。

　あなたはこんなことを、溜息混じりに呟くのかもしれない。

　私たちの時代には、本当に人間は病いに無力な存在でした。薬も中国からの高価な薬か、薬草しかありませんでした。

　伝染病が一度はやれば、打つ手もなく、震えながら家のなかに閉じ込もっているだけでした。それでも、次々に人は死に続け、死体が川に、道に打ち捨てられました。

　他の病気でも、たくさんの子ども、大人が死んで行きました。

死はごく日常的に、私たちと歩みを共にしていました。私たちは、死から自分が逃がれられない身であることを思い知らされていました。悲しい時代です。私たちは祈り、救いを求め続けていました。

そちらの時代は、新しい多くの薬や手術、機械のおかげで、人の命を一時的に救える機会が大幅に増えたそうですが、そのために、人々が互いに互いの死を深く思いやる余裕を失い、生き延びるために人の臓物が欲しい、いや、上げたくない、などという妙な問題で苦しまなければならなくなっているのですね。どうしたって、いつかは死ぬ身だというのに、そちらも悲しい時代のようですね。

悲しい時代。――

本当に、あなたの世とはまた別の意味で、今のこの世も悲しい時代なのではないでしょうか。死を神秘的なこととして受けとめなくなったために、人生に決して起こってはならない悪いこととして、死を憎み、怖れ、その分、生命本来の輝きも見えにくくなっている時代です。能力や健康に価値を置くあまりに、生命そのものの脆さを忘れ果て、人間が生き続けていることの不思議さに考えが及ばなくなっています。

今の世で、若くして死を迎えつつある病人やその家族は、自分たちの不運を嘆くだけではなく、夢にも考えていなかった死の出現に、不意打ちの恐怖を味わわなければならないし、また、仲間をなかなか見つけることができない孤独にも苦しませられなければならないのです。

私も子どもを失ってから、そうした二重三重の苦しみを知らされました。

亡くなった人の体を運ぶ霊柩車というものが今の世ではあるのですが、その車を町角で見かけると、厄除けで親指を他の指のなかに隠して見送るという子どもの遊びにもなっている風習があります。

それと同じような眼で、私自身が人から見つめられ、隔てられている、と悲しい思いを持ったことがありました。私の子どもまでが、同様に、あっという間に、そういえば影の薄いところがあった、自分の死を予言もしていた、とうわさされるようになり、無念な思いも持ちました。生きている間は、存分に生の輝きを持ち、生に執着していた子どもだったのに、最早、その子どもは死の灰色の幕を透してしか思い出してはもらえなくなってしまった、というのだろうか、と。

生き続けているのは、あまりにも当たり前のこととして、子どもを邪険に扱ったり無理な勉強を強制させる母親たちを日常的に見かけなければならないことも、苦痛なことになってしまいました。あんなに叱るのなら、私にあの子を譲ってはくれないかしら、と馬鹿げた誘惑も感じさせられます。

一人で電車やバスに乗る子どもや、夜の町を歩く子どもを見ても、はらはらして、次には、あれでよく事故にあわないものだ、と妙な気もしてしまいます。そうした子どもたちが事故にあわずに生き続けていることが、奇跡的な好運のように思えるのです。

プール遊びや海水浴にしても、あんな危険なことはやめておけばよいのに、と考えてしまい、一方で、今年の夏の水死者は一千人以上もの記録を残したなどとニュースで聞くと、ああ、やっぱり、と頷いてもいるのです。

私は、自分の子どもの死を特殊な出来事だとは認めたくなくて、一人でも仲間が増えてくれるのを、日々、待ち続けていました。

身近な人たちの不幸を待ち続けながら、でも、本当にそんなことが起こってしまったとしたら、その遺族と特別な友人になれるどころか、申しわけなさで到底、その人たちに近づけなくなってしまうだろうし、向こうも私を厄病神として嫌うだけのことになるのかもしれない、と思い、一人で勝手に悩んでもいました。実際には、身近な人たちに私の子どもの悲運を特殊な、限定されたこととしては受けとめて欲しくない、よそごとではなく、自分の子どもたちの生にもありとあらゆる形で、死はまつわりついているという事実を知って欲しい、見届けて欲しい、と思っていただけのことだったようです。

けれども、そうした死に気づくには、どうも人間は、現実に死を体験しなければならないらしい、と自分自身の変わりようから思い知らされてもいたので、絶望的な気持を持たずにいられなかったのです。

私も今の世の人間の一人として、死に鈍感なまま生きていました。

新聞を通じて、以前もさまざまな子どもの死を知ることができていたはずなのに、そのほとんどの死を無感覚に読み流していました。私の子どもがいなくなってから、私は報道される子どもたちの一人一人の死に追いすがり、新しくあの世の住人になった子どもたちに私の思いを託してしまうのです。あの世には時間の前後もないのでしょうから、私の子どものあとから死んでいった子どもたちだけを特別に記憶に刻みこんでおくということも、あなたから見れば愚かなことなのでしょうが、私の子どもに先立つ個々の死については今更詳しく知りようもないので、どうにも仕方のないことです。

大体、人の死に年齢制限をつけて気持の持ちようを変えてしまうことも愚かしい限りのことなのでしょうが、子を失った一人の母としての見苦しい限界として、どうか今は、見逃がしておいて下さい。

四十を過ぎたら、人間はいつ死んでもかまわないのではないか、としか今の私には思えないのです。

砂の山で遊んでいて砂に吸い込まれて、この世を去った男の子もいました。

通りすがりの見知らぬ男に刃物で体を刺されて旅立った青年もいました。

どんな苦しい事情があったのか、姉に刺し殺された少年もいました。

学校のプールで泳いでいて、突然、沈んで、そのままあの世に行ってしまった少女もいました。

自動車に轢き殺された少年もいました。

心臓の発作で突然、学校で倒れ、旅立った青年もいました。

ここに新聞に出た子どもたちの死をすべて数え上げるわけにもいきませんが、さまざまなきっかけで、多くの子どもたちが私の子どもやあなたのそばに行きました。

この他にも、新聞には報道されないながら、病院でひっそりと毎日、何人もあの世に旅立っているはずなのだ、と思い及ぶようにもなりました。いろいろな病気や障害を背負って、生まれたばかりの赤ん坊も、幼ない子どもも、少年も、少女も、青年も、若い女性も。

この世に生まれ出る前に息絶えてしまう赤ん坊も少なくはないのです。

そうして、多くの残された人たちが悲しみの声を上げ続けているのです。その声に、私は奇妙な安らぎを感じることができます。

けれども、そうした死は、今の世では個々の特別な出来事として、閉じ込められたままでいます。運の悪い人がいるものだなあ、と多くの人は横眼で見やり、十分後にはもう、きれいさっぱり忘れ去ってしまっています。人はそれほど簡単には死なないものだ、生命とは強いものだし、人間はその知恵で死さえも容易にはその身に近づけさせなくなっているではないか、という今のこの世に生きる人としての自信は揺るぎもしません。

私が子どもを失った時に、こんなことになるのなら、流産していればよかったのに、と私を慰めるつもりで言ってくれた人がいました。その時は、なんという残酷なことを言うのだろう、と恨めしい思いしか持てずにいました。言葉をしゃべらないうちに、いっそのこと、死んでいれば、もう少し悲しみも浅いものにすんでいたかもしれない、とも言われました。

また、時が経てば、自然、悲しみも薄らぐものだから、とも多くの人に言われました。時間が救いなんですよ、次第次第に諦めがつくものですよ、と。

こうした慰めの言葉を、はじめのうちは恨めしく思い続けていました。望んでいた子どもを流産した母親の気持も、赤ん坊に死なれた母親の気持も、あるいは、二十歳の子どもに死なれた母親の気持も、違わないはずだと信じていました。十年経っても、五十年経っても、たとえ表面上の変化はあっても、本当に子どもの死を諦めてしまう母親などいるものか、とも思っていました。

でも、今、少しずつ、別な思いが湧きはじめています。時の流れが非情で、ひとつの方向にしか絶対的に進まないものであるならば、そこから決して逃がれられないこの世の人間ももともと非情な存在なのではないか。そんなはずはないのに、といくら思ってみても、流産した母親の悲しみより、世話をし慣れた赤ん坊に死なれた母親の悲しみの方が色濃いものであることは、どうも否定できないことのようなのです。個人を超えた人間としての、それが限界というものなのでしょう。

この世の人間は、時間そのものの存在です。一方的に与えられたごく限られた時間に触れることのできたすべてを、ですから深く愛さずにはいられない。そして、触れることのできなかったものは想像するだけで、直接触れたものを愛するようには愛せないし、なつかしむこともできないのです。

赤ん坊の死に狂おしく泣く母親の傍を、妊娠初期に自分の意志で中絶した母親たちがあるいは中絶させた父親たちが、その中絶を思い出しもせずに通り過ぎていきます。

私にしても、子どもに死なれた時に、子どもの頃、慣れ親しんでいた兄の死を思い出しましたが、私が一歳になるかならない頃に死んだ父のことは思い出さずにいたのです。父もきっとあの世で、子どもを可愛がってくれているだろう、と思うには思っても、その様子を具体的に想像することはできません。兄ならば、ひとつひとつの表情、癖、体の感触まで憶えていますから、兄と子どもが遊ぶ様子をありありと想像でき、安心も覚えます。

愚かな安心ですが、私がこの世に残されている以上、その感覚に限界があるのも仕方のないことなのでしょう。そうして時間が経つにつれて、私の悲しみ方も少しずつ変わっていき、いつかは、無事に子どもを育て上げた幸せを誇る人を見ても、つまらぬ僻《ひが》みを持たずに、良かったですね、と言ってあげることができるようになるのかもしれません。

人はもちろん、木の葉とは違うものです。でも、木の葉と同類の存在でもあったのですね。木の葉としての愚かさ、限界がやりきれなくて、呪わしく、腹も立ってならないのですが、その愚かさ、限界にたぶん、救われてもいるのでしょう。

私は日々の子どもたちの死をできる限り、追い続けていましたが、それでも足りずに、四十年前にあった大きな戦争で死ななければならなかった子どもたちにも、思いを寄せるようになっていました。一人一人の顔を見届けることは最早、むずかしくなっていますが、それでも、子どもに共通した体の柔かさ、表情はぼんやりとでも感じ取ることはできます。

大勢の子どもたちがあの世で、私の子どもを待っていてくれる。仲間に入れてもらって、一度に、何百人、何千人という、この世では考えられなかった数の友だちができる。日本だけではなく、さまざまな国の子どもたちがいる。私の子どもがその子どもたちの珍しい話、面白い話を聞いて、へえ、と感嘆して、笑顔で聞き入っている様子が眼に浮かびます。

ユダヤ人という人たちを憎んだ人がどういうわけか、ドイツという国を支配する権力を持つようになり、ユダヤ人を皆殺しにしようとしました。子どもたちも例外ではなく、ひとつの場所に集められ、多くの子どもたちが殺されていきました。子どもだけが殺され、両親は生き残った例も少なくはありません。

同じ頃、ほかの国も戦争に巻きこまれ、無数の大人たちと共に、子どもたちが人の作りだした武器で呆気なく、生命を断たれていきました。千年前のあなたの世では、戦さと言っても、一度に五万人、十万人もの人が殺されるなど、起こり得ないことでした。せいぜいが二百人、三百人の範囲だったと聞いています。

でも、人はあなたの時代から、その知恵の力で倦むこともなく、より強力な武器を作り続けてきました。そうして、着々と一度で殺せる人の数を増やし続け、四十年前の大きな戦争では、原子爆弾という、恐らくこれ以上強大な武器はもう人間には作りだせないだろうという大変なものが考えだされ、早速、この国に落とされたのです。そうして、世界的な戦争は一応、停止されている今でも、その爆弾はいよいよ工夫を加えられ、巨大な力を持つものとして作られ続けています。たったひとつだけで、百万もの人を、いや、もっともっと多くの人を殺せるそうです。ひとつの武器で殺せる人の数が増えれば増えるほど、それは戦場とは無縁な、あらゆる人々の死を意味していることになります。

今まで、人間はその知恵で、赤ん坊の死を少しずつ減らし続けてきました。効き目の高い薬を作りだし、人の体を覗いたり、人の代りに呼吸する機械も作りだし、人の寿命を延ばすことに努めて続けてきているのです。けれども、それで助けることのできた人の命を同じ知恵で巨大な力を持つ爆弾で帳消しにしようともしているのです。

日常的にも、自動車で、毎日、人が死に続けています。空を飛ぶ飛行機も落ちて、人が死んでいきます。

もちろん、あなたの世同様に、今の世でも、火事で人は死に、地震で、火山の噴火で、人はなすすべもなく死んでいくのです。

あなたの世とは、全く、今は違う世のなかになってしまっている。でも、こうして考えてみると、結局、人の生と死は変わらない、と言えそうな気がしてきます。それならば、あなたの世でそうだったように、あの世を信じ、夢見も信じ、祈りの力を信じられる方が、どんなにか人の気持が平和になることでしょうか。

私は少しも立派な気持からではなく、ただただ自分の子どもがあの世で出会っているはずのたくさんの子どもたちを知りたいという気持に駆られて、毒ガスで殺されたユダヤ人の子どもたちの記録や、日本に落とされた原子爆弾で死んだ子どもたちのことが書かれている本を読み続けていました。一人一人にとって、それは起こってはならない死だったのです。残された身内の者の無念な思いを辿り、あの世でこそ、子どもたちは光に充たされ、楽しく遊んでいてくれることを願わずにはいられませんでした。

それでもなお、私は闇の心が捨てられず、死を知らない周囲に僻み続けていました。

なぜ、みんな、そんな呑気に日々を過ごしていられるの。明日の命どころか、五十年後の命まで信じていられるの。今に、必ず、なにか大きな天災が起きて、この地上に泣き声が響き渡る日が来るというのに。

それこそまわりの人たちにとって厄病神のように、私はこんな呪いじみた思いを胸に抱き続けていたのです。

必ず、なにかが起こる。起こらないはずはない。毎日、そう期待し続け、落胆させられました。

ところが夏の暑い盛りのある日、テレビを見ていた母に、空を飛んでいた飛行機が急に消えたらしいよ、と言われたのです。咄嗟に、私は自分の期待を思い合わせましたが、どうせまた、たいしたことではないのだろう、とそれまで繰り返していた落胆を先取りして、聞き流してしまいました。

が、やがて、テレビはその飛行機がどこかに落ちてしまったようだ、と告げはじめました。五百人以上もの乗客を乗せて飛ぶ、夢の鳥のように大きな飛行機なのです。テレビはその乗客の名前を報道しはじめました。

ああ、やっぱり本当にこういうことは起きるんだ、と私は怖ろしいことに、一種、満足に似た思いをその時に、持っていたのです。起こらない方が不思議だったのに、なにを今更、騒いでいるのだろう、と奇妙にも思えていました。

翌日になって、飛行機の落ちた現場が発見され、生き残っていた人が助け出されました。四人だけ、生き残っていたのです。

その次の日から何日もかかって、亡くなった五百人以上の人たちの体が運び出されました。夏休みだったので、子どもがたくさんいました。私の子どもと、同じ年の男の子もいました。日に日に、私はその事故で身内の者を失った人たちのつらさを思い知らされるようになりました。飛行機事故というものの実体を、はじめて知らされたのでした。そうして、自分のはじめに抱いたひねくれた思いが、もしあの人たちに知れてしまったら、とうろたえはじめたのです。今に大変なことが起こる、などと、私が待ち望むような気持を持っていなかったら、こんな事故は起こらずにすんでいたのかもしれない、と不安な気持にも駆られました。

新聞に出された亡くなった人たちの顔写真と名前を照らし合わせ、特に子どもたちは記憶に刻み込んでおくために念入りに見ながら、すみません、馬鹿な思いに取り憑かれていたけれど、それは現実的な願いだったわけではないの、許して下さいね、私の子どもが待っています、と語りかけ、私の子どもにも許しを乞い、新しく仲間入りした子どもたちを楽しくさせてあげて、と頼みこみました。が、気の咎めをそれで消せるものでもありませんでした。その後、他の国で大きな地震が起こり、火山の噴火もあり、万という単位で、人が死んでいきました。

もうさすがに、これだけ愚かな私もそうした出来事を待ち望むことはしなくなり、まして、満足も覚えたりはしなくなりましたが、それでも、ひがみの気持は根強く残っています。どうして、私の子どもだけがあの小学校に通えなくなったのだろう、どうしてよりにもよって、私の子どもがこの世での命を奪われなければならなかったのだろう、という。——

夏は子どもたちが通っている学校が休みになるため、町のどこに行っても、子どもたちの姿が溢れています。私の子どもも、夏休みを早くから待ち望み、私と一緒の旅行を楽しみにし続けていました。ワニやヘビ、トカゲの好きな子どもなので、今年は思いきって沖縄まで行ってしまおうか、と二人で言い合っていたのです。子どもは沖縄行きを、本当に楽しみにしていました。私も具体的に、何日ぐらい行って、あそことここをまわって、と考えだしてもいました。

子どもが息を引きとった時にもまず思ったのは、沖縄をどうするのよ、行けなくなるじゃないの、ということでした。死の事実は受けとめられずに、ただ楽しみな予定が変えられてしまうことを嘆いていたのです。突然に死と出会ってしまった人は、誰でもこんなに愚かなものなのでしょうか。

夏は、それに、子どもの生まれた季節でもありました。まだ冬の頃から、子どもは誕生日にもらう物をはやばやと予約していました。生きたスッポンです。誕生日には、私からスッポンをもらい、自分はその日のために毎日のこづかいを貯めて、スッポンを飼うための水槽や装置を用意し、飼い方も調べ、憶えこんでいました。

他の物だったらば、母親の自己満足に過ぎなくても、買い求め、祭壇に置いてやることもできます。が、生きものではそれもできません。

もう、あんたはあの世で好きなだけ、ニシキヘビとも、大トカゲとも、ナイルワニとも、なにもこわいことなく仲良くしているんだよね、世界中の好きなところに気ままに行って、人にはまだ発見されていないような珍しいカエルや肺魚とも、友だちになっているんだよね、と子どもに念を押して、スッポンは諦めましたが、それでも子どものこの世に生まれてきた日が近づいてくるのは、つらいことです。

子どもがすでに飼っていた十四匹のアカハライモリも、私なりに気をつかって世話をし続けていたのですが、水を取り換えるのを、ある日、うっかり忘れてしまい、全部を死なせてしまいました。子どもは始終、水を取り換えてやっていたのです。

これも子どもが小動物の墓場にしていたベランダの花壇にイモリを埋めてやったのですが、以前、子どもが埋めたカエルやトカゲまで掘り起こしてしまいました。

カエルやトカゲたちは腐らずに、土のなかでひからびたミイラになっていたのです。子どもの体もせめて、こんな形でも残されていたら、と思うと、涙が止まらなくなってしまいました。

どうやり過ごせばよいのか途方に暮れていた暑い日々でした。

子どもの父親から、少しは気晴らしに旅行でもしたら、と言われ、私は咄嗟に、じゃ、子どもを連れて、あなたのところへ行くわ、と答えてしまいました。

九州の土地で、仕事の都合上、家族と離れて一人で住んでいる男です。子どもが一人で旅行できるぐらいになったら、いつか一度は父親のもとに行かせてやりたい、父親と暮らしたことのない子どもだけれども、大きくなってから父親と二人きりで何日間か過ごさせてやれば、子どもも少しは納得してくれるだろう。そんな希望を、私は持ち続けていました。

たまに父親と東京で会った時にも、九州にはヤモリやトカゲがたくさんいるんでしょ、今度はそれをおみやげに持ってきてよ、と子どもはせがんでいました。

思いがけない形に変わってしまったけれども、子どもの分骨した骨を持って、九州に行かなければ気持の納まりがつかなくなっていました。そうして、その骨を父親のもとに置き、父親の墓まで寄り添わせ続けてやりたい、と思いました。私と男とは夫婦ではありません。けれども、その男は確かに子どもの父親なのです。

夏も終わりに近い頃、家に残す骨については母に毎日の供養を頼み、小さな骨壺をショルダー・バッグに入れて、私は飛行機に乗って九州に行きました。

大きな事故の起きたすぐあとのことでしたから、飛行機が落ちて自分が死ぬことを思い続けないわけにはいきませんでした。子どもにしがみつきながら、一緒にこれで死ねるのかしら、と問い続けていました。

子どもの父親は子どもの死の翌日に駆けつけてきて、それから二日間、子どもと私のそばに居続けてくれました。

子どもの部屋に入った時、父親である男は、死ぬ気配なんかどこにもないじゃないか、とまるで眼に見えぬ何者かに文句をつけるように口走っていました。これじゃ、生き続けるつもりだったとしか思えない。

私も泣きながら言い返していました。

当たり前でしょ。あの子に死ぬつもりなんてあるわけないじゃないの。ほんとに普通の、なんでもない様子だったのよ。

そうか。

男は絶句してしまいました。

やがて、茫然と坐り続けている私を尻目に、男は散らばっていた子どもの本を一冊、二冊とまとめだしていました。

男の様子にふと気がついた時、私ははじめて男の父親としての感情を直接覗き見てしまったようなうろたえを感じさせられました。

すみません。

私は男にあやまっていました。男は振り向きもせず、子どもの本を片付け続けていました。

この世を去った子どもは、私と男とに、今までは思いも寄らなかったつながりを与えました。それは、慰め合い、嘆き合う、というつながりなのかもしれません。でも、そう言ってしまうと、なにかが違ってしまう。

ある一人の子どもをこの世に迎え、成長を見守り、将来に夢を託し、そうして突然、その子どもをあの世に見送らなければならなくなった、そうした一筋の経験から知った喜び、戸惑い、悲しみの色を理解し合える人が、もう一人いてくれた、という安心感が、子どもの父親と会ったり、電話で声を聞いたりしていると、胸の底から湧いてくるのです。

言葉が必要ではなくなり、男と顔を合わせると、自然、微笑がこみあげてきます。そうして、涙が湧いてもくるのです。一緒に暮らしたことのない父親でしたから、子どもの両親であるというつながりは、今まで男と顔を合わせても感じないままでいました。男に子どもの成長を報告しながら、同じ感情を男と分かち合うことは諦めてしまっていました。

赤ん坊の頃は、それをどんなに恨みに思っていたかしれません。子どもの世話をしながら、始終、涙をこぼしていました。自分の子どもなのに、どうしてそばにいてやりたいと思わないのか、と答を求め続けていました。

けれどもやがて、子どもの成長につれ、つまらない感情は忘れ、男にも感謝するようになっていたのです。子どもを私一人で育て続けるのではなくて、子どもと二人で生きていくのだ、と言葉を話すようになった子どもから直接、教わったのでした。

男が子どもの父親だということは、忘れたことがありません。でも、子どもにとっての両親は私と男の二人、という考えは不思議なほど持ったことがありませんでした。母親と父親がそれぞれ別の場所で別の生活を送っていたのですから、子どもを育てるのにまずその事実をいやというほど、自分に言い聞かせなければならなかったのです。

子どもはあの世に行ってはじめて、私たちに両親という言葉を思い出させました。

子どもを作ったことが、そもそも間違いだったんだろうか、と男が気弱に呟いたことがありました。

とんでもない、と私は言い返しました。あの子から教わったことがそれはそれはたくさんあるのよ。あの子がいない人生なんて、もう考えられない。この世に生まれるべくして生まれた子なんだから。

それはそうだろうけど、あの子だって生まれてきた以上はもっと生き続けたかっただろうに、それを思うと、あんまり残酷だという気がして、と男は言います。

こっちの体質が良くなかったんだよ。かわいそうに、それを受け継いでしまって。子どもなんか、作るべきじゃなかったんだ。

そんなことないわ、そんなことないわ、と私は繰り返すばかりです。

男が九州に戻ってから、たびたび電話を掛け合い、無事を確かめ合っていました。その電話で、赤ん坊をまた、産ませて欲しい、とねだってみたこともありました。あの子と顔の似た子が生まれてくれるかもしれない。兄弟が一人もいないなんて、あまりにも淋しすぎる。

もちろん、男はこんな馬鹿げた考えには苦笑するだけでした。

どこも似ていないのが生まれたらどうすると聞くので、似ているのが生まれてくるまで、五人でも十人でも産みたい、と私は答えたのですが、さすがに自分でも、自分の言い分の滑稽さに気づかないわけにはいかなくなりました。十人目に子どもとそっくりな赤ん坊が生まれたとして、他の九人は一体どうなるのでしょう。また顔が似ている赤ん坊も、子どもとは別の人間です。子どもとなにもかも同じ、というわけにはいきません。子どもと違う点を憎く思うようでは、到底、その赤ん坊の親になることはできません。

もう、こわくて、子どもを持つなんてできないよ。

男は電話の向こうで言いました。

私も、よく考えてみると、赤ん坊の生死に神経質になりすぎて、乳母と看護婦をたくさん付けない限り、まともに育てられそうにない。

それで、赤ん坊を持つという考えは捨ててしまいましたが、しばらくは、養子をもらったらどうだろうか、子どもたちと日常的に接することができるように、家でなにかを教えたらどうだろうか、と未練がましく考え続けていました。

子どもを三人も四人も持つ母親がうらやましくてなりませんでした。今の世では赤ん坊の死が少なくなって、そのことに気を強くして、母親たちは子を多く持ちたがらなくなっています。それで私も今までは、たった一人の子どもでも、格別淋しいとも思わずにいたのですが、その一人の子どもを失ってみると、子どもを産めるだけ産める立場の女の幸せが思い知らされるのです。

今更、その幸せに追いつけなくても、せめてよその子どもでもいいから、その体に触ってみたい、その体温を確かめてみたい、という望みは、なかなか捨てられませんでした。私の手が、柔かな肌の感触を味わいたがっていました。でも、他人の子どもは滅多なことでは触れるわけにはいかなかったのです。

毎日、来る日も来る日も、当たり前のこととして、子どもの体に慣れ親しんできました。二人で外を歩く時には必ず、手をつないでいましたし、夜も、最近は別々に寝るようにはしていましたが、始終、私の寝床をいつの間にか占領して、子どもは手足を投げ出し眠っていました。その手足に蹴飛ばされないように、子どもの体を抱いて、私は眠っていました。

寝つく前には必ず、子守り歌を歌いながら撫でてやっていた子どもの頭の感触。

汚れをこすり取ろうと力まかせにこすってやっていた傷だらけの、汚ない足の感触。

爪を切ってやっていた柔かな指の感触。

これらの感触のたったひとつさえ、私には残されなかったのです。

私は決して、子ども好きの大人ではありませんでした。自分の子ども以外の子どもなど、抱いてみたいなどと思ったこともなかった。ところが、子どもがいなくなって三ヵ月も経ったある一時期、私の手が見知らぬ子どもたちの体に吸い寄せられるようになってしまっていました。ぼうっとしていると、どんな子どもでも、抱きしめたくなってしまいます。子どもなら誰でも、ある程度は似た体のはず。私の子どもをそのまま返して欲しい、とは言わないから、他人の子どもに面影だけでも求めさせて欲しい。私にしてみれば、たったそれだけのつつましい願いだったのですが、気がついてみると、それすらも、世間的には簡単に許してもらえないことだったのです。

小さな子どもなら、その親が黙って見てはいないでしょう。私の子どもと同年齢の、八、九歳の子どもでは、子ども自身が体に触れさせようとはしないでしょう。そばで私が見続けているだけで、変な女がいる、と警戒してしまいます。私の子どもを思い出せば、確かに、見知らぬ大人には容易に微笑も見せなかったし、まして、体に手を触れられれば、顔色を変えて逃げだしていました。

親にだけ、全身を預けきってしまっている子ども。そんな子どもだと分かっているからこそ、親は子どもを愛しいとも思い、誇らしくも感じるのでしょう。

今までその誇らしさに包まれていた私は、子どもを失った途端に、母親たちの誇らしさによって拒絶され、他の子どもたちにうとましく見られなければならない存在になってしまっていました。

自分の子ども以外の、この地上の子どもたちは、なんと遠いところに生きているのだろう、と私は気づかされたのでした。私の子どもが今までは、私に子どもたちの世界への入口を開いていてくれた。一人の子の母親として、私は子どもたちの世界に踏み入ることも許されていた。休みの日毎に、友だちが必ず三、四人も来て、泊っていく子もいました。

一緒にふざけ合っていたものなのに、あの日以来、子どもたちはぱったりと来なくなりました。

人には当たり前と思えることでも、私には納得のいかないことだらけでした。

自分の子どもがどこへ急に行ってしまったのか、わけが分からずにいるというのに、子どもがいとも自然に、惜しげなく私に与えてくれていた子どもたちの賑やかな世界までが消えてしまったのです。

自分の家のように挨拶抜きで駆け込んできて、家具を逆さにしたり、蒲団《ふとん》を引張りだしたりして、遊んでいた子どもたち。冷蔵庫を覗いてなかのものをつまんだり、台所を水びたしにして、私に叱られていた子どもたち。なぜ、あの子どもたちはこの家に来てくれなくなったのだろう、と不思議な気がしてなりませんでした。

家のなかも汚れなくなってしまいました。狭い、狭い、と思っていた家が、広々と静まりかえっています。

子どもが道で拾ってきた猫が、まだ、この家に生き続けています。

はじめのうちは、なぜこんな猫が生き続けているんだろう、と憎く思えてならず、抱き寄せる気にもなれずにいました。けれども、猫も淋しさを感じるのか、しきりに私に体を摺り寄せてくるようになりました。以前は、子どもをからかいたくて、よく猫をわざといじめてやっていました。すると、子どもは猫をかばい、猫も子どもには甘え、私を避けていました。私につきまとい、私の膝の上に乗るようになった猫を邪魔に思い、追い払っているうちに、ふと、子どもがこの猫のなかに入り込んでいることだって、考えられるじゃないか、と思いついたのです。幼稚な思いつきではありますが、猫の変わりように、頭から否定してしまう気にもなれませんでした。

猫を抱き寄せ、そうねえ、この猫の体でも借りない限り、こうして甘えることはできないんですものね、と一人で納得して、猫を撫で、頬摺りもしてやりました。

それからは、猫の体の感触を頼みに、日々を過ごすようになってしまいました。まさか、本気で猫を子どもの化身だと信じているわけではありません。でも、とりあえずは、私の肌淋しさが猫によって、多少は癒されました。それに、あの世のことはこの世に生きている私の身ではなにも分からないのですから、時々は、子どもが猫の体に入ってきて、私との接触を楽しんでいるのかもしれない、という可能性まで消し去ってしまう気にもなれなかったのです。

このような、人には言えない日常的な愚かな思いを、私は男に電話を通じて話し続けていました。男はいやがる風も見せずに、私の愚痴を聞き続けていてくれます。下手な慰めの言葉も、口にはしません。私は男に、甘えきっていました。それで、救われてもいたようです。子どもの父親とはどんな存在なのか、私は子どもを失ってからようやく、教えられました。

父親を知らずに育ち、結婚もせずに母親になった私は、父親というものを疑い続け、怯え続けてもいました。父親などというものはどの程度、必要なものなのか、いつかは手ひどく家族を裏切り、傷つける存在なのではないか、と。

私の父親は、母と私たち三人の子どもをこの世に見捨てて、他の女とあの世に行ってしまいました。たぶん、そのことで知らず知らずのうちに、私は父親というものを警戒するようになってしまっていたのでしょう。

子どもの父親である男に、私は必要以上には近づけずにいました。子どもがいるからと言って、私が男に甘えるなど、夢にも考えたことはありませんでした。男もそうした私をはじめから知っていて、それで私との間に子どもを持つことにも抵抗がなく、歓迎する気持にさえなれたのだと思います。子どもが生まれてから、無責任だ、自分勝手だ、と男を恨めしく思っていた時期もありましたが、私こそ身勝手に男に向かって、自分の感情を振りまわしていただけだったのかもしれません。

子どもを失ってから、夜、たびたび電話を掛ける私に、男は必ず、いつでもまた電話を掛けていいんだからね、遠慮することはないんだから、と言ってくれます。すると、私はまた、その言葉にしがみついて、一週間後、二週間後に電話を掛けてしまうのです。できるだけの自制はしてみるのですが、到底、一ヵ月も我慢し続けることはできません。それでもさすがにそうした自分が気恥ずかしくて、男に語りかけるはじめの言葉はおろおろと口ごもってしまいます。すみません。今、ちょっとだけ、大丈夫でしょうか。あのう、用事があるわけでもないので、もし都合が悪ければ、またにしますけれども……。

都合もなにも、こっちにありはしない、と男はおそらく苦笑しながら、答えてくれます。それで私ははじめてほっとして、聞いてもらいたかったことを話しだします。

こうして私は男に甘えることを覚えてしまい、旅行と言えば、子どもと共に男のもとを訪ねることしか考えられなくなっていたのです。

男の住む九州に行くとなれば、ついでに、あの原子爆弾が落とされた長崎という町と、キリスト教という外国からの宗教を信じたために多くの人たちが、およそ三百年前から百年前に至るまで、殺され続けたのですが、その人たちの住んでいた村々をも訪ねてみたくなりました。

男も、それなら一緒にまわろう、と言ってくれました。

巡礼の旅と呼ばれるものがあります。自分の足で寺から寺へとまわり、死者のために祈ったり、自分の死後のために魂を浄化したりするものなのでしょうが、詳しいことはよく分かりません。でも、なにかそうした営みに心惹かれるようにもなっていました。

この世を去った子どものためになら、どんなことでもしてやりたい。そんな気持があっても、現実には、身勝手なことを語りかけながら、祭壇の花の水を取り換えたり、供える果物やお菓子を買ってきてやるぐらいのことしかできません。

宗教的な意味はよく分かりませんが、巡礼とは、この世に残された者の充たされない気持から自然に生まれてきた、あの世の者に寄り添うひとつの大きな行為なのではないでしょうか。

自分の体を日常生活の外に運びだし、広大な天地のみを感じながら一歩一歩、歩み続ける。そうすることで、なにか一脈、あの世の者を肌に感じ取ることができる。空を見ていたい。海を見たい。山の中に身を置きたい。気がつくと、そんな欲が私の胸に生まれていたのです。

男と二人で、子どものための巡礼に出られる。そう思うと、期待に胸が膨らみました。

待ち望んでいたその日、朝一番の飛行機に乗って、九州に行きました。飛行機を利用すれば、たった一時間ほどで、九州の地に着いてしまいます。

飛行場まで、男は迎えに来てくれていました。直接、顔を合わせてみると、照れ臭くなって、まともな挨拶もできなくなってしまいました。男も同様でした。

いったん、街に出て、昼御飯を食べ、そこから更に一時間、電車に乗って、男の住む小さな町に行きました。

地面が白い炎をあげて燃えたつように、暑い日でした。

次の日も。また、その次の日も。

日を浴びて歩く間は、息を詰めていなければなりません。まわりの風景を眺めるゆとりも持てませんでした。白い炎のなかを無我夢中で歩いていた、という感覚しか残っていません。男の住む町の様子もはっきりとは記憶に残っていません。

こんなに強い日射し、生まれてはじめてだわ。夏はいつも、こんなにすごいの。

私は白い炎にあえぎながら、男に問いかけずにはいられませんでした。男はなんともない顔で頷きます。

いつも、こんなものだよ。でも、冬は冬で寒いんだ。少しも暖かくない。

私は呆れて、溜息を洩らしてしまいました。この土地に来て八年近く経つ男の顔も腕も、すっかり日焼けして浅黒くなっています。男の住むようになった土地がどういう土地なのか、地名は聞き憶えていても、少しも具体的に想像してみたことがなかった、と私は気づかされました。

男の宿舎は三階建ての四角い建物でした。小さな子どもが三人、建物の前の砂場で遊んでいました。その一階の部屋のドアを開け、男は私をなかに入れてくれました。さすがに、私は緊張してしまいました。

三部屋もある、広々とした男の住まいでした。殺風景なのは予想通りとしても、存外、清潔で、明かるい住まいでした。一部屋は、小さな食卓と二脚の椅子が置いてある台所との仕切りを取り払い、ひとつながりの大きな部屋にしてありました。もう一部屋は、蒲団が敷き放しの寝室、そうして残る一部屋は全くの空き部屋になっていました。

南向きのガラス戸からは、雑草の生えた野原が望めました。これも眼に痛いほど、白く輝く野原です。

日の光をまともに浴びていた室内は、温室のように暑く、ガラス戸を開け放っても、微かな風すら入ってはきません。

私は真先に、ショルダー・バッグから子どもを出してやり、とりあえず台所の食卓に置いてやりました。

床の間があれば、そこに置いてやりたいのに、そんなものはなさそうだし、どこに置いておいてやるつもりなの。

部屋のなかを急いで片付けだしていた男は、私を振り向いて、苦笑を見せました。

結局、そこが一番いいのかもしれないなあ。そこじゃ、いけないかな。

男に言われて、もう一度部屋を見渡し、私も苦笑を洩らしました。他の家具と言えば、炬燵《こたつ》と、本棚と、テレビしかありません。台所には、食器棚と冷蔵庫。炬燵を除いては、どの家具の上にも雑多なものが積み上げてあります。宗教的な形式を寄せつけようとしない男が、今更、高い金を払って、仏壇を買い込むとも思われません。そうなると、なるほど、食卓の上なら、男の住まいの中心にいるようなもので、よほど確かな場所です。

朝晩、男が子どもと向き合いながら、食事をしたり、新聞を読んだりしている様子を、私は想像しました。外から帰ってくるたびに、男が食卓の上の子どもに自然、眼が行き、ただいま、と声を掛ける風景も想像されました。

小さな、白い絹の布に包んだ箱です。この部屋を訪れる人が見ても、それがどういうものであるか、気づきはしないでしょう。

そうね、じゃあ、ここでもいいわ。でも、うっかりして、床に落とすようなことをしないように、気をつけてやってよ。

大丈夫だよ、そう心配するな。

男は私の口うるささに閉口したように言いました。

確かに、そこは男の住まいなのですから、私は図々しい口をききすぎていたのかもしれません。でも、今まで私の手もとで育て続けていた子どもを、たとえその一部ではあっても男に預けてしまうことになったのですから、私としては、これからの男の覚悟が気懸りでならなかったのです。

私は溜息をつきながら、子どもを見つめ続けていました。

とうとう、ここに来ちゃった。一応、ほっとはしたけど、気も抜けてしまったわ。

なにを自分はしているのだろう、とふと考え込むと、途端に、体の表面を蔽っていた透明な幕のような〝夢〟が破れ、子どもの最期を言い渡された時の恐怖が生ま生ましく蘇ってきてしまいます。そんな時、咄嗟に眼をそらし、また、〝夢〟の穴を綴《と》じ合わせてしまうことを、私はいつしか憶えていました。どうあっても思い出したくないことは、思い出さないままでもかまわないのだ、と私は決めてしまっていました。

その時も、私は〝夢〟が破けそうになるのを感じ、あわてて男に言いました。

冷たい飲み物、あるかしら。なければ、水でもいいんだけど。

幸い、男は冷蔵庫に缶ジュースを用意しておいてくれました。

男に言われて、自分でそのジュースを冷蔵庫から取り出し、喉に流し込んでから、洗面所を借りて、汗みずくになっていた顔を洗い、首筋や腕も水で濡らしました。

人心地がついてから、二人で外に出ました。男が自分の勤める研究所を散歩がてら、案内しよう、と言うので、それに従ったのです。広い敷地に、職員の宿舎や、体育館、病院、研究棟などが点在しています。

あの丘の辺りには、今でもマムシやタヌキがたくさんいるらしい、とか、この曲がり角でこの間、派手な交通事故があったけれども、軽傷ですんだ、とか、気軽な話を、男は私に聞かせてくれます。

建物のひとつに入り、男は自分用の研究室も見せてくれました。いろいろな見慣れぬ機材があっても、それがどんな機械なのか見当もつかない私には、感嘆のしようもなく、ぼんやり眺めまわしていることしかできませんでした。

ここにいる時間の方が、ずっと長いんだ。冷暖房完備だし、立派なテレビもビデオもあるし。

男は言いながら、冷房を入れ、最新式の道具でコーヒーも用意してくれました。男の言うように、住まいよりも研究室の方がはるかに居心地が良さそうでした。

見てごらん。ここは眺めもいいんだよ。

男に言われて窓辺に寄ると、青く煙った三角の山が、濃緑色の森の彼方に見えました。研究所の敷地全体が、小高い丘の上に位置しているのだ、ということを、はじめてその時、知らされました。

日曜日のために閑散としていた研究所の外にも足を伸ばし、私と男は近くのスーパー・マーケットにも行きました。こんなに大勢、人が住んでいるところでもあったのか、と呆れてしまうほど、そこは休日気分の人に溢れ、賑わっていました。家族連れも多く、子どもたちを引き連れた父親の姿も少なくありませんでした。そう言えば、その日は学校の夏休み最後の日曜日だったのです。私と男はまわりにすっかり圧倒されてしまいました。

その夜、二人きりで顔を向かい合わせていても、陰気になるだけなのを案じて、男は同僚の二人を、住まいに招いていました。スーパー・マーケットに行ったのも、そのための買物が必要だったからでした。

大急ぎで混雑のなかでの買物をすませてしまうと、立っているのも辛く思われるほど、疲れきっていました。外には、夕闇が迫ってきてはいますが、まだひどく暑いことには変わりありません。私は男に頼み、そこだけ不思議に人のいない、若い人向けの喫茶コーナーに行き、腰を下ろしました。腰を下ろした以上、なにかを注文しなければならず、水物よりはいっそのこと思い、火で焙ったソーセージを注文しました。それを食べてみると、妙においしく感じられ、私は元気を取り戻したような心地になりました。

黙りこんでいる男に、そこで気になり続けていたことを聞いてみました。

これから会う人たちね、どの程度のことを知っているの。つまり、私のことだけど。どういう風に紹介されても、私はかまわないのよ。でも、あのう、一応は前もって私も知っておいた方が、その場であわてずにすむでしょ。言わない方がいいことがあるなら、教えといて。

大体のことは、もう話してあるよ。言わない方がいいことって、一体、なんのことだよ。

男はあっけらかんと答えました。

それじゃあ、今度のことも。

私は子どものことを曖昧に指して、問いかけました。

男は素気なく頷くだけでした。

そう……。

私は溜息をつき、黙りこんでしまいました。なにも知らずにいてくれる人たちの方が気楽でよかった、という思いもありました。また一方には、男が私と子どものことを秘密にせず、自分の知り合いに会わせてくれようとしていることがうれしくもありました。

九州では一人暮しをしているとは言え、東京に戻れば、妻のいる男です。勤め先の九州でも、私と子どもとの関係は本来なら知られたくないことなのではないか。

そんな危惧を持ち続けていたので、男の部屋や研究室に入れてもらえたこともありがたく感じてはいたのです。それでも、誰かに万一見咎められたとしても、どうとでも言い繕うことはできるのだから、と私は思い、気楽に振る舞っていました。

ところが、男は私の素姓を知り合いにもう伝えてしまっている、と言うのです。その上、子どものことまでも。

できれば、もっと具体的に、どの程度の詳しさで伝えてあるのか、と聞いてみたかったのですが、複雑な気持に口がこわばってしまい、仕方がない、成行きに任せてしまおう、と一種無責任な気持になっていました。

その夜、前後して、男の同僚たちは陽気な笑顔を見せながら、姿を現わしました。すぐにビールを飲みはじめ、仲間うちの話に興じていました。私が秘かに案じていた話題は、さりげなく避け続けてくれていました。どの人もまだ若く、結婚もこれから、ということで、女の子のうわさや、誰と誰が怪しいとか、そんな他愛のない話ばかりです。でも、それは聞いていて、こちらの気持まで弾むような、生きる喜びに充ちているおしゃべりでした。

たまたま、男が親しく付き合っているのが若い人ばかりだったからなのか、それとも、わざわざその夜は、若い人を選んで招待してくれたのか、私には分かりませんでしたが、どちらにせよ、その一夜は確かに、東京での生活では、得ようとしても得ることのできない貴重な、不思議に心和む一夜でした。

酔いがまわりだした頃、一人の青年が、ここまで来たら、ぜひ海を見ていかなくちゃ、と言いだしました。

明日はすぐに長崎に向かう予定なので、その余裕がない、と私が答えると、しきりに残念がり、それだったら、これから連れて行ってあげます、と青年は立ち上がりました。

二度と、もう来ることのない土地なのかもしれない、と思うと、私も欲張りな気持になってしまいました。

青年の車を使えば、ほんの二十分ほどだから、ということでした。少し酔っていても、田舎だから、なんの心配もありません、と青年は言いながら車に乗りこみました。

研究所の敷地を出てしばらくすると、街灯もない真暗な道になりました。車はライトで照らし出される部分だけを頼りに、スピードを出して走り続けます。

青年は親切に、その辺りの海について説明してくれたり、子どもの時に、やはり海で遊んだ時の思い出話などをしてくれていましたが、私は既に酔ってもいたし、一日の疲れですっかり眠くもなっていて、ぼんやり青年の声を聞き流してしまっていました。闇のなかを走り抜ける車のエンジン音も、眠気をつのらせました。

車が急に止まり、ここですよ、と青年の声が聞えました。急いで外に出ても、なにも見えません。昼間は、見晴しの良い所なのかもしれないのですが、ぼんやりと足もとの草の形が見えるばかりです。

こっちですよ、ここを下りれば浜辺になります。

先を行く青年の声を頼りに、おぼつかなく足を進めました。

大丈夫ですか。ここから砂地の下り坂になっていますからね。

足もとばかりに気を配って、砂に足の先を埋めながら、斜面を下りました。

その頃から次第に、眼が闇に慣れはじめていました。ぼんやりと白い浜が見渡せ、その先に海が黒い影になって拡がっていました。

波打ち際にそっと近づいてみると、小さな波が確かに、もの静かに打ち寄せてきています。でも、眼を少し上げれば、なんの動きも感じられない、ただの黒い拡がりが見えるだけです。

これが海なんですか。なんにも見えない。

私は気味が悪くもあり、落胆の思いもあり、思わず不平がましい声を上げていました。

もっと月が高くなれば、もう少し海も光って見えるようになるんですが。イカ釣りの船も今晩は出ていないし。

青年も残念そうに、呟いていました。

月、と言われて、私は空を仰ぎ見ました。そうして、思いがけない光を頭上の広大な空間に見出し、息を呑んだのでした。星が、それこそ惜しげもなく無数に、光り輝いていたのです。そうして月は小高い山の上に、銀という色の美しさを私にはじめて教えてくれたほどの眩《まば》ゆさに輝いていました。

月光を、都会育ちの私は、力の弱い、心細い光なのだ、とそれまで決めつけていました。でも、海辺の月の光はなんという絢爛《けんらん》たる光だったことでしょう。輝かしく、力強い夜の光を、私はそれと知らずに、全身に浴びていたのでした。

少し経って、私はあわてて自分の手、青年の顔と見直してみました。月の光をうっすらと浴び、淡い光を放っていました。足もとの砂浜、草。改めて見れば、どれも透明に白々と光っていたのです。寒気を伴なった驚きに、私は言葉を失い、溜息をついてばかりいました。

私たちが車で男の住まいに戻った時には、もう男は酔いつぶれてしまっていました。私たちの帰りを見届けてから、その夜の客たちは帰って行きました。

私は一人でウイスキーを飲みだしました。男はもう寝床に移されて、ぐっすり眠りこんでいます。ウイスキーかビールか、なにかしらのアルコールの気を帯びなければ、私は寝つけなくなっていました。アルコールを体に入れずに寝床に入ると、いちばん思い出したくないことが蘇ってきて、眠るどころではない恐怖を味わわされるのです。

でも、その夜は、あの豪華な月の光を見届けてきた直後でした。私は月の光への感嘆を一つ覚えのように繰り返しながら、くつろいだ気分になっていました。

ああ、やっぱり、ここまで来て良かった。良かったんだ。

これだけの言葉をぼんやり胸の裡で呟くうちに、他愛なく酔いはじめ、食卓の上に置いてあった子どもを男の寝ている枕もとに移して、部屋の電気を消し、男の横に身を横たえました。夜になっても部屋のなかは少しも涼しくならず、畳の上の方がよほど寝心地が良いようでした。

翌日、私が眼を覚ました時にはもう、男は下着一枚の姿で台所に立っていました。朝から、まるで熱線のような日の光がガラス戸に照りつけています。よくもこんなに暑い部屋で、朝遅い時間までぐっすり眠っていられたものだ、と我ながら呆れてしまいました。

時計を見ると、きのう決めておいた出発の時間まで、三十分もありません。男は、守らなければならない予定でもなし、次の特急にすればいいさ、と落着いて、ゆうべの片付けをしていましたが、私は部屋の暑さもいやで、せかせかと男に手を貸し、洗面も手早く済ませて、男を急がせました。

子どもを再び、私のショルダー・バッグのなかに入れ、ほぼ予定通りの時間に、私たちは男の住まいをあとにすることができました。

ここに置いていったって大丈夫だよ、と子どものことについては、男に言われたのですが、そりゃ誰も盗みはしないでしょうけど、置いてきぼりはやっぱり、かわいそうよ、と私は頑固に言い張り、譲りませんでした。

バスに乗り、駅前の冷房の効いた店で、朝食をとり、電車に乗りこみました。冷房のない普通電車で、その上、満員でした。体を動かさなくても、汗が顎の先、胸へと流れ落ちて行きます。地元の人らしい老人たちが声高に、その地方の言葉で話しているのに、私はぼんやり聞き入っていました。大体の意味は分かっても、はっきり聞きとることはどうしてもできませんでした。

大きな町に着いて、そこで特急列車に乗り換えました。前日も、男と歩いた町です。

特急では坐れるか、と期待していたのですが、やはり座席はみなふさがっていて、立ち続けていなければなりませんでした。男と私は早くも疲れきった気持になってしまい、互いに言葉も交わさなくなっていました。

三時間ほど経った頃に、ようやく二人とも、離れ離れではあっても、坐ることができ、残る二時間を一眠りしたり、弁当を食べたりして過ごすことができました。

終点の長崎に着いた時には、元気を取り戻し、そのままの足で、駅前の丘の上にある、キリスト教を信じたために殺された二十六人の記念堂に向かいました。どこを見てまわるかは、私が一人で決めてしまっていました。男はなにも言わずに、あとを従《つ》いてくるだけです。好きなようにしてくれていい、と男に言われていたので、私は相談さえもしていませんでした。

けれどもこの土地も、男の住む土地と変わらず、容赦のない暑さでした。日の照りつけているところは、ここも白い炎に燃え立っていました。

長い石段を登って、丘の上にやっとの思いで辿り着くと、男はさすがに不満そうな声を出しました。俺は下の涼しい喫茶店ででも待っていればよかった。

男は記念堂の前にある、二十六人の殉教者の姿を横に並べた記念像にまで八ツ当たりをしていました。こんなものを見るために、わざわざここまで登ってきたのか。いやになるなあ。これのどこが面白いんだ。

あら、だって、この場所であの人たち、本当に十字架に付けられて殺されたんですってよ。ほら、見て、子どももいるのよ。あんな子どもが、一体どんな風に思って、信仰のために自分の命を捨てることができたのかしらね。

そりゃ、天国に行けることを信じきっていたからに決まっているじゃないか。

男は興味も無さそうに言いました。

だから、そんな風に信じきれることが不思議なんじゃないの。宗教なんて、なにを、どんな風に信じたって、結局は同じことなのに。

時代が違うんだよ、いまとは。もう、いい。行こう。こんなところにいたら、日射病になってしまうよ。

さっさと歩きだした男を、私は引き留め、無理矢理、記念堂のなかにも連れ込みました。今までの、砂利の照り返しも加わった炎天下とはうって変わって、記念堂のなかは冷房もないのにひんやりとしていました。

なにがあるっていうんだよ。

男は私に文句を言い続けています。さあ、知らない。せっかくここまで来たんだから、見ておいたっていいでしょう。私もなかば意地になって、ひとつひとつの展示品を丁寧に見はじめました。男は一人で先に行ってしまいました。

有名な聖人の遺骨が入っているという小さな銀の箱がありました。一センチ四方ほどの、本当に小さな箱です。彫刻の装飾も愛らしくて、あんな箱に私の子どもも入れてやりたかったな、とうらやましい気持で見つめていました。

ほかにもキリシタンに関するいろいろな品があったのですが、もう記憶がぼんやりしてしまっています。男とこのままはぐれてしまったらどうしよう、男を怒らせてしまったのだろうか、と見て歩きながらも、気もそぞろでいたせいでしょう。

私が館内を一巡して、また入口に戻った時に、男はそれまでどこにいたのか、なにげない顔をして姿を現わしました。

記念堂の感想も言わぬまま、外に出て、石段を降りました。既に夕刻になってはいましたが、暑さは衰えてはいません。

私も疲れてしまっていたので、そこから予約してあるホテルに行きました。

港の近くに建つホテルは予想以上に居心地が良く、安心しました。二つのベッドがある狭い部屋でしたが、そんな部屋で二人きりになることに、私たちは今更、ためらいも恥かしさも感じはしませんでした。とっくに男と女という間柄ではなくなっているというのに、他人という意識もなかったのです。

そこでもまず、私は子どもをバッグから出してやり、壁際の鏡台を兼ねた机の上に置いてやりました。

交互にシャワーを浴びたり、ベッドに横たわったりして休息を充分にとってから、再び外に出て、地図を頼りに中華街に向かいました。

思い描いていたよりもずっと小規模で、活気もない中華街でした。一軒を選んでなかに入って、名物の皿うどんと料理の幾つかを頼み、ビールも飲みました。

時間はたっぷりあるので、その店に長い時間いるつもりでいたのに、すぐに満腹になって、酔いもまわって、外に出てしまいました。

夜になって、さすがにしのぎやすくなっていました。ぶらぶらとホテルまで歩いて帰りました。

部屋に戻っても、眠いばかりでなにもすることはありません。

もう少し、飲んでもいいだろう、と男に言われるまま、そこでもビールを飲みました。二人でテレビを眺めているうちに、ぽつりぽつりと言葉を交わしだしていました。

自分と同じ年齢の人たちということで考えてみると、胎内にいた頃から、次々に誰かが死に続けているのよね。はじめは流産、それから早産、そうして出産異常、赤ちゃんだって知らないところで死んでいっているわけだし、小学生、中学生、高校生、と死んでいく人の数は積み重なっていくだけなのね。そうして最後の一人が百歳ぐらいで死んで、それで百パーセント死に絶えるんだわ。この世に生を持ちはじめた時から、生きている人の数は減り続け、死んだ人の数が単純に増え続けていくだけなのね。

でも、俺の年齢になっても、まだ同級生で死んだのは、ええと、五人しかいないよ。やっぱり、少ないね。

私だって、知っている範囲だけでは、まだ三人だけだわ。でも、同級生と言っても、学年でたった百四十人だったのだから、そんな狭い範囲のなかだけでも、もう二パーセントは越えてしまっているわけでしょう。幼稚園や、小学校、あるいは女子大で一緒だった人の消息はほとんど知らないし。

まあ、三パーセントとして、百万人だったら、三万人の割合いか。

赤ちゃんの時代なんて、互いに知りようがなかったんだから、実際には三万人よりも、ずっと多いはずだわ。

そういうことになるかなあ。でも、やっぱり、早く死ぬのは運が悪いとしか言いようがないな。

言って欲しくないことを男に言われて、私はがっかりして口をつぐんでしまいます。

だけど、俺が知っているだけでも、優秀なのが随分、若くして死んでいるんだ。大したことのないやつばかりが生き残って、この世のなかを作っているっていう実感があるよ。

私はまた元気を取り戻して、熱心に男に頷き返します。

男は大学の研究室で机に向かって坐ったまま、冷たくなっていたという、数学の、まだ二十代半ばだった助手の例を話してくれました。ずばぬけた数学の才能の持ち主だった、と男は強調します。

私も同じようにして夜中、一人で勉強をしている間に死に、朝、母親に発見されたという高校生の話を聞かせます。有名な私立高の生徒で、成績も優秀だった、と付け加えるのを忘れません。

男はまた、高校時代に自殺した友人の例を話しだします。もちろん、これもまた優秀な生徒の一人で、前日にゆっくり会いたい、と言ってきたこと、じゃ、そのうちにな、と気楽に答えてしまい、あとでなぜ、何日の何時に、と具体的な約束をしておかなかったのか、と悔やまれてならなかったこと、などを話してくれました。

そういう約束があると、とにかくその日まではしょうがない、生きておこうか、と思うものらしいって、あとで誰かから言われたんだよ。なるほど、そういうものかもしれない、と妙に納得できたものだから、後悔もしてしまってね。

そんなところにも生死の別れがあるのか、と私は溜息を洩らしてしまいます。

でも、その通りなんでしょうね。今の私が、全くそれと同じような感じでいるんですもの。ひとつひとつはたいしたことのない約束なのよ。いちばん身近な友だちの二人が気をつかってくれていて、一週間置きぐらいに、訪ねてきてくれたり、外食に誘いだしたりしてくれているの。些細な気晴しと言えば、些細なことに過ぎないんだけど、その日の来るのが本当に待ち遠しくて、あと三日、あと二日って思いながら、それで毎日を支えられて、気づいてみたら、ここまで生き続けてきてしまった、という感じなの。こんな時にこんな言い方は矛盾していておかしいのかもしれないけど、そういう人たちに恵まれている自分が幸せだ、と思う。

微笑を浮かべて、男も頷いてくれます。

ウイ・ニード・ユウっていう言葉が、頭にこびりついてしまっているの。ある人が私に送ってくれた手紙で、外国の作家の書簡集から見つけた、失意の友人にあてたという言葉を引用してくれて、それの最後の言葉なのよ。そうして、これは直接、私に繰り返し言いたい言葉ですって。私たちはあなたを必要としている、だなんて、本当に私にそれだけの価値があるのかどうか、まるっきり自信はないんだけど、私にはなによりも、この言葉がありがたくって、あぁ、ちゃんと生きなくちゃいけないんだな、と納得させられる思いがしたわ。身近にいる友人も、そのようにして私と接し続けていてくれるの。会うのが楽しみだから、会いたいんだ。だから、生き続けていてくれなくちゃ困るって。ウイ・ニード・ユウって本心から言い続けていてくれるの。

そろそろ本格的に酔いがまわりだして、私はベッドに寝そべってしまいました。

男の声が聞えました。

お前は俺と違って、もとから友だちを大事にする方だったから、そういう友だちが今、いてくれるのも、お前さん自身の人徳っていうことになるんだろ。

人徳だなんて。とんでもない。

男はテレビと部屋の電気を消し、私の寝そべっているベッドに腰を下ろしました。

もう、寝るか。

男は呟きましたが、私はそれを無視して話し続けました。

人徳だなんて。それどころか、私は自分に都合の良いように、人の好意を利用しているんだから。

そんな器用なこと、できはしないくせに。

私は毛布を自分の体に掛けながら、男に言い返しました。その男は私を手伝って、毛布を私の体に掛け直してくれます。

だってね、今まで誰一人として、この私を責める人はいなかったわ。なぜ、子どもから眼を離していたんだ、お前が子どもを殺したようなものじゃないのかって、そんなこと、誰も言わない。決して、あなたを責めたりはしませんよ、という大きな好意に、私は包まれてしまっているのよ。誰だって、そういう気持はあるに決まっているんだから。

そんな風に、誰も思うわけないだろう。普通では起こり得ないことだったんだから。

そう、こういう風に、あなたも言ってくれる。それで、確かに私もほっとはするの。そういうことに、私もしておきたいから、わざわざ、違うんです、私の責任なんです、とは言いだせずに、相手の好意に乗っかってしまうのよ。いやなことをしていると、自分でうんざりしながら、相手の好意にしがみついてしまっているの。……本当は、私が子どもを殺したと思っているんでしょう、それなのにおめおめ、平気な顔で生き続けて、胸が悪くなるような女だ、と軽蔑しているんでしょう、といつでも、聞きただしたくて仕方ないんだけど、その答を聞くのが、また怖ろしくて、聞けないでいるのよ。だって、答は分かっているんだから。分かっているくせに、相手の慰めの言葉だけを信じている振りをして、それで実際、楽な気持にもなってしまっているのよ。

私の声は震えだしていました。そのようにして男に打ち明けながら、それでもなお、男からなんらかの慰めの言葉を与えられることを望んでいる自分に、自分の尾を噛む蛇のような空しさと疲れを感じずにいられませんでした。なぜ、誰もこの私を責めようとしないのか、なぜ、私は誰からも苦しめられずにすんでいるのか、という私の苛立ちは、結局、自分一人で呑みこみ味わい尽さなければならない性質のものだったのです。

つまらないことは考えるな。

男は案の定、言ってくれました。

被害妄想は、お前に似合わないよ。

被害妄想ね。でも、私は案外、ねちねちと逆恨みを続けるような性格なのよ。

私は冗談らしく言い、間近に坐っている男の背に手を当てました。男は何も言いません。それで、男の背に顔も当ててみました。

なつかしいにおいがする。あなたもだいぶ老けたけど、においだけは変わらないのね。

あんなに大変な思いをして、育てていたのにな。

男の溜息混りの声が、私の耳にくぐもって聞えました。

私はなにも言えなくなり、体も動かせなくなってしまいました。泣きだしたら、とめどがなくなってしまう。泣いたりしてはいけない、と喉の奥にあるものを懸命に呑み込み続けていました。

男は体の向きを変え、私の顔を覗きこみました。

どうしようか。一緒に寝ようか。

私は微笑を浮かべて頷きました。男の腕であれ、肩であれ、もたれかかって、全身の力を抜いてしまいたい、という誘惑を、私は感じ続けていたのでした。どんなにそれができたら、気が楽になることだろう。けれども、もうそのようには甘えられない相手なのだ、と遠慮がありました。子どもの両親ではあっても、今の私たちは夫婦でも、恋人でもないのです。男も自分の体で私を支えてくれる、ということは、これまで素振りにさえ見せてはくれていませんでした。

男は私の横に体を辷り込ませ、私を抱き寄せてくれました。私もまた、瞬間、勢いよく男に抱きつき、なつかしい髪、耳、と手探りで探りました。

そうして、自分でも思いがけなかったことに、私は無様に泣きだしてしまったのです。

ごめんなさい。だって、あの子がおなかにいた頃のことを思い出しちゃって。それなのに、私とあなただけがこうして生きているんだもの。なんで、あなたが生きてて、あの子がいなくなっちゃうのよ。理屈に合わないわ、こんなの。

……俺だって、そう思っているんだから、そんなに言わないでくれよ。

そうね。でも、あなたの体って、こんなに暖かくて、柔かいんだもの。冷たくないんだもの。つらくなるばっかりで……。

涙を止めることができなくなっていました。

私から体を離した男は、ベッドは出ずに、黙りこんで天井を眺め続けていました。私は男に背を向け、泣いてしまっている自分を持て余しながら、涙を流し、涙に疲れ果て、そのまま眠った振りをしているうちに、本当に寝てしまいました。

朝、子どもの夢を楽しんでいました。眼を開け、窓際に男が立っている姿を見ると、夢が夢に過ぎなかったことを思い知らされ、がっかりしてしまいました。

あなたの姿を見たら、夢の中身が分からなくなっちゃったわ。せっかく、あの子と一緒のいい夢を見ていたのに。

朝の挨拶の代りに、私は男に文句をつけながら、不機嫌に起き上りました。

その日も、暑い一日でした。

午前中に、ホテルに近い大浦天主堂やグラバー邸といった月並みな観光コースをまわり、午後には、浦上に行って、原爆の爆心地である公園や資料館を見てまわる、という予定を立てていました。

日射しのなかを少し歩くだけで、暑さに負けて、まわりを見る余力を失ってしまいます。暑さに音を上げ、不平を洩らす男をはげましながら、予定していた場所を次々にまわったのですが、私自身、ただ体を動かしているだけで、物を考えるということができなくなってしまっていました。

大浦天主堂では、キリスト教のために死んだ多くの人たちのことをゆっくり思ってみたい、と考えていたのに、汗を拭きながらなかを覗いただけで、すぐ前のみやげ物屋の氷水という文字の方に、すっかり気を取られていました。

浦上でも同じことで、広い公園を早足で横切り、原爆資料館には冷房があるだろう、と楽しみにしていたのに、そうした設備はなく、落胆しながらも、無論、つぶさに資料のひとつひとつは見て歩いたのですが、一通り見終った時には、気分まで悪くなって、休憩所のベンチにへたりこんでしまいました。

原爆によって殺された人たちを身近に思い、できることなら私なりに祈ることもしたい、とせっかく思って、浦上を訪ねたのに、心が空ろなまま、男と二人で今にもけんか別れをしそうな機嫌の悪さを引き摺りながら、その一日も過ごしてしまったのです。

どうにも、馬鹿げた私たちの巡礼です。

恨めしい思いで、青空を見上げながら、せめて雲でも出てくれればいいのにねえ、とぼやき、でも、原爆が落とされたのもこの暑さの中でのことだったわけだから、そのあと、生き残った人たちがどんなに大変な思いを続けなければならなかったのか、それだけは身にしみてよく分かったわ、それだけでも、わざわざここまで来た甲斐があったと思ってもいいのよね、と私が自分を慰めたくて呟いた時には、男も、その通りだ、と熱心に同意してくれました。

その夜も、前日と同じホテルで同じように愚痴めいた話、いえ、愚痴そのものなのでしょう、を二人で交わし、酔いのなかで眠りに落ちました。もう、体を必要以上に近づけるということは、用心して、しませんでした。

翌日は、船に乗り、天草に渡りました。そこにもある天主堂や、キリシタンの墓地を見てまわるつもりだったのですが、そこまで行くバスに乗り損ない、タクシーでも往復三時間はかかると知った男に強く反対され、仕方なく諦めてしまいました。

二人とも、連日の暑さに疲れていました。早々に旅館に入り、昼寝をしてから、近くの海辺にのんびりと散歩をしました。もっとも、男は冷房の効いた旅館に残り、私一人の散歩だったのですが。

その夕飯前のひとときに、私はようやく、自分の眼に映る風景を心に留めるゆとりを取り戻していました。深い入江になっている小さな漁港は、その日一日の仕事を終えたのか、静まりかえっていました。

ちょうど西陽が海に沈む頃で、沈みきってしまうまで、その場所にいるつもりで、ぶらぶら歩き続けていたのですが、そうなると、なかなか日は沈もうとしてくれません。

そのうち、一匹の小さな蟹を見つけました。波に流されて、陸に上がってしまったようです。あわてふためき、どんどん海とは反対側に上がってきてしまうその蟹を、私はつかまえました。まだ、子どもの蟹でした。ほんの、親指の頭ほどの大きさしかない、小さな、小さな蟹です。子どもがいれば大喜びなのに、と思いながら、まだ母親蟹のそばにいたのかもしれない仔蟹を波に放り投げてやりました。けれども、私の投げる力が弱くて、見守るうちにまた、波に押されて、仔蟹は陸に戻されてしまいます。同じように、あわてふためいて、海を離れようとする仔蟹をもう一度、つかまえ、ばかだねえ、お前って、蟹のくせに、海がどっちにあるか、そのくらい、憶えておきなさいよ、と言い聞かせてから、また海に投げ返してやりました。

ところが今度も、同じことでした。

本当に、どうしようもないねえ。今度こそ、海に戻るのよ。

今度は海水に足を濡らして、投げ返してやりました。

今度こそ、仔蟹は海に戻ることができたようでした。仔蟹の姿が見えなくなればなったで、損したような、気の抜けた思いになってしまいました。夕陽はまだ海の上です。海面の輝きが一刻一刻、豊かなものになっていました。

このまま海を見つめていてはいけない、と思え、夕陽の沈みきるのを待たずに、私は早足で旅館に戻りました。

部屋の窓からも同じ海は望め、部屋のなかから、日の沈むのを見届けることができました。

明日は東京に戻るという、最後の夜でした。それでも、私たちは前の晩と変わりなく、これだけはいつまでも続けることのできる愚痴のこぼし合いを続け、早々に寝床についてしまいました。

巡礼などとは呼ぶに呼べない、ただ体をあちらこちらに運び続けていた、としか言いようのない、毎日の暑さだけが記憶に残りそうな旅行でした。けれども、男と二人でどのような旅行でも体験することが、どうしても必要なことなのだ、と私には思えたし、また実際に、必要なことだったのでしょう。

なんのために、ということはよく分かりません。子どもの両親であることを、二人で互いに胸に刻み込んでおきたかったからなのでしょうか。あるいは、子どもの両親として、どのようなつながりを今後、持ち続け得るのか、確認しておきたかった、ということだったのでしょうか。

次の日、バスを乗り継いで、熊本に出、飛行場に行くバスに私一人で乗り込む前に、男に子どもの骨の入った小さな箱を手渡しながら、これで二度と二人で旅をすることもないのだろう、と思えてならず、淋しい気持にもなったのですが、一方では、子どものために大事なことを、これでひとつ果たすことができたのだ、というほっとした思いも味わっていました。

確かに、その時以来、私は男に電話を掛けて、慰めを求める、ということを、現金にもしなくなっているのです。わざわざ電話を掛けて、声を聞かなくても、十二分に、互いに必要な部分は伝わっているのだ、と私はどうも、安心してしまっているようなのですが、男の方では、ふっつり電話を掛けなくなった私に対して、どのような思いを抱いているのか、それは私に分かることではありません。同じ思いでいる、と思っておきたいところなのですが。

皮肉なことに、旅行中、あれほど晴天が続き、雲のひとつさえ出てくれれば、と待ち望んでいたのに、私が東京に帰り着いた翌日に、九州は大型の台風に続いて二つも見舞われ、豪雨のため、洪水まで起こったのだ、ということでした。

東京に戻り、しばらくすると、もう秋の気配が濃くなりだしました。

あなたへの手紙をこうして少しずつ書きはじめてから、いつの間にか、その秋も冬に変わってしまっています。いつの間にか、と私は書きましたが、本当に、私の気づかぬうちに季節が進んでいってしまうのです。子どもがいなくなったというのに、枯木のようだった樹木が明るい黄緑の色に芽吹き、みるみるうちにその葉を茂らせていくのを怯えながら見つめていたのが、文字通り、ついきのうのことだったとしか思えないのに、その木がまた枯木に戻ってしまっています。

「夜の寝覚」の作者であるあなたに手紙を書くことを思いつき、私なりの「夜の寝覚」を紡ぎあわすこともはじめてから、私の日々の送り方も確実に変わってきました。毎日、ただ茫然と泣き暮らす、という状態を脱することは、どうにかできたようです。

けれども、クリスマス、正月、と子どもが楽しみにしていた、そのため、私も張り切っておもちゃを買ってやったり、遊園地や映画にも連れてやっていた時期を耳を蔽うようにして過ごした最近はまた、涙が出やすくなって、困っています。

それにしてもどうして、あの子がここにいないのだろう、とふと今更ながらわけが分からなくなってしまうのです。

息吹

静かな夜だった。いや、本当は特別に静かな一夜だったわけでもない。いつもと変わらぬ山里の静かさだったはずなのに、その夜の来るまで、底深い静寂を今更静寂とも感じなくなるほど、この山里に慣れてしまっていたのだ。

珠子は御簾の奥で、一人、山の静寂の底に沈みきったような、怖れや苦しみを通り越した、空白な気持になっていた。自分というものが消えてしまった、そのぼんやりとした状態に、長らく忘れていたものを取り戻したという新鮮な思いも、不思議に湧いていた。

おそばに少将も私も控えておりますから、お心細ければ、いくらでもそうおっしゃって下さいませ、と対の君のことねは珠子の心中を思いやり、幾度も声を掛けてくれていた。今までの珠子ならば、素直にことねに甘え、手を握りしめてもらうなり、体を抱いていてもらうなり、とにかくそばにいてもらうことに少しのためらいも感じなかったところなのに、その夜は一人、ということを味わい続けていたかった。

出家した父の住む広沢に、姉とのいざこざで逃げ場所を求め、身を寄せるようになってから、早くも一年以上、経ってしまった。広沢に来た当初、山の静寂が耳に響くどんな音よりも、眼に映るどんな物よりも、強く意識され、こわい、心細い、という気持もその静寂に吸い込まれて、ただぼんやりと過ごしていた。その頃の感覚が久し振りに蘇っていた。

あの時は、姉の結婚相手である宗雅と通じているのではないか、と疑われ、珠子の方でも、互いに相手を誰とも知らなかったとは言え、一夜を共にしてしまい、その結果、照子という娘まで産んでいるという事実を隠し持っていた苦しさがあり、遂に、都から広沢に逃げ出してしまったのだったが、今度は、その宗雅が忍んでくるのを待ちながら、同じ心地を味わっている。山の静寂の深さに、我が身が人のぬくもりを失っていく感触が誘い出されていた。

もしかしたら、これは死んだ人の味わう感触なのかもしれない。珠子はそんな自分の感触が我ながらいぶかしく、そう思ってもみた。ひんやりと暗い天地に、自分一人だけが漂っている。誰もいない。どこをどう探っても、自分以外の者はいない。どこまでも一人ぼっち。しかし、どういうわけか、孤独感がない。誰かがいてくれたら、とも、淋しい、とも思わない。ひんやりと暗い広がりのなかにいるのに、こわいという気持もない。ひんやりとした感触がそのまま、安心感につながり、暗さも、心地良いほの明かるさに通じている。

死んだ人と同じ世界に今、入り込んでいるから、それでこんなになつかしくも感じるのかしら。

茵に横たわりながら、珠子は死んだ母、乳母を思いやった。あの世もこの世も、さしたる違いはない、という気がした。

ことねや少将たち、父や兄、といろいろな人に支えられて、この世に私は生き続けている。

が、たとえば今夜も、あの宗雅と結局のところ、自分一人で会わなければならず、そうして運命がそれで変わるのか変わらないのか、見届けなければならないのだ。他の誰の運命でもないのだから。

広沢に着いた頃にも、そう思い知らされていた。ことねたちは無論、できる限り、慰め、はげましてはくれた。けれども、そうされればそうされるほど、自分に逃げ場がないことを思い知らされてしまうのだった。

ただ一人の姉にうとまれ、父を悲しませ、せっかくこの世に生まれてきた娘とも別れ、生き続けることへの希望を一切奪われたのは、他の誰でもなく、この一人の女に違いなかった。この一人の女は、二人の女に身を分けることもなければ、時の流れにさからうこともできない。どんなにつらく、どんなに悲しい、と思っても、そのつらさ、悲しさを知っているのも、このたった一人の女。一人で生きはじめ、どこに行き着く、というのでもない。一人の自分に戻るだけ。誰の姿も見えない。誰の声も聞えない。そう思い定めてしまうと、心細さも淋しさも空々しい、人間臭い感情としてしか考えられなくなってしまった。

投げやり、と人には言われる心境なのかもしれなかった。しかし、誰に聞き教わったのでもなく、追い詰められたところで、思いがけなく得ることのできたこの、一人、という思いに、珠子は喜びさえも感じていた。どこまでも一人。頼るものもなく、生かされているだけの、無力な一人きりの自分。そう思うと、その自分がまわりの広大な静寂にするすると溶け拡がっていくような充実感も湧いてくるのだった。

なぜ、このような夜を迎えることになってしまったのか。

珠子は今まで閉じていた眼を開けて、御簾越しにおぼろに見えることねと少将二人の姿を見やった。

二人とも、身じろぎもせず、外の物音に気を奪われている。宗雅が到着したら、すみやかに、誰にも見咎められぬうちに、なかに案内しなければならないので。でも、宗雅と連絡を取り合い、手筈を整えた当の二人なのに、今からそのことを後悔しているような、苦しげな表情を見せている。二人にしてみれば、父を裏切る行為をしてしまったのだから、責任の重さを感じないわけにはいかないのだろう。責任など感じる必要はないのに。責任など、誰にあるわけでもないのに。

一ヵ月ほど前、父に左大将信輔との結婚をまとめることにした、と言い渡されてから、あんな老人の二度目の妻になるとは、あまりにも情けない自分の身の上だと落胆し、泣き暮していたのは、誰よりもまず、この私だった。そう、ことねや少将に言ってやりたかった。責任という言葉を使うのなら、それはこの私にしか使うことはできないのだ、と。

父にしても、さんざん思い悩んだ挙句の、最善の道と信じての判断だったのだろう。結局、期待通りには生きることのできない娘だった、と見切りをつけての、内心渋々の消極的な決意だったはずなのだ。

少し前に、帝から入内のお勧めがあった。母のない娘が入内しても肩身の狭い思いをするばかりだ、と父は案じてお断りし、珠子は珠子で、世間から隠れているこの身でとんでもないこと、と見向きもしなかったのだが、そのことが父に決意を促すきっかけとなった。いつまでもぐずぐずと、年頃の娘が身を定めずに、山里に隠れ住んだままでいては、ただでさえ心細くなっている運がますます瘠せ細ったものになっていくだけだ、と父は急に現実的な不安に取り憑かれてしまったのだ。

その帝の入内のお話も、実は、珠子の琵琶の音が原因で起こったことだった。少女の頃の思い出が深い仲秋の名月の夜、珠子が琵琶を軒先で奏でていたのを、珠子附きの女房の一人のもとに通っていた例の色好みの宮の中将が聞きつけ、帝にその音色について、思わせ振りに大仰な言葉でお伝えした、ということだったのだ。

父に前々から、信輔と珠子との結婚を熱心に勧めていたのは、長兄の輝忠だった。その輝忠も、珠子の確実な幸せを願っての気持があったからこそ、父に勧め続けていたのだろう。信輔ならば、なるほどもう五十に近い年齢だし、大きな娘が三人もいる妻と死別した男ではあるが、次の関白に確実に昇進する男なのだから、身分については最上の相手なのではないか、と。

また当の信輔も、輝忠を頼って、繰り返し、珠姫を妻に、と言い続けていた。珠子の音楽の才や、美しさを、どこからか聞き及び、珠子への執着を一方的につのらせてしまったらしい。他にもっと、信輔の家庭の事情や年齢にふさわしい女性がいそうなものなのに、どのような幻を思い描いているのか、珠子一人に今後の人生への夢を託してしまっている、という。

誰に、どのような責任がある、というわけではない、とつくづく珠子には思えた。ここにこのようにして生きている自分がいてこそ、湧き起こったことでしかない。命に執着はないのに、生き長らえてしまっている自分の罪。どうして生き続けているのか、分からない。何者かに生かされているだけなのだから、分かるはずもない。分からなくても、仕方がない。そのような思いも、珠子は微かに持ちはじめていた。

宗雅とのことを考えても、分からない、と首を横に振るしかない無気力に襲われた。

宗雅から、珠子は逃げ続けていた。どんなに甘い言葉、切ない言葉を送られても、宗雅が望むような愛情を持つなど、到底、不可能な話だった。二年前の秋、全く突然に押し入ってきて、珠子の体を好きなように扱った、顔も分からない男でしかなかったのだから。

その上、あとになって姉の夫になった人がその男だったと分かってからは、身の不運をいくら嘆いても足りない心地がした。あの一夜で、身ごもってしまったのも、不運に不運が重なり続ける、としか思えなかった。

しかし、照子が無事、生まれ、宗雅の父関白のもとに引き渡してからというもの、順調に育っているという照子の消息を聞くたびに、少しずつ身が火照るような喜びを味わうようになり、それに伴い、照子の父である宗雅の存在にも親しみを感じだしていた。

少将から珠子と信輔との結婚話を聞かされた宗雅が、うろたえきって次兄の通忠や少将に、どうかして姫を盗み出してしまおう、頼むから、そうさせてくれ、姫が人の妻になるのを黙って見ているつらさを考えれば、どんなことでもしてのける自信はある、と言い散らした、と聞き及んだ時、珠子は、迷惑な、とは思わずに、やはり、という満足感を覚えていた。あの人なら、そのように取り乱してくれるはず、と心頼みにしていた自分に気づかされもした。ここで、あの人まで冷淡だったら、どうしたらよいのだろう、と心のどこかに不安があった。

宗雅に好意を持ちはじめているのかどうか、そんな好き嫌いの感情とは別の、一種、身内の者に対するような慣れ親しんだなつかしさを感じだしている、と思っておいた方が良さそうだった。宗雅の取り乱しようを聞いて、うれしくなったのだが、もし、少しでも宗雅が好きだという気持があったら、うれしく思うどころか胸が痛まなければならないところなのだろうから。

父上、姉上の気持を考えれば、まさか姫君を人知れぬところへ隠してしまう、ということはできません、と少将たちががんばり、とうとう宗雅も折れて、それならせめて会わせて欲しい、これだけの縁がありながら、今までにゆっくりお会いすることもかなわないままでいる、これでは死ぬに死ねない、と言いだしてきた時には、珠子もさすがに、自分の身勝手な宗雅への思いに気が咎め、信輔の妻になることを考えれば、よほど、娘照子への愛情だけは確かに分かち合っている宗雅の方が打ち解けやすい、という居直りめいた気持も起こって、娘の話を聞かせて頂くだけならば、と宗雅との秘かな対面を承知してしまった。

宗雅を避け通した方が良かったのだろうか、珠子にはその是非を計ろうとする意志もなくなってしまっていた。今まで悩まされ続け、絶望というものを知るきっかけとなった一人の男。唯一、この世での愛着である照子の父である男が、どんな男なのか、自分の眼で見届けておきたい。どんな顔、どんな声なのか、知っておきたい。それ以上の期待はなかったが、その期待さえ充たされれば、思い残すこともなく、母のいるあの世へ行くか、信輔の妻となるか、どのような成行きにも身をまかせられるような気がした。

宗雅の到着は遅かった。

あの男なら、どんな不都合が起こっても必ず忍んで来るはず、と決めつけていたが、いよいよという時になって、気が変わってしまうということもあり得たのだ、と珠子は起きているのやら、まどろんでいるのやら、はっきりしなくなっている自分に言い聞かせてもみた。

考えてみれば、あの男には私へのなんの義理もないのだもの。娘と私との縁だって、あの男の好意でかろうじてつながっていただけのことで、実際には、あの子を産んだ直後から、私はあの子からへその緒と共に切り落とされてしまっている。

それなのに、これまであの男の好意に一切、こちらから感謝の言葉さえお返ししようとはしなかった。それを今頃になって、思えば高慢な女だ、ここで思い知らせてやろうと、あの男が思ったとしても、恨めることではない。

自分の都合や、体面よりも、妻でもない女の方を大事にする男なんて、そう多いはずもないのに。

次兄の通忠や父とは、あの男は全く違う立場に生きている男なのに、どこか似たところを持つ男であるかのように思い込んでいたのではなかったかしら。

御簾の外で、宗雅を緊張して待ち続けていたことねが、この時、溜息を洩らし、御簾にいざり寄ってきて、なかに伏す珠子に声を掛けた。

——御気分はいかがでいらっしゃいますか。

——私は大丈夫ですが、あなたたちこそ、眠くなってきたのではありませんか。

珠子は体を少し起こして、のんびりした声を返した。

——いえ、私共にはこれぐらいのこと、なんでもございませんが……。

——私はさっき、少しだけうたた寝をしてしまっていたようです。……もう少し、お待ちして、もしいらっしゃらなければ、不用心でもありますし、御格子をきちんと閉めておいた方がよろしいようですね。

珠子が言うと、ことねは少将と顔を見合わせてから、声を高くして答えた。

――どんなに遅くなっても、必ずいらっしゃるはずなのですから。

――その通りでございます。この夜と御自分の命とを引き換えても惜しくはない、とまでおっしゃっていたのです。

少将も不安そうな声をあげた。

――ええ……、でも、人の眼を盗んでの御訪問なのですから、どうしてもむずかしいことが多いのでしょう。ここにいらっしゃれなくなったのなら、それはそれで、ごく自然な事の成行きと思った方が良いのではないかしら。照姫のことは直接、うかがいたいと……。

少将が突然腰を浮かした。

――なにか聞えました。

少将はこわばった顔のまま、そっと立ち上がった。

――でも、私の耳にはなにも……。

と気忙しく呟きながら、ことねも御格子の方に体の向きを変えた。御格子は目立たぬ程度に隙間を作ってある。

御簾のなかの珠子も、話を途切らせたまま、口を小さく開けて、外の音に耳を傾けた。水の音のような微かな低い音が聞えた。じっと聞き入っていると、眠気を誘われるような鈍い響きの音だった。

――……いらっしゃったようです。

外を覗いた少将が囁き声で言った。

――……まあ……。

一刻一刻、宗雅の到着を待ち続けていたはずなのに、ことねは当惑しきった声を出し、あわてて局のなかを見渡してから、

――姫さま、あの御方がお着きになったそうです。几帳をもっと寄せておきましょう。

と言いながら、御簾のなかに入ってきた。

珠子はなにも言わずに、ことねの動きを見守っていた。いざとなると、珠子の身が案じられるのか、滑稽なほど、ことねは珠子の茵のまわりに、幾つもの几帳を重ね並べてしまった。

ことねが御簾の外に戻って行ったのと同時に、何人かの人の気配が御格子の外に近づいてきた。少将が御格子を用心深く開き、ことねと並んで坐った。一人、宗雅らしい若い男が香と衣ずれの音と共になかに辷り入ってくると、無言で頭を下げた。

瘠せぎすの、鼻の線が鋭い、気品はあるが神経質そうな青年だった。

これが大納言宗雅という男、と珠子は自分に言い聞かせながら、その青年の姿を几帳の隙間から見据えた。このように肉親ではない男との対面を承知したのは、生まれてはじめてのことなのだった。宗雅は幾度も今までに、無理矢理、忍び入って来たことはある。が、それはあくまでも一方的な対面であり、珠子には恐怖しか感じられず、宗雅の顔を見届けるなど、到底、できることではなかった。

香のにおいには覚えがあった。それで、少し珠子の胸も鳴った。

宗雅は御簾のなかに素早く入ってきて、几帳の前にいったん坐りこみ、型通りの挨拶は省略して、早速、これも聞き覚えのある涙声になりながら、つらかった、悲しかった、夢のようだ、

と珠子に語りだしていた。

それにしても、今の私はもっと緊張するなり、怯えるなり、恥らうなりしなければならないところなのだろうに、と珠子は我ながら、自分の冷静さに驚かずにはいられなかった。これが他の男だったらば、体が震えて、息も苦しくなるところなのだろうに。

——あなたをどれだけ、今までにお恨みしていたか……、あなたには想像もつかないことなのでしょう。でも、ようやくこうして会うことを許して下さった。さあ、お声を聞かせて下さい。どうしたのですか。なぜ、一言も答えては下さらないのです。

珠子は黙っていた。宗雅がどのような男なのか、自分の眼で見届けておきたい。そう思うほかには、なにも考えていなかった。宗雅になにか自分の言葉を向けなければならない、と思ってもいなかったのだ。今更、宗雅と心を通い合わせたいと思っているわけではない。そのような世間並みの男女と、はじめから宗雅と自分は違ってしまっている。奇妙に落ち着き払っている自分を省みても、珠子にはそうとしか思えなかった。

——まさか、そうしていつまでも黙り続けているおつもりなのではないでしょうね。もう、これ以上、私を苦しませないで下さい。……こんなによそよそしく、几帳を寄せて、私の来るのが分かっていて嫌味としか言いようがありませんよ。……

そう言いながら、宗雅は几帳を掻き分け、珠子の茵に擦り寄ってきた。袖で顔を隠そうとする珠子の手を握りしめ、残った片手で体を抱き寄せた。

苦しげに息を吐きながら、髪に顔を埋め、顔に、手に唇を押しつけてくる宗雅を、ようやくの思いで押し戻してから、珠子はさすがに少し紅潮した顔で呟いた。

——照姫のお話は……。

——ああそうでした……。

宗雅は眉をひそめて、珠子を抱く手の力を抜いた。

——お話を聞かせて頂けるということでしたので……。

——もちろん、お話しせずにはいられないことですが……、でも、あなたとこうしてお会いすると、冷静にお話しするどころではなくなってしまうのです。許して下さい。あなたは私の気持がどれだけ深く、濃いものか、少しも分かってくれてはいないようです。思いやりが少し足りないのではありませんか、こんなに美しく、可憐な人なのに……。

そう言いながらまた、宗雅は珠子の手を握り、自分の頬に押し当てた。

風邪でもひいているのではないかしら、と気になるほど、熱い頬だった。

珠子は宗雅の顔を見つめた。微かな傷あとも髭《ひげ》の剃りあとも見えない、美しい肌だった。小さな青い色のほくろが小鼻の脇にある。切れ長な眼の縁が酔った人のように赤くなっていた。照子の眼は私に似ているということだったが、鼻はどうなのだろう。

珠子は、つい、口に出してみずにはいられなくなった。

——あのお鼻は……。

——鼻？

宗雅はけげんな顔をして、呟き返した。

——私の鼻がなにか……。

自分の言葉が足りなかったために、なにか思い違いをしたらしい宗雅の不思議そうな表情を見て、珠子はふっと笑みをこぼしてしまった。

——照姫のことなのですが……。

——照姫の。……ああ、そうだったのですか。いや、私の鼻になにか汚れでもついているのか、とひやっとしましたよ。

珠子はまた、微笑を洩らした。釣られて、宗雅も笑顔になった。

——おや、ようやく笑顔を見せてくれましたね。可愛い笑顔だ。まるで物の怪のように、いつも私は怖れ、嫌われていましたからね。

あわてて珠子は顔を袖で隠してしまったが、気持はくつろいでいた。話を交わすのは決してむずかしいことではなかった。宗雅だって、かなり緊張しているらしい。そう察してみると、宗雅への対し方まで分かったような気がした。宗雅はよほど真面目な性格なのだろう。姉と似ている、とも思えた。

——あの、それでお鼻は……。

珠子はわざと同じことを言い続けた。宗雅は苦笑した。

——お鼻が、そんなに気になりますか。……そうですね。まだ小さいからよくは分かりませんが、私の母などは、私に似ていると言っていますよ。もっとも、私の母の言うことなど、あてにはなりませんがね。……やれやれ、結局、あなたの思い通り、照姫の話をさせられてしまっていますね。じゃ、あなたの満足のいくようにお話をしますから、この直衣は脱がせてもらいますよ。窮屈でかないませんから。

宗雅は立ち上がって、さっさと、真新しい直衣と袴を脱ぎ捨て、単《ひとえ》の姿になった。

宗雅がくつろぐのを反対するわけにもいかず、珠子は別の方を向いていたが、やはり困惑は覚えた。私はもしかしたら大変な思い違いをしていたのかもしれない、と。

——さあ、それで、次は口の形ですか。

顔をそむけたまま、珠子は頷いた。

——眼も、口もあなたに似ているようですよ。髪も黒々としているし……。小柄な体も、泣いたり怒ったりする時の顔も……。どうしたのですか、こちらを見て下さいよ。……いいですか、あの姫を見るたびに、私はあなたをいきいきと感じさせられてしまうのです。私の傍にいつでもいてくれなければならない人だとしか思えないのに、会うことさえできない。毎日、苦しみ続けてきました。その上、今度はあの左大将と結婚してしまうとか。もう、我慢できませんよ。あんなに可愛い姫が私たちにはいるのですからね、これ以上、私たちが離れたままでいてはいけないのです。……人にはまだ公表できませんが、きょうが私たちの夫婦になる日だ、と思って、私は来たのですよ。

宗雅は背後から珠子を抱きしめ、囁き続けた。珠子がなにも言えぬうちに、宗雅の手は器用に動き、珠子の乳房に達していた。

——……そうですとも。たとえ、公にはできなくとも、これはいい加減な、かりそめの結婚ではないのですよ。今夜から、毎晩、私はここに通わせてもらうつもりでいます。……現世では、すれ違いを強要されている私たちですが、その姿は真実のものではないのです。……照姫の姿をあなたも一眼見れば、どれだけ私たちの縁がありがたく深いものであるか、納得されることでしょうに……。

片方の乳房から手は離さず、宗雅は顔を珠子の胸もとに沈めた。

なぜ、そんなに子どもじみた、空々しいことを言えるのですか。

もし口に出して言えるものなら、珠子はこう言い放ちたかった。

やはり、私とあなたは遠く隔たった世界に住んでいたのですね。私はこの世での名残りにと思い、あなたにもその気持は伝わっているものと思っておりましたのに。

珠子は眼をつむっていた。痛みとしてしか感じられない宗雅の手の動きよりも、自分の思いの一人よがりな幼さに気づかされたことの方がつらく感じられてならなかった。

宗雅に秘かな対面を許した以上、肌を接することになるのも覚悟の上ではあった。気持とは別に、宗雅にはすでに女としてのこの体を知られてしまっているのだから、今更逃げようはない、と考えていた。けれどもそれも、この世への別れ、と思ってこそのこと。が、宗雅は先のことを考えずには、今のこの時を過ごすということができないらしい。結婚とは、なんという言葉を、宗雅は口にするのだろう。これから、どんなことがはじまるというのか。なにを頼りに、どんなことを期待できるというのだろう。

珠子には見当もつかない宗雅の気持だった。言葉だけ、と苦々しくも思えた。自分の口先だけで筋書きを変えられる物語のように生きることが許されないからこそ、今まで宗雅とのことで涙を流し続け、苦しみ続けてきたのではないか。祈りの力で宗雅との間違いが消し去れるものなら、あるいは、宗雅と姉が結婚している事実が解消されるのなら、とそれこそ来る日も来る日も、無力に願い続けてきたのではないか。その果てに、間違いであってくれたら、夢であってくれたら、と願うその部分こそ、人と分かち合うことのできない、貴重な一人きりの自分なのだ、と気がつかされたのだった。

しかし、宗雅の骨張った手に乳房を押しつぶされた時、珠子は驚きと痛みと共に、宗雅が期待するように、これでまた新たになにかがはじまってしまうのかもしれない、と頭の中に眩しい光が射し込むようにして納得させられてもいた。強引に、宗雅はまず、体を頼みに推し進んでくる。はじめての時も、そして今も。

体も、人ひとりの、他の者に譲ることもできなければ、奪うこともできない、心細いと言えばこれほど心細いものもない小さな生き物だった。宗雅の腕のなかにある自分の体の小ささ、柔かさを感じ、珠子は混乱していた。

自分に思い違いがあったのだろうか。宗雅はただひとつしかない自分の体を無防備に、ためらいも見せずにこの女に投げ出し、この女の体をも同様に求め味わおうとしている。明日という日に、より確かな喜びを期待しながら。そうして、明日になれば、その次の日に、またその次の日に、と期待を打ち切ることがない。

幻でしかない明日の喜びしか見てはいないから、この男は自分の体を惜しげもなく投げ出すことができるのだろうか。あるいは、その逆なのだろうか。

珠子自身は、明日の喜びという言葉の意味さえ忘れてしまうほど、明日のことも、自分の喜びも、見捨ててしまっていた。が、体までは見捨てていなかった。宗雅によって、そう気づかされた。自分の生命を呪っていながら、自分の体を人の手で扱われることには、恥かしさも、嫌悪感もあった。

一体、私と宗雅のどちらが、この世への未練を強く持ち続けているのか。珠子は体の力を抜き、宗雅の動きに逆らいつづけることを諦めた。

案外、宗雅の方が、いつ来るかもしれない死を受け入れながら生きているのかもしれない。ひとつしかない自分の体のありのままをこれほど、一人の女のために晒けだすことができるのだから。特別のものでもない、貧相な私の体に、切ないほどの勢いで、自分の限られた力を使い果たそうとしているのだから。宗雅は泣き声のような声を洩らしていた。

その夜は、結局、ゆっくり話をするゆとりもないまま、過ぎてしまった。御簾の外から、ことねが遠慮がちに宗雅の帰り支度を促す声を聞き、まさか、と驚かされた。

宗雅は改めて、珠子の裸身を抱きしめ、苦しげな声を出した。

——いつもいつも、私はこうして追い立てられなければならないのですからね。時間というものを一切気にせず、あなたと共に過ごしたい。私がすべての手筈を整えますから、どうか、私に従って、ここから逃げだして下さい。そうするしかないのですよ。誰でも一生に一度は、思いきったことをしなければならない時があるのです。父上もいずれは許して下さいますよ。……明日もまた、ここに参りますが、早く心を決めてしまって下さい。あなただって、照姫のそばで暮らしたいのでしょう。私の思いほどではなくとも、私を嫌っているようにも思われない。私とあなたのつながりは人智を越えた、特別なものなのです。少なくとも、私はそう信じていますよ。……あなたも、そう信じているはずだ。だからこそ、私を拒みはしなかったのでしょう。……

宗雅の言葉は、次のことねの催促まで、続いた。自分の胸にあることを、くどくどとすべて口にしなければ気が済まない性格なのだろう。ことねたちからもそのようなことを聞いていたので、珠子は宗雅の言葉の多さに驚かずにはすんだが、陽気でさっぱりしたたちの次兄や父と比べずにいられなくなり、少し興醒めな思いがした。神経質な顔立ちの宗雅は、一見、無駄口を嫌う、冷静な貴公子のように見えたので。

そう言えば、あの名月の夜も、この男は去り際になにやら熱心に語りかけていた、と珠子はぼんやり思い出しながら、渋々起き上がり、服を身につけだした宗雅の姿を眺めていた。宗雅の身支度を手伝おうとは、夢にも思いつきはしなかった。

ことねの三度目の促しで、宗雅は悲しげな溜息を残して、立ち去っていった。見送る少将の声が聞え、外に控えていた側近の侍たちが出立の用意をはじめる気配も伝わってきた。

珠子は今まで宗雅の自由にさせていた自分の乳房に触れ、腕、腹に触れてみた。それから急いで、単を肩に掛け、袴の腰紐を固く結んで、再び、身を横たえた。

しばらくして、ことねが帳台のなかに入ってきて、珠子の顔をまず覗きこんだ。

――姫さま……。

珠子は軽く頷き返しただけで、眼をつむってしまった。ことねにも、誰にも、言えるような言葉はなかった。

――それでは、ゆっくりお眠り下さいませ。御格子も、姫さまは御病気ということにして、一日上げさせませんから、御安心下さい。……

ことねは珠子の髪の裾を丁寧に整え、衾を掛け直してから、そっと離れていった。

珠子は後悔の思いを捨てず、喜びも感じず、ただ自分の体が自分で感じているのとは別の暖かさ、柔かさ、を宗雅に感じさせていたことを知らされ、そのことに恥らいではなく、無邪気な驚きを感じていた。誇らしい、とまでは思えない。しかし、それに似た感動があった。自分の知らない自分を味わい確かめた宗雅をうらやましがる気持も、胸のなかにうっすらと漂っていた。

溜息ともつかぬ息を何度か吐き出すうちに、珠子は深い眠りに落ちていった。

宗雅ははじめに言っていた通り、翌日も、その翌日も、珠子のもとに通ってきた。都にはいちいち帰らずに、近くのさる邸に滞在し続けている、ということだった。都に帰る時は、あなたも一緒です、と宗雅は言い張り、珠子を怯えさせた。まさか、そんなことはできはしまい、とも思うし、ことねたちも、それだけはお許し下さい、もし強行なさるおつもりなら、こちらにもそれなりの覚悟はあります、と宗雅に気強く言い返していた。

宗雅は、しかし、簡単に自分の気持を人のために変えるということのできない男で、それは身分の高い家に生まれて、何不自由なく育った人の常なのかもしれないが、とにかく、宗雅が珠子のそばから離れずにいる間、油断はできなかった。

珠子にしても、頑固という点では宗雅と似たり寄ったりだったのかもしれない。

女として、素直に考えてみれば、これまでの宗雅との縁に従い、たとえ世に隠れた生き方であろうと、宗雅と娘との三人で、事実上の家族として暮らせれば、それはそれで安定した平和を手にすることができるはずだった。宗雅を憎んでいるわけではない。宗雅以外の男と、これから先も、親しくなることがあろうとは到底思えない。

それだったら、なぜ広沢から逃げだして、宗雅一人の女になろうとはしてくれないのだ、と問われると、珠子もなにがなしに情けない気持になって、涙が滲《し》み出てくる。

左大将信輔などという五十男となぜ、結婚しなければならないのか、と改めてつらく思われるばかりなのだ。同じ父のもとを離れなければならないのなら、この宗雅に身をまかせてしまった方がまだしも、安心というものではないか。

しかし、珠子は宗雅の言い分を聞き入れようとはしなかった。理屈を辿っての結論ではなかった。姉や父への執着も、無論、強かった。母の愛情を知らずに育った珠子を姉も父も、人が聞けば呆れるほどの細やかな愛情で守り続けていてくれた。その姉や父を宗雅一人のために裏切るなど、珠子にとっては、人としての資格を失う、怖ろしい行為でしかなかった。

が、珠子の胸には、他のこともあった。自分の感情などに眼を奪われてはいけない。強い感情を覚えれば覚えるほど、そう思えてならなかった。感情というものは信用できない。それとは別のものを頼りに生きていかなければならない。生きていることを、自分自身の意志とはつながりのないひとつの不思議な状態、と思うと、自分の感情をはじめ、姉や父、あるいは宗雅の感情さえ、意味を失ってしまうような気がした。

では、なにを頼りにしているのか、とつくづく自分の心を覗きこんでみると、自負心と言えるようなものがただひとつ、頑なに残っていた。

着ているものをすべて身から剝ぎ取ってしまえば、身分も立場もない、一人の裸身の女が寒そうにうずくまっているだけのことだった。そのことを、宗雅は珠子に悟らせた。珠子も、それを否定はできない、と知った。が、そこで宗雅の言いなりになって、一人の女に成りきってしまうことには、激しい嫌悪感があった。宗雅も今後、身を隠すものを一切持たない裸身の男になりきる、というのなら、まだ納得しやすいのかもしれない。しかし、それは不可能なことだった。

宗雅は帳台のなかでのみ、裸身の男になる。一歩、外に出れば、身分にふさわしい直衣に身を固め、身分にふさわしい生き方を続ける。宗雅は今の関白家の長男以外の何者でもなかった。珠子にはそうした宗雅を疑うことはできなかった。自分も女ではあっても、別種の人間だとは感じていなかったから。そうして、我が身のことに思いを戻すと、裸身の女になれるものではない、と思い至るのだった。

この世に生かされている身であるならば、生き方も自分で決めることはできない。与えられた生き方を、それが悲しみ、苦しみに充ちているものでしかなくても、なにか自分を越えたもののために守らなければならない。そのように、珠子には思えた。

少女の頃に見た天女の夢を、まだ珠子は忘れてはいなかった。あの天女は、母であったのかもしれない。天女は特別に琵琶の秘曲を教えてくれた。秘曲を伝えるのにふさわしい人は、あなた一人しかいない、と言いながら。

天女はまた別の年に、これほどすぐれた人なのに悲しい宿世が待っている、と言い、珠子を落胆させもした。けれども、少なくとも天女が自分を心にかけてくれていて、その宿世を見守っていてくれている、という確信は、珠子の胸に残された。

その後、天女が夢に出てくることはなくなってしまったが、珠子は人がなにを言おうと、夢の人智を越えた働きを信じ続けていた。

それで、宗雅が広沢に滞在しはじめて三晩めに、夢の話を切り出した時には、驚きはあっても、宗雅の話を否定することができず、ああ、そういうことになるのか、とすんなり受け入れてしまい、宗雅を逆に驚かせてしまった。

珠子を胸に抱いたまま、仮眠をとっている間に、宗雅は、空を舞う竜の夢を見た、というのだった。金とも銀ともつかぬ光を放ち、たおやかに青空を舞っていた。その姿に見とれていると、竜の口から真紅に輝くものが落ちた。それは自分に与えられたもの、という気がして、急いで探した。そこは雑草の気味悪く生い茂った山のなかだった。人も大勢使って探したが、見つからない。諦めるに諦められずに、一本の木の下でぼんやり佇んでいると頭上に赤く光るものが見えた。小鳥たちがその光に驚いて、鳴き騒いでいる。

宗雅は小鳥たちにその光るものを私に渡してくれ、と頼んだ。小鳥たちは思案していたが、そのうちの瑠璃色の一羽が選ばれて、赤く光るものを嘴《くちばし》で挟み、宗雅の手に落としてくれた。それは、小さな、この世のものとは思われない宝玉だった。

こんな夢を見た、と宗雅に言われた時、既に珠子にはひとつの予感があった。それで宗雅が、なにか深い意味のある夢なのだろうか、夢解きをさせた方がよいだろうか、と迷い顔で言うのに、是非そうなさいませ、と思わず熱心に勧めていた。

翌日、宗雅は途方に暮れた顔で、珠子に夢解きの結果を打ち明けた。

——あまりにも、その意味ははっきりしている、と言われたのです。もちろん、私たちのことは何も知らない男なのですよ。それが、私の顔を見据えて、まず、失礼ながら、大納言さまには今、誰よりも大切に思っている女性がいらっしゃるでしょう、と言いだしたのです。びっくりして、それはどうとでも思えばよいが、夢とどのような関係がある、と聞きました。すると、立派な男の御子さまがその方からお生まれになります。ただし、奇妙なことに、はじめは他の男性の子として生まれることになっている。が、心配には及ばない。いずれは、この私のもとに戻ってくる。このように、言われたのです。……とすると、きのう、あるいはきょう、ここであなたは私の子を宿して下さったのかもしれない。しかし、あなたは私の頼みに応じるつもりもないらしく、信輔殿と結婚なさるということなので、つまり、あなたは信輔殿の子として、私の子をお産みになる。そういうことなのではないでしょうか。夢解きでは、それでも、いずれは私の子に戻すことができると言っていますが、もし、それがかなわなければ、私にとっては取り返しのつかないことになってしまいます。……夢解きは夢解きとして、私はそんなこともあり得ると知らされて、ますますあなたを私しか知らない場所に隠しておく必要を感じさせられました。

——夢をお疑いになる必要はございませんわ。

珠子は微笑を浮かべて、宗雅に言った。

——では、あなたは私の子を宿したと分かりながら、それでもあの左大将の妻になるというのですか。

宗雅は困惑して、珠子を睨みつけた。珠子はこともなげに頷いた。

——夢の知らせから、逃がれることはできませんもの。

——夫になる人をだますことになるのですよ。あなたはなんとも思わないのですか。それとも、私の気持はどうでもよく、信輔殿をたとえだましてでも、喜ばせることができればそれでよい、とお考えなのでしょうか。

——まあ、とんでもございません。私も、もしそうなりましたら、困り果てることになりましょう。でも、そのような宿世と定められているのなら、仕方がありませんわ。……それに、御子については悪いようにはならないということですから。私については、どうなるとも分からないのです。今度こそ、生き続けることができないのかもしれませんし……。

珠子の言葉に、宗雅の顔色が蒼ざめた。宗雅は珠子の運を心配するよりも、遊びで追い詰められた幼い子どものように、腹を立ててしまったのだった。珠子は侘しい気持になり、うなだれて、宗雅の声を聞いた。

――あなたは、そんなことを言って、私を脅かすつもりなのですか。そんな恨み言を言って、なんの役に立つというのですか、あなたは一体、どういう人なのだろう。今までにも、あなたを疑い、恨むことも多かった。それでも、いや、きっと気持の優しい、思いやりの深い女性なのだろう、と馬鹿のひとつ覚えのように信じ続けてきたのです。……そんな私をあなたは馬鹿にしてしまっているのではないか、と思えてきましたよ。今まで、私がどれだけの涙を、あなたのために流してきたと思っているのですか。身重なあなたが息も絶え絶えだった頃、私も一緒に、生死の境をさ迷っていた。あなたは、あの頃のことをなにも憶えてはいない。……それで今、そのように涼しい顔で、私の子を今度は信輔殿のもとで産もう、とおっしゃる。もう、私の頭は狂ってしまいますよ。あなたには、女なら普通持っている子の父への執着はないのですか。子を産む時、その子の父親にそばにいてもらいたいとは思わないのですか。……

珠子はうつ向き続けていた。弁解じみたことはこの際、一言も言わない方が良い、と察していた。それにしても、どうして私のこれほど単純な思いが、宗雅には曲がりくねったものに受け取られてしまうのだろう。珠子には不思議な気がしてならなかった。単純すぎるから、いけないのだろうか。私は世間知らずだから、宗雅を苛立たせてしまうのだろうか。

宗雅の責め言葉は、放っておけば、朝まで続いてしまいそうだった。宗雅だって、内心うんざりしながら、気分を切り換えるきっかけをつかめなくて、言葉を空回りさせているだけなのかもしれない。

次第に、珠子の方にも、そんな思いが湧き起こってきた。宗雅にいつまでも責められ続けているよりは、と心を決めて、頃合いを計って、宗雅に話しかけてみた。

――宗雅さま、私に至らないところがありましたら、いくらでもおっしゃって下さい。でも、今はただでさえ短かい時間が惜しく思われます。このように宗雅さまをお迎えした以上、私にもそれなりの覚悟があるのですから。

――覚悟……。

宗雅は不機嫌な顔で呟いた。

――ええ、宗雅さまは私にとって、この世の尺度を越えた特別な殿方なのだと……。

――この世の尺度を越えた……。あなたは、本当にそう思っていらっしゃるのですか。

珠子は深く頷いて見せた。

――ああ、あなたという人は……。たとえ口先だけの言葉だったとしても、私にはありがたい言葉です。私は心からあなたのことを、そう思っているのですからね。分かってくれますね。まわりの人には分からなくても、私たちだけはこの特別なつながりを信じ、守らなければならないのですよ。……

宗雅は、他愛なく、機嫌を取り直した。

それからいつものように肌を寄せ合い、朝になる頃には、宗雅は夢の話など忘れ去ったように、珠子への口づけを繰り返しながら、再び、夜が巡って来るまでの別れを惜しんでいた。

宗雅とはこういう人だったのか、こんなところもあったのか、と一晩を共に過ごす度に、覚えることが増えていく毎日だった。

四日目に、左大将からの文を届けに長兄の輝忠が突然、訪ねてきて、珠子は息が止まりそうな思いになった。宗雅もうろたえたが、いくら兄上でも、むやみにここまで踏み込んでくることはできまい、と珠子を慰めるほどのゆとりは持っていた。ちょうど、次兄がその夜、ことねの局の方に控えていたので、次兄とことねが、長兄を適当に言いくるめて、無事に引き取ってもらうことができた。

――ほら、大丈夫なものでしょう。私たちがあれこれ心配することはないのですよ。

その時の呑気な宗雅の言い方も、珠子には気になった。確かに、無事に切り抜けることができた。が、それはたまたま、次兄がいてくれたからではないか。次兄には、今までもすべてを打ち明け、助けてもらっている。その心労が、珠子には思いやられてならない。ことねたちにしても、どんなに身を削る思いをしながら、今まで過ごしてきただろう。その苦労を見捨てて、宗雅のように呑気に、無頓着に構えていることはできなかった。

この人はそういう人なのだ。しかし、珠子としてはそう自分の胸に畳みこんでおくしかなかった。

少しずつ、宗雅の人となりが見えてくるようになった。欠点も見逃がせなかった。けれども、珠子は欠点を嫌う以上に、肌に慣れた親しさを、宗雅に強く感じるようになっていた。この世の尺度を越えたつながりがあるのだと、少しの無理もなく、信じることができた。宗雅に決して、嘘をついたわけではなかった。毎夜、乳房を宗雅の手で揉まれるうちに、恥らいが薄れ、宗雅のその手を愛しいとさえ、思うようになっていた。宗雅の胸を撫でてみることもあった。父の胸に甘えるようななつかしさがこみあげてきた。宗雅の細い首筋にも愛着を覚えていた。

長兄が訪ねてきた日の翌朝、次兄が二人のもとに来て、もうこれ以上、御滞在をお伸ばしになるのは、危険なことです、と言いだした時、珠子は自分でも思いがけなかったほどの心細さを感じさせられていた。遂に、宗雅と別れる日が来てしまった。別れることを前提にして、宗雅と会っておこう、と心を決めたはずだったのに、別れなければならない日が来ると、不意打ちのようにしか思えなかった。いい加減なものではないか、と自分を責め、宗雅や次兄にはさりげない様子を保ち続けていた。あたかも、時々刻々、宗雅との別れを意識し続けていたかのように。

なにも言わずにうつむいている珠子の傍で、宗雅は次兄通忠を相手に、声を荒げていた。

——それでは、この私に姫を見放して、一人で都に戻れ、というのですか。都に戻って、姫が他の男の妻となるのを、ぼんやり待っていろ、とでも。……人には、できることとできないこととがあるのです。私には、この姫のおそばから離れることはもうできない。人の情を持っている人ならば、分かってくれるはずですよ。……姫が私と一緒にここから逃げだすことを承知して下さるまで、私は何日でもここに居続けます。早く私をここから追い出したいのなら、通忠殿も、ことね殿も、みなで心を合わせて、姫を説得して下さればよいのです。……

しかし、通忠もすでに心を決めてしまっているらしく、宗雅の強引な言い分にうろたえは見せなかった。

――お気持は分かっているつもりでおります。けれども、そのような悠長なことは言っておれない状態になっているのです。兄の輝忠は、決して鈍い男ではございません。ゆうべは、なにか感じてしまった様子でした。それはそうでしょう、なにしろ姫のお返事を頂くどころか、御対面も遠慮して頂いたのですから。……輝忠は御存知のように、今度の結婚話のまとめ役として、こちらから見れば、度を過ぎるほど張り切ってしまっております。それだけ、姫に対しても神経質になっているのです。……輝忠は必ず、また姫の様子を確かめに、ここに参るでしょう。二度も、三度も、輝忠をごまかし続けることは不可能です。こちらも心を鬼にして、申し上げているのです。どうか、いったん、都にお戻り下さい。連絡が途絶えぬよう、できる限り、私が通わせて頂きますから……。

――お願いいたします。まさか、このままお会いできなくなるというわけでもございませんので……。

ことねが言った。

――輝忠をなぜ、そんなに怖れなければならないのだ。

宗雅は二人に泣きつくようにして聞いた。

――分かっていらっしゃるはずですよ。輝忠は左大将殿の、すでにお身内のようになって働いているのです。左大将殿は、宗雅殿のお父上関白殿の弟君でいらっしゃる。そのような御方を裏切ったことが知られれば、私共一族は無論のこと、宗雅殿もお咎めをお受けになることになります。

通忠が脅すと、ことねと少将も声を揃えて言った。

——どうか、お戻り下さいませ。……

宗雅はさすがに考えこんでしまったが、ふと傍の珠子が無言のままでいるのに気がつき、珠子を叱りつけるようにして言った。

——あなたは、よくよく冷たい人なのですね。私がこんなに苦しまされているというのに、あなたは顔色ひとつ変えようとしない。

珠子は一言も言い返しはせず、ただ宗雅の顔を見つめた。

——あなたの気持さえ、もう少しはっきりと分かっていれば、しばらくのお別れも我慢できるというものなのです。ところが、どうにも私にはあなたという人を見届けることができない。……

宗雅は珠子の手を握りしめ、苦しげに顔を歪めた。

——私は照姫の父だから、という、それだけの理由で、あなたに認められている存在なのですか。それでは、男としてあまりに情けない。……あなたは強い人なのか、弱い人なのか。あなたには、私を頼ろうとする気持がない。あなたのためになら、どんな無理なことでもしてさしあげたいと、私は思い続けているのに。……

宗雅の言葉の半分も、珠子の耳には入っていなかった。

この人とは、もう会えなくなる。その思いだけが、珠子の胸に響き続けていた。

今はこんなに何気なく、そばにいる人なのに、もう二度と会えなくなってしまう。いくらこの眼で見つめておいても、この手で触っておいても、これから続く日々には記憶としてしか残されない。この人の一部を手もとに残せたら。でも、そんなことはできない。この人がいなくなる。いなくなってしまう。こんなことを思ううちに、涙が眼に溢れ、頰に落ちた。あわててその涙を袖で隠そうとしたが、宗雅は目ざとく気がつき、言いかけていた言葉を吞みこんで、珠子を抱きしめた。

——ああ、あなたも泣いて下さるのですね。悲しんでいらっしゃるのですね。

そうして、宗雅も泣き崩れてしまった。

——申しわけございません……。

几帳のすぐ外から、囁きかけることねの声が聞こえてきた。

——もう空が明かるくなっております。けさは、どうかこれでお戻りになって下さいませ。……今、通忠さまとも相談しまして、明晩一晩だけ、またいらして下さることにして、今後のことを相談させては頂けないでしょうか。あまり急なお別れでは私共も心細くてなりませんので……。

あと一日、という提案に宗雅は一瞬、喜びを見せたが、一日しか許されないのか、とまた珠子を抱きながら泣き沈んでしまった。

そんな宗雅も、しかし、一人の我がままな青年にはなりきれない限界を忘れてはいなかった。嘆きながらも、ことねの、もうすぐ人々が起きる時刻になってしまいました、お急ぎ下さい、という言葉を聞くと、顔色を変えて立ち上がり、単を身に着けると、少将を呼び寄せ、身支度を手伝わせた。

あわただしく宗雅が立ち去ったあと、珠子はぼんやり涙を流し続けていた。

翌日、珠子が眼を醒ました時は、もう昼をまわった時刻で、髪の手入れやら、肌の清拭《きよぶき》やらを行なっているうちに、夕刻が早くも迫っていた。この二、三日、風邪気が抜けない、と父のもとに伝えてもらっていたため、御堂でのお勤めは休み続けていた。通忠は、珠子と宗雅のために、二日続けて広沢に泊ることにし、ことねの局に控えてくれていた。

ゆうべまで、薄寒い曇り空が続いていたのに、その日は文字通り、春の日射しを思い出させるような小春日和の日になった。

こうした日は夜になると冷えこみますから、と一度、開けた御格子を早々に下ろそうとすることねに、珠子は、せめて月の光を見届けてから、と言い、開けたままにさせておいた。月を見ない夜が、長く続いたような気がした。宗雅がはじめて、珠子を見かけた夜も、美しい月夜だった。それなら、今夜も、月の光を浴びて宗雅を迎え、そして別れたい、と願わずにいられなくなった。誰にも言えないことだったが、天女への思いも新たに湧き起こっていた。地上に二人並んでいる姿を、天女に見届けておいてもらいたかった。

月の輝く夜になっても、珠子は帳台に戻らず、端近くまで出て、まるで今晩、広沢をあとにする者のように、月明かりの庭を眺め続けていた。

宗雅が訪れる頃にはさすがに御簾のなかに入ったが、御格子は開け放させておいた。できるだけさりげない、けれども趣きの深い一夜を迎えたかった。明日からのことを忘れ、月の光だけが記憶に残るよう、宗雅と共に月に見とれていたい、と望んでいた。長い夜であってくれれば、と期待もしていたが、そう願えば願うほど、貴重な時は思いがけない速さで過ぎ去ってしまうのかもしれない。無心で過ごすこと。それしかないのだろう、と思えた。が、ゆうべまでの夜とは違い、別れを現実のこととして言い渡されている今夜は、無心に戻ることがむずかしくなっていた。

なぜ、宗雅に従って、ここを逃げ出さないのだろう。迷いなどはじめからなかったはずなのに。今頃になって、秘かに疑う気持まで湧き起こっていた。馬鹿げたこと、と自分で知らぬ振りを続けてはいたが、夜が深まるにつれて、息苦しくなり、心細さが増す一方になっていた。

宗雅はゆうべと同じ頃に到着し、開け放した御格子に少し驚いた様子でなかに入ってきた。御簾越しに、帳台のなかにはいない珠子の姿を認めたのだろう、ますます、宗雅は驚き呆れた顔になり、御簾の前に坐って、これはあなたのお考えがあってのことですか、と珠子に直接、問いかけた。

珠子は月の光を共に味わいたくて、と答えようとした。が、その月の光を背に浴び、横顔を灯台に照らされた宗雅の顔を見つめているうちに、喉の奥が苦しくなり、言葉を返す代りに、泣き声を洩らしてしまった。

——……泣いていらっしゃるのですか。

御簾のなかに辷り込みながら、宗雅が言った。その言葉に、珠子は自制する力を奪われ、泣き伏した。冷静に過ごすはずだった夜をこのように台無しにしてしまった自分の涙も恨めしかったが、いったん、泣きだすと、まるで子どもの頃から溜めておいた涙が今こそ、流れ出るのだとばかりに、乱暴な勢いで全身のあちこちから吹き出ていくような、自分でもわけの分からない状態になってしまった。

宗雅がどんなことを言い、慰めてくれていたのか、なにも気づかぬまま、珠子は泣き続けていた。泣きながら、こんな風に一度、この男の前で泣きたかったのだ、と自分を許してしまっていた。だから、仕方がない、泣いておくがいい、思う存分、泣いておこう。

照子のこと、照子を産んだ時のこと、妊娠の事実を知った頃のこと、天女の予言、姉の思い出、死んだ母のこと、乳母のこと……。次第に、宗雅のことは忘れ、今までのさまざまなことを思い出しながら、泣いていた。

呆気なく過ぎてしまった一夜だった。

半ばは、自制心のない幼い子どもに戻ってしまったように、手放しで泣いた自分のせいなのだ、と思うと、その後、思い出すたびに、珠子は自分への失望に、顔色を変えずにいられなくなった。

珠子の涙につられて頰を濡らしながら、それでも宗雅は決して不機嫌ではなかった。朝になるまで、宗雅は今までのような皮肉や恨みはひとつも口にせず、静かに珠子を慰める言葉を囁きかけ、自分の欲望をできるだけ抑え、珠子の望む柔かな愛撫を繰り返し続けていてくれた。そうした宗雅によって、珠子は確かに、宗雅の腕のなかで安らかな気持を味わうことができ、体を宗雅に預けきることもできた。宗雅との交わりに、体の奥から光が弾けるような喜びも感じていた。

いよいよ別れなければならなくなった時には、珠子も御簾の際までいざり出て、山の端にかかった月を二人で眺め、泣き声で歌を詠み合ったりもした。

それほど期待はずれの、つまらない夜、というわけでもなかったのだ。ことねたちも、美しい一場面として、その夜を思い出しては、悲しい物語を鑑賞するように、涙ぐんでいる。しかし、無我夢中で宗雅を送り出してから、日一日と経つごとに、珠子は、少しずつ、落胆しはじめていた。宗雅は、手放しで泣く女を見て、安心したのではなかったろうか。やはり、女とはこのようでなくては。この女もやっと弱い女になってくれた、と。

無論、弱い女ではあるし、宗雅に疑われ続けるよりは、安心してもらった方が、うれしい。が、最後の夜に宗雅が得た安心は、珠子の考えていた安心とは違っていた。宗雅のためにのみ流した涙ではなかったのに、と思う。宗雅に甘えたくて泣いたのではなかった。

緊張し続けていたのが、小さなきっかけで耐えきれなくなってしまった。まだ私はこんなに子どもだったのか、と自分の十八歳という年齢を思い出し、泣きながら余計に情けなくなっていた。しかも、宗雅の見ている前で、その隠しておきたかった子どもの部分を晒け出してしまったのだった。

宗雅とて、まだ二十一歳の、子どもらしさをどこかに引き摺り残している青年なのだ。宗雅もこちらの子どもらしさに恥かしくなり、見て見ぬ振りをしてくれたのだったら、まだよかったのだが、はじめて本当の姿を見せてくれた、とばかりに喜ばれては、珠子としては情けない気持にしかなれなかった。その上、そうした違和感を、宗雅と共にいる間、はっきり意識することもないまま、宗雅の思い込みに引き摺り込まれていた。しかし、その結果、宗雅は満足を覚え、珠子を思いやるゆとりを得ることができたのだ。

男と女が交わす感情というものは、みな、こうしたすれ違いを含んでいるものなのだろうか、と珠子は思ってもみた。兄の通忠やことねに聞いてみれば、少しは納得のいく答が得られるのかもしれない。が、もう会うこともないはずの宗雅が相手の話では、いくら通忠やことねを信頼しているとは言え、打ち明けにくかった。

通忠も、ことねも、最早、宗雅のことは過ぎ去ったこととして、忙しそうに、毎日を送っていた。珠子と左大将の結婚の日まで、三十日となくなっていた。父入道も、もう少し先に、と考えていたのが、日を調べてみると、急がなければならないことが分かった。

父と左大将とで相談し、形式的に左大将が広沢の珠子のもとに通うことは通うが、都から遠い上、ここが珠子の本邸というわけでもないので、二日後か、三日後には、珠子が左大将の邸に移るということに決まった。

新しい装束や道具を調え、珠子に従わせる女房や女童、下仕えの者なども選び、選んだ者にはまた、珠子が左大将邸で肩身の狭い思いがしないよう、それなりの支度が必要だった。ことねにも通忠にも、ゆっくり珠子の話し相手になるような時間の余裕がなかった。父は父で、珠子との別れを惜しみ、珠子の局を日に一度は訪れるようになり、夜の食事を共にとり、珠子の思い出話を、輝忠や通忠も同席させて楽しんだ。

あわただしい日が続いていた。しかし、珠子はそのあわただしさを無視し、宗雅との感情の行き違いにこだわり続けていた。分かり合えないままでいなければならないのか、と思い沈んでいた。

どのような思い方にせよ、宗雅を思い続けていたことには違いなかった。それほど、一人の人のことを思い続けるということは、つまりその人が好きになっているということなのだと、もし人に指摘されれば、頷くしかない心情なのかもしれなかった。

宗雅が忘れられない。宗雅に心を奪われている。そういうことなのだろうか、と珠子は自分で疑い、自分で驚いてもいた。愛し合う男女というものを、この私も今、体験しているのだろうか、と。

しかし、どうしてもそこで単純に納得してしまうことはできなかった。それならば、今すぐにでも宗雅を頼って、ここから逃げ出したい、と望みそうなものではないか。そんな希望とは結びつかない、宗雅への思いなのだ。

通忠、ことねたちの顔を見るたびに、なぜ、この人たちのように宗雅は私のありのままを分かってくれないのだろうかと珠子の口から溜息が洩れた。父と会うたびに、なぜあの人は私の心情を疑うのだろうかと眼もとがうるんだ。

一方、左大将との結婚で、ようやく父を安心させることができたようで、長い間の憂いは確かに晴れていた。次兄やことねたちも、宗雅とのことは知りながらも、やはり肩の荷を下ろしたような心地を味わってくれるのだろうし、長兄も、そうして姉も、中途半端な存在ではなくなった妹を、これからは昔のように優しく接してくれることだろう。

左大将から日に何度も届く文を、珠子は平静に読み、型通りの返事も出した。

子どものように我を忘れて泣くようなことは、あの夜で最後だったのだ、と思い決めていた。これから先のことを思って、感情が波立つということはなかった。宗雅のことを終始、思い続けていれば、その暇もないのだった。

月が十一月に変わり、左大将信輔がはじめて、珠子の局に姿を現わした。珠子は一度も顔を上げず、声も出さなかった。信輔の衣擦れの音、香のにおい、忍びやかな声、なにもかもが宗雅とは違い、この当たり前のことがつらく思えた。

信輔の顔や姿は見届けなかったが、声も話し方も老人臭く、初対面の珠子に遠慮している様子も、珠子には卑屈に過ぎるような気がしてならなかった。美しいだの、可愛いだのといくらほめられても、世慣れた人の上すべりなお世辞にしか聞えなかった。その上、親もとを離れて、こんな老人のもとへ来て下さることになって、どんなにか心細いことでしょう、妻と思うのも自分にはもったいなく、遊びに来て下さったお客として丁重にもてなしたいと思っています、などと言われると、かえって恨めしい気持が湧き起こるばかりだった。どのように言い繕おうと、この老人の妻になるしかないのに、と。

信輔は、茵に伏せったままの珠子の手を握ろうともせず、早朝、見送りに出たことねたちにもなにやら優しげな言葉を掛け、都に戻って行った。

宗雅の張りのある声や、我がままな体の求め方を思い出しながら、佗しさに涙ぐんでいると、まだ都に着いてもいないはずの信輔から後朝の文が届いた。才気をどこにも感じさせない、下手な歌が書きつけてあった。早々に、返事を出してしまおう、と筆を用意しているうちに、誰が父に文のことを知らせたものか、父が局に渡ってきて、珠子を抱き寄せ、信輔の文を何度も頷きながら見つめた。そうして涙声で、よかった、これでよかったのだな、ゆうべは気がかりで眠れなかった、本当によかった、と呟きだした。

宗雅とのことをこの父は何も知らずにいる、と珠子は思うと、息苦しくなり、泣き顔になりそうな顔を扇で隠してしまった。

――そうか、恥かしいのだな。それもそうだ。私も年を取って、無粋になってしまったものだ。……しかし、お返事を書きかけていたところではなかったのかな。早くお返ししなければな。左大将殿に恥かしくないような料紙を選ばなければいけない。あの人は無骨な人のように思われているが、なかなかあれで繊細な人だからね。このお文だって、よく御覧、よくよく見ると風雅な紙が選ばれている。……

珠子が黙りこんでいると、父は自分の坊主頭を叩いて笑いだした。

――……ああ、これは気がつかなくて悪かった。人の見ているところで、新婚の文など書けるものでもない。たとえ父親でも見られたくはないのだな。分かった。分かった。……父はもう引き下がって、眠ることにしよう。

父は陽気に笑いながら、局を出て行った。珠子は声を出さずに、涙を流していた。父はなぜ、淋しいと言ってくれないのか、と思った。このまま、いつまでも父のもとに身を寄せていたかったのに。父だって、そう願っていたはずだったのに。

気がつくと、ことねが眼を赤くしながら、背を撫でていてくれた。

――……もう、引き返すことはできないのですね。お父さまにさえ、もうどうすることもできない……。

珠子が言うと、ことねは深く頷き、

――さあ、お返事をお書き下さい。そうして、ゆっくりお体をお休め下さいませ。

とだけ、答えた。

そうするしかない、今更、宗雅の名前を口に出すこともできない、と分かってはいても、ことねの素気なさが恨めしく思えた。ことねは情の薄い人ではない。ことねに守られ、支えられて生きてきた。しかし、宗雅と別れた頃から、珠子は以前には感じたことがなかったよそよそしさをことねに感じだしていた。が、それも珠子に原因があるのだろう。

この世あの世を通じて、自分一人、などと思っていた頃の、なんとことねに寄りかかっていたことだろう、と珠子は考えずにいられなかった。宗雅に残している思いを打ち明けられずにいることで、今度こそ本当に一人になってしまった。

ことねはどんなことを思って、生きている人なのだろう。今まで考えてもみなかったことが、気になりだしてもいた。気にしはじめると、ことねはその気持を探りにくい、不思議な女だった。父との間に男女の交わりがあったことも、今更のように思い出された。その後、独身を通しているが、いつも珠子のそばにいて、男のことは眼中にない様子を続けていた。が、珠子の見知っているどの女房と比べても、ことねは目立って美しく、女らしいたおやかさも身に着けていた。男たちから文を届けられることも多いらしいし、真面目に求婚してくる男もいたようだった。しかし、ことねは珠子のことしか考えていないように振る舞い続け、また、見事にその役目を果たし続けてくれていた。

でも、そんなことねにも、見せかけだけでは終らない、なにか秘めたものがあるはず、と珠子は思ってみたが、それ以上のことはまだ見当もつけられずにいた。

信輔は続けて次の夜も姿を現わしたが、初めての夜となにも変わらず、疲れたような溜息を洩らしながら、すごすごと帰って行った。

その翌日、いよいよ珠子が信輔の邸に引き移されることになった。あいにく、その日は小雨が降り続き、今にも雪に変わりそうな、冷えきった一日になった。父との最後の食事も、喉がつまって、食事を進めるどころか、貧血を起こし、中座してしまった。

気を楽にして、なにもこれで会えなくなるというわけではないのだから、と気を揉む父を安心させるために、ほほえんで見せなければならないのも、苦しいことだった。

信輔はその身分にふさわしく、麗々しく車を並べ、大勢の供も従え、父や兄たちを喜ばせた、ということだったが、珠子には自分の乗る車の飾りひとつ見えずにいた。薄闇のなかをあえいでいるうちに、いつの間にか、見知らぬ邸に体を投げ出された。そのようにしか、感じられなかった。

贅沢な調度や、美しい几帳も、何も眼に入らなかった。知らない場所、知らないにおい。珠子は恐怖を感じた。ふと、ことねの見慣れた顔が傍にあるのを知って、思わずことねにしがみつき、泣き声を忍ばせた。

——大丈夫でございますよ。私も、少将もずっと、おそばにおりますから。……もう、これで終わったのです。これからはなにもせずに、好きなだけ眠り続けていてもかまわないのですよ。さぞかし、お疲れになったことでしょう。いろいろと、今まで大変でしたものねえ。……

ことねに言われて涙が更に流れたが、反撥したい気持も起こっていた。これで、すべてが終わったわけではない。確かに、これからは信輔の妻として生き、死ぬだけの人生しか残されていないのかもしれない。けれども、それだけの人生では終わらないはずだ。なにがこれから新たに起こり、どのように流されていくのかは分からない。が、その兆しをすでに珠子は確かなものとして認めていた。月のものが止まっていたのだった。

宗雅の夢によって告げられた新しい子どもの誕生を、珠子は忘れてはいなかった。夢を信じ、宗雅が立ち去ってから、自分の体を注意深く見つめ続けてきた。乳首の色が変わり、乳が張ってきたような気もした。けれども、それは気のせいなのかもしれず、ことねなどは、少しお瘠せになったのではありませんか、と心配するだけだった。にもかかわらず珠子は自分の体の変化を信じ続けていた。月のものが三日、七日と遅れ、やはり間違いではなかった、と秘かに安堵することができた。

妊娠を心配はしていなかった。宗雅の夢で示されたことが起こるだけのこと、と見越していた。しかし、そのように確信が持てれば持てるほど、宗雅と会えなくなっていること、会えずにいても、不安のない気持のつながりが得られないままに終わってしまっていることが、苦痛に感じられた。

見知らぬ男の妻として、見知らぬ邸に住みながら、今更、どのようにして、宗雅に自分の気持を訴えればよいのだろうか。宗雅にこっそり文を届けてもらうにしても、自分のどのような気持を言葉に変えればよいのか、と思うと、途方に暮れた。

信輔の邸に着いたその日から、珠子は熱のために寝ついてしまった。

妊娠のせいだ、と珠子自身は思っていたが、ことねをはじめ、まわりの者は、今までの疲れからの発熱と信じ、信輔にもそのように伝えておいた。

信輔は毎日、珠子の様子を見に、局まで足を運んでいたが、無理矢理、珠子の顔を覗きこむこともせずに、静かに立ち去って行った。

十日も経った頃、珠子もようやく気を取り直して局の様子や、ことねがしきりにほめる庭の眺めにも眼を向けるようになった。贅沢な調度や、手のかかった庭を見慣れているはずの珠子だったが、それでも、なんという美しさなのだろう、と眼を見張らずにはいられなかった。心を尽し、できる限りのことをして、珠子を迎えるつもりでいる、と言っていた信輔の言葉は、少なくともうそではなかった、と認めるしかなかった。

まだ小さな信輔の娘たちが同じ邸に住んでいるはずなのに、その気配はどこにも感じられず、邸は静まりかえっていた。いくらなんでも、娘たちに息苦しい思いをさせることはないのに、と案じられないでもなかった。

ことねたちに改めて言われるまでもなく、珠子も信輔が誠実な人間であることを信じはじめていた。決して無神経で、自分本位な男ではなさそうだった。自分より三十も年の若い新しい妻を少しでも傷つけまいと気を使い続けてくれている。庭に季節はずれの椿《つばき》を植え、極楽の美しさを思わせるような孔雀を舞わせたりもしてくれる。

はじめのうちは、病気にかこつけて食事も一人でとっていたのが、やがて、いくらなんでも食事くらいは、とことねにも言われて、夕方の食事を共にするようになった。食事で同席すれば、いやでも顔を見合わせなければならない。珠子は信輔の妻となってから半月も経って、はじめて信輔の顔をまともに見ることになった。

毛深い、顔も体も四角ばった男だった。老人の常で、眉が長く伸び、小さな眼を更に小さく見せていた。鼻も大きく、顔の下半分か、いくら剃り落とそうとしても根深く残ってしまう髭で黒々としていた。見るともなく見ると、手の甲にまで黒い毛が生えていた。宗雅の血縁の人なのだから、年老いてはいても、せめて姿形だけは似通ったところがあるのではないか、と思っていたのに、あまりにもほど遠い外見だった。肌が荒く、皺も深い。

このような人の妻に、私はなってしまったのか、と珠子はその日、改めて落胆し、信輔の問いかけに一言も答えられないままでいた。宗雅がどれほど器量に恵まれた男だったか、はじめて思い知らされた。

しかし翌日、信輔の声を聞くうち、珠子は軽い驚きを感じた。無骨な外見に似合わず、なんと耳に優しく響く、安らぎに充ちた声なのだろう、と。宗雅の声は甲高く、少し早口でもあり、会話を楽しむということもないまま、別れることになってしまった。

夫としては受け入れにくくても、この人は父入道のような心の持ち主なのかもしれない、という気がした。

珠子ははじめて、食事の終わる頃になって、信輔に声を出して返答した。

さっぱりした味のものがお好きなのですか、と信輔が問いかけたので、はい、とただ一言、小さな声で答えただけだったのだが、信輔の喜びように、珠子はまあ、こんなことで、と呆れもしたが、その単純さにほほえましさも感じた。

あなたは、今、私に答えて下さったのですか。声を聞かせて下さったのですか。空耳ではなかったのですね。こんなに、うれしいことはない。よかった。本当によかった。喜びが毎日増えていく。こんな私なのに、あなたは私に喜びばかりを与えてくれる。幸せですよ、私は。この年になって、私は幸せすぎる。……

信輔はこんなことを言いながら、珠子に近寄り、髪を撫で手を握りしめたのだった。

雪の日も珍しくはない頃になっていたが、日々、珠子は信輔への警戒心を解き、夜も共に過ごすようになっていった。しかし、夫婦としての交わりは避け続けていた。妊娠は、すでに疑えない事実となっていた。ことねもさすがに気づいている様子だったが、もう少し体の変化を確かめてから、と思っているのか、珠子にはまだなにも言わずにいた。

しかし、珠子自身にはとっくに覚悟がついていた。ただ、信輔に妊娠した体を見られることは怖ろしかった。信輔に事実が知れて、嫌われ、憎まれるのは、それは仕方がないこと、と諦められた。もとより、信輔に執着して生きているのではなかったから。

信輔に体を見られること、その事実に怖れを感じていた。宗雅によって子を孕んだ体なら、宗雅に見られることには抵抗を感じないに違いない。が、信輔に限らず、他のどんな男にせよ、子を孕んでいる体を見られることは、恥かしいというよりも、胎内の子がそれで傷つけられてしまうようにしか思えなかった。

とは言え、信輔は父にも認められた唯一人の夫なのだった。遠慮深くではあっても、信輔は、珠子の表情が和むにつれ、夫婦としての交わりを求めだすようになっていた。少しでも、若い妻が気の進まぬ素振りを見せると、信輔はあわてて、男としての手を引込め、しどろもどろに、寝返りを打ったり、起き上がって自分の顔を撫でまわしたりする。

珠子もそれで一応は安心するのだが、一体いつまでこんなことを続けているつもりなのか、と自分に問いかけ、憂鬱にならずにはいられなかった。近いうちに、分かってしまうことなのに。長びかせれば長びかせるほど、信輔をそれだけ裏切り続けることになり、信輔の恨みも深くなる一方なのに。

ある夜、信輔の手がまた、珠子の胸もとに近づいてきた。

今までの習慣で、珠子は思わず体の向きを変えようとしたが、ふと、もう、かまわない、という気になった。もう、終りにしたい。今のうちなら、まださほど醜く体は変わっていないのだから、という思いも胸をよぎっていた。

いつもとは違う珠子の反応に、信輔は少しの間、ためらいを見せていた。信輔らしい思いやりで、これは気分が悪いせいなのだろうか、眠ってしまっているのだろうか、といったんは疑ってみたのかもしれない。珠子の気づかぬうちに、体を盗み見るような真似は思いつきもしない信輔だった。

珠子は、それまで閉じていた眼を開け、信輔の毛深い顔を見つめた。それで安心を得た信輔はだらしないほどの笑顔になり、珠子を胸に抱きしめて、髪を撫で、肩を撫で、首筋を辿り、胸もとに手を差し入れ、乳房をつかんだ。本当は自分の口で事実を言うべきなのに、と珠子は自分のずるさを感じ、信輔の愛撫を受けながら、涙ぐんでいた。

信輔が気づかないわけはない。が、万一、気づかぬままでいてくれたら、と未練がましく、願ってもいた。

自分の毛深い体を恥じているのか、信輔はなかなか着ているものを脱ごうとはせず、珠子の体もすぐには見届けようとはしなかった。手探りで確かめ続けるうちに、次第に、肌が露わになっていく。信輔は、その自然な成行きをゆっくりと楽しんでいるようでもあった。

内心の不安とは別に、珠子には心地の良い愛撫が続いた。信輔という男にもう少し、いやなところがあったら、という無意味な恨みも感じた。このまま、何事もなく、本当の夫婦になれるのなら、それはそれでさほど悪くはない運命だったのかもしれない、とも思った。しかし、なにをどう思おうと、今更、遅すぎるのだ。珠子の指先は、血が止まってしまったように冷たくなっていた。

信輔の手が、急に動かなくなった。珠子の露わになった胸もとから、信輔の顔も離れた。

珠子は顔を横にそむけ、寒気に身を縮まらせながら、信輔の反応を待った。声を荒げて、事情を問いつめるのだろうか。憎しみをこめて、乳房に、腹に痛みを加えるのだろうか。それとも、このまま帳台の外に出て行ってしまうのだろうか。

珠子は待ち続けた。声も、物音も聞えなかった。どうしたのだろう。なにごとも起こらない時間のあまりの長さに、おそるおそる眼を開け、信輔の様子を探ってみた。

信輔は消えずに、まだその場にいた。信輔がそばに居続けていてくれたことに、珠子は咄嗟に安心を感じた。信輔は珠子の傍に坐り、うつむいていたが、珠子の気配に気づくと、顔を上げた。その顔に、力の無い微笑が浮かんでいた。

この人はなにも言わずに、許してくれるつもりなのだ。珠子は信輔の微笑を見届けるのと同時に、全身が絞り上げられるような悲しみを感じ、涙を流した。

信輔がその珠子の傍にまた、体を横たえ、珠子の体を胸に抱きとめた。

――……大丈夫。大事なあなたの体です。このまま、眠ることにしましょう。……いいですね、あなたが心配する必要はなにもないのですよ。私がいるのです。安心して、私にまかせておきなさい。……

珠子はなにも答えられず、ただ、泣きながら、微かに頷き返し続けるだけだった。

その夜は、信輔に抱かれたまま、明け方近くになってから、ようやくまどろんだ。父の胸に甘えるように、泣き疲れたまま、寝入ってしまったのだった。そこまで、信輔に甘えておきながら、信輔の優しさを信じることはできなかった。

翌日も、その次の日も、珠子は信輔によるなんらかの処分を待ち受けていた。信輔の態度は変わらず、静かに珠子に寄り添って眠りにつくだけだった。

幾日待っても、変化は起こらなかった。信輔はなにもなかったかのように振る舞い続け、その日の内裏での出来事、道々、眼にしたもの、耳にしたことなどを、ことねたちも加えて話すばかりだった。正月が近づいていたので、局の模様替えや、壺に植える梅の木のことなど、楽しげに語ってもいた。

こちらで迎えるはじめての正月なのだから、できるだけ華やかに工夫してみましょう、といかにも満足そうに笑って見せた。

信輔が本当に、許してくれているのなら、もちろん、それはそれでありがたいことなのだった。けれども、珠子には、そう信じきることができなかった。妻が他の男との子を宿していることを知って、それで平然としていられる男がどこにいるだろう。自分への態度に多少の変化も見られないことが、かえって珠子には偽りに思えた。

私にはよく分からない入り組んだ意地悪を、あの人は企てているのではないのだろうか。三十歳も年齢が上なだけに、誰にも思いつけない方法で、私を苦しめようとしているのではないか。

事情を一切、聞こうとしないことも、珠子には不安なことだった。照子のことから話せば、許してもらえないことには変わりがないにしても、せめて、宗雅との不思議なつながりは納得してもらえるのかもしれないのに、と思えるのだった。

どんなにふしだらなことを、この信輔は想像しているのだろう。そのうちに、ふしだらな妻だけではなく、その父や兄たちまで笑い者にしてくれよう、と腹黒く考えているのか。

どんな思いがあの胸のなかに秘められているのかと思うと、信輔のそばにいる間、珠子は落ち着くことができずにいた。

信輔の寛大な気持を信じてしまいたい。が、迂闊に心を開いてしまうこともこわかった。こちらの油断を待っているのかもしれない。いや、そんな人ではない。心の底から善良な人だと、どうして信じきることができないのか。父も昔からこの人のことは知っていて、あんなに穏やかで、気持に濁りのない人は珍しいほどなのだ、だからこそ、他の条件が多少悪くても、父も安心して、結婚させようと思い決めることができたのだよ、と言ってくれていたではないか。

日々、信輔の心中を思いあぐねているうちに、珠子は、なんという老獪《ろうかい》な男なのだろう、と恨む気持の方を強めていった。一言だけ、どういうことなのか、と聞いてくれれば、このような苦しみは味わわずにすんだはずなのだ。たった一言だけなのに。

信輔と顔を合わせるのも、苦痛に感じられるようになった。頭が痛い、体が熱っぽい、と訴え、できるだけ信輔から遠退き、一人で寝る夜を増やしていった。珠子の体の変化を知っているためなのだろう、信輔も無理には共寝を求めなかった。

せっかく周りで大騒ぎをして局の模様替えもし、迎えた正月だったのに、珠子が信輔と同坐した時間も少なく、本当の病気にでもなったように、帳台に閉じこもって、陰気に過ごしてしまった。

――本当に御気分がお悪いのですか。

ことねが珠子の言い訳を疑って、一日に何度も声を掛けてきた。

――……本当に悪いのです。

――でも、お話ぐらいはできますでしょう。左大将さまが、それは心配なさっておりますし、悲しんでもいらっしゃいます。正月早々から、お気の毒でございますよ。

――……それでも、頭を少し上げるだけで寒気がするのですから。

珠子は苛立って答えた。そんなに信輔のことが気になるなら、ことねがそばに行って、面白おかしい話でもしていてやればよいではないか、と言ってやりたかったが、さすがに口には出せなかった。

夜になってから、ことねがまた珠子の様子を伺いに来た。

――いかがでございますか。

珠子はうんざりしながら、答えた。

――……相変わらずです。寒気もするし、頭も痛くなってきました。

――そうですか、お風邪でも召したのでしょうか。

ことねは言いながら、帳台のなかに入ってきた。珠子は衾で顔を隠してしまった。

――失礼いたしますよ。お熱を見てみましょう。

ことねは衾のなかの珠子の額に、そっと指先を当てた。

——お熱はあまり、ないようですね。

珠子は答えなかった。

——奥方さま……。

ことねは急に声を秘めて、語りかけてきた。

——奥方さまは、どうなさったのですか。この間から、どうもおかしゅうございますよ。奥方さまが普通のお体ではないことは、存じ上げております。信輔さまもお気づきでいらっしゃるようです。でも、殿さまははじめから御自分の御子さま同様に考えて下さっているのですよ。なにも御説明はなくても、御様子で分かります。奥方さまも、そこはお分かりなのでしょう。……奥方さま……、おつわりなのか、とはじめのうちは私も思っておりました。ですが、どうもおつわりとも違う御様子。……あのお心の広い信輔さまに駄々をこねているようにしか見えません。一度は打ち解けていらっしゃったのに、どうして、また殿さまをお避けになるのですか。……なにか御不満があるのでしたら、このことねに打ち明けて下さいませ。このままでは、殿さまにも申しわけなく、困ったことになってしまうかもしれません。……お教え下さいませ。なにをお悩みなのですか。……

ことねは簡単に引き下がりそうになかった。

ことねの声を聞いている間に、珠子は、宗雅に文を出そうと、唐突に思いついた。今まで、そのことを思いつかなかったのが、我ながら不思議に思えた。

珠子はことねに弱々しい声で言った。

——……ことね、内密なお願いがあります。

——まあ、なんでしょうか。

案の定、ことねは珠子を問いつめる気持を忘れ、好奇心を持ってくれた。

——……あの人に、文を届けてくれないでしょうか。誰にも気づかれないように。

——あの人……。

ことねは、すぐには思い出せない振りをした。

——あの人です。もう、ことねはあの人のことを忘れてしまったのですか。

今度は、ことねの声は返って来なかった。

——……どうしても届けて欲しいのです。文はこれから書きますから。

——でも……。

ことねはまだ、珠子に向ける言葉を探しあぐねていた。

——お願いです。そうして、あの人に今の私の状態を伝えて下さい。……あの人とお会いすることは最早、望んではいません。でも、私の本当の気持を分かって下さる方は、あの人だけなのです。このままでは苦しくて、本当に病気になってしまいます。……ほかの誰とも分かち合えないものが、あるのです。

——……そのお気持も分からないわけではございませんが……。

珠子はことねの言葉を捕えて、早速、体を起こしながら言った。

——では、ことね、分かってくれるのですね。ああ、よかったこと。ことねなら、必ず分かってくれると信じていました。……ここまで文机を運ばせて下さい。できる限り、人眼を避けなければなりませんから。

ことねは言えずにしまった言葉を心に残しながら、渋々外に控えていた女房の一人に命じて、文机を運ばせた。

宗雅になにを訴えたいのか、どんな気持を分かち合いたいのか、自分でも分かってはいなかった。しかし、ことねに見張られながら、考え込んでいる余裕はなかった。

あの石山での日々をなつかしみ、涙を流しているこの頃です、という意味を含んだ、どう見ても稚拙な歌を書きつけ、ことねの胸もとに押しつけた。

ことねはにこりともせずに、帳台から出て行った。いくらことねに反対する気持があっても、あの文は確実に、宗雅の手もとに届けてくれるだろう。珠子は少しの間、ことねをやりこめ、ついでに信輔もやりこめてやったような気の弾みを感じていた。文のことがいっそ、信輔に知られればいい、とまで思った。

しかし、そんな勢いの良さはすぐに消えてしまった。

宗雅からの文は、予想していた通り、すぐに返ってきた。その文を見る時は、さすがに珠子も浮き立つような気持になったが、いったん眼を通してしまうと味気なさを感じずにいられなくなった。とっくに聞き飽きてしまったようなことを、宗雅は相変わらずの熱っぽさで繰り返しているだけだった。

なんという二人の運命なのだろう。一日も早く、隠れ場所にあなたを盗み出してしまいたい。あなたと別れたままでいるのでは、生きている甲斐もない。……

この人はどうしてこうも、同じことしか言ってくれないのだろう、と宗雅の文で気持を暖められるどころか、珠子は以前にも増して、憂鬱な気分に落ちこんでしまった。

宗雅との文のやりとりで、救われることなど、起こり得ないことなのだった。せめて気晴しにでも、と考えるのは、まして、愚かな考えでしかない。信輔の妻となってしまった今は、宗雅との子を得ながらも、一人でここは切り抜けなければならない。珠子は帳台のなかに閉じこもって、身を起こす気にもなれないまま、日々を過ごし続けた。

季節は春に変わっているというのに、毎日のように雪が降り続いていた。

宗雅には、もう文をいたずらに出すことはすまい、と自分に言い聞かせていた。が、四日、五日、と日が経つと、性懲りもなく、なんという辛さなのだろう、せめてあと一回だけでも、宗雅に文を送ってはいけないものか、と迷いが起こりだした。

そんなところに、信輔が父入道のもとに、なにやら深刻な様子で出かけて行った、と少将から聞かされた。それでは遂に、信輔は妻の怪しい妊娠のことを父に告げ、妻の身の処分を伝えることにしたのだ。珠子は蒼ざめ、眩暈を起こした。

信輔の企みに怯えきって、茵にしがみつき、夢うつつで過ごしていた間に、珠子はある夢を見た。いや、夢という、物質の確かさが失なわれた世界に、自分がいつの間にか、辷り込んでいることに気がついた。そのように表現したい、なまなましい感覚があった。そうして、眼に見えた人の像は、宗雅だった。

宗雅も一人で、眠っていた。

ああ、宗雅がいる。そう思った時にはすでに、宗雅のそばに、珠子は寄り添っていた。涙が出た。宗雅が呻き声を上げた。珠子は泣きながらその耳に、私の身の内に魂が留っていてはくれないのです、あなたを思うあまりに、と囁きかけた。

宗雅がまた、大きな呻き声をあげた。

と同時に、珠子は我に返っていた。

思わず、身を起こして、辺りを見渡した。帳台のなかにいるのは、珠子一人だった。

普通の夢を見た、とは思えなかった。宗雅のところまで、今確かに、我が魂が身から離れて飛んで行ったのだ。なんという怖ろしいこと、と身震いがした。それほどに浅ましい状態に追い込まれてしまっているということなのだろうか。

翌日、次兄の通忠が父のもとから駈けつけてきた。その通忠の言葉を聞き、信輔の父への訪問が珠子の妊娠の事情を暴きたてるためのものではなく、ただ、なかなか珠子が打ち解けてくれなくて案じている、と相談に行っただけのことだったと分かり、ほっとさせられた。信輔を信頼し、安心して子を産めばよいのだ、と兄にも言われ、珠子は頷いた。心の底から信頼しきることはできないが、と言って、自分では何もできないのだから、観念して信輔の邸に居坐っているしかないのだった。

眼の前の心配は消えたが、宗雅とのことでは、身と心が離れるような浅ましいことをしでかすほどの状態を続けるよりは、と思え、また宗雅がどう思っているのか気にもなり、珠子は今までにも増して、宗雅に文を出しはじめた。

宗雅の返事には、珠子の生霊に気づいた様子は見られなかった。しかし、実際には妙な夢を見た、と首を傾げているのかもしれない。珠子は宗雅の内心に怯え、再び、宗雅に何気ない文を送ってしまう、ということを繰り返していた。

ことねはいかにも不愉快そうな顔をし続けていた。殿さまを避けて、宗雅さまにおすがりするなんて、一体、どういうおつもりなのですか、とたまりかねて、口に出して言いはじめることもあった。ある程度の御報告は、それは必要でしょう、でも、殿さまは許して下さっているのですし、宗雅さまはあくまでも姉上さまの婿君なのです。ここから逃げだして、名もない者として残りの一生をお送りになるおつもりもないのに、今更、ただのわがまま、筋違いな気晴らしとしか思えませんよ。

ことねに言われるまでもなく、珠子も、宗雅に文を送らずにいられなくなる自分を恥ずかしく感じていた。宗雅との文のやりとりが楽しくて仕方がない、というのなら、まだ自分でも納得がいくのだが、楽しいという感情すら持てずにいるのだ。ただ、宗雅とのつながりが絶えてしまうのがこわくて、文を送ってしまう。それだけのことだった。腹のなかに育っている赤ん坊の父親を本能的に求めてしまう女の情感というものかもしれない、と弁解もしてみた。が、ことねが感じ取っているように、実は、愚鈍に、ことねや信輔に意地を張り続けているだけなのかもしれないのだった。

自分らしくもない、なぜ思い切れないのか、と鬱々としながら、珠子はそれでも、自分で招き寄せたその状態を変えることもできぬまま、梅雨の長雨をやり過ごし、七月のはじめ、早くも出産の時を迎えることになってしまった。

以前のように人眼を忍ぶ必要はなく、父入道も、信輔も読経の僧を集めて、経験の深い女房もそばにいてくれたので、心強いことは確かに心強かった。

しかし、それも信輔の子が産まれてくる、と見せかけての待遇なのだった。子の本当の父である宗雅は、相変わらず遠い存在だった。はじめての出産にしても、今度の出産にしても、子の父とは縁のないまま迎えなければならないのか、と思うと、珠子は出産のために必要な気力を、自分のものにすることができずにいた。

以前には、あれほど頼りにしていたことねとも、今は睨み合っているような状態になってしまっている。

この誰とも気持を分かち合えない状態での出産で、今度こそ、あの世に行くことになるのだろうか、と本気で考えてもみた。そうなる運命だったのかもしれない。私が死に、信輔は残された赤子を嫌って、その本当の父親である宗雅を探しだし、その手元に押しつける。とんでもない貧乏くじを引かされたものだ、と宗雅にいやがらせを言いながら。

しかし、二度目の出産は珠子自身が拍子抜けしてしまうほど、楽なものだった。気も失なわずに、生まれてきた赤子の顔を見届けることさえ出来た。

髪の毛がすでに黒々と生えている男の子だった。

左大将信輔にとって、はじめての男子誕生ということになった。邸内は喜びに湧きたち、男子誕生を知らせる使いの者たちが、父入道のもとへ、関白邸へ、そうして内裏にまで駆け出して行った。

珠子にとって、二度目の子どもではあった。が、手もとに置き、その成長を見守ることのできるのは、はじめてのことだった。最初の子照子は、自ら好んで手放したわけではなかったが、それでも手もとで成長する子と比べて愛着の念に差が出てくるのは、自分でもどうにもならないことだった。

〝まさこ〟と二度目の子は信輔によって名付けられ、盛大な祝宴も催された。祝いの品が次々に届けられ、信輔はその返礼にも惜しげなく金を使い、よほどあの老人ははじめての男の子の誕生がうれしかったのだろう、と内裏でも噂になったほどだった。

珠子は文字通り、日一日と変わっていくまさこに見とれ続けていた。眼もまだ確かに開かないのに、しかつめらしく欠伸をする不思議さ。小さな手に、小さな指が五本揃い、その指のひとつひとつに、それこそ小さな爪が生え揃っている可愛らしさ。この赤ん坊が今まで、自分の腹のなかで育っていたのか、と思うと、その不思議さに、今までの想い悩みもきれいに消え去ってしまった。

気がつくと、ことねも傍にいて、まさこを涙ぐみながら見つめている。珠子は、そのことねの手に自分の手を添えた。ことねが驚いて、珠子の顔を見る。珠子はにっこりと笑い返した。ことねも頷き返し、涙声で呟いた。

――この世にお生まれになったばかりだというのに、どんな夢を御覧になるのでしょう。

――さあ……、でも、それはそれは美しい夢なのでしょうね。言葉のない喜びを味わっているのでしょうか。

珠子もうっとりして答えた。

――……言葉など、本当に無力なものだ、と感じさせられます。御子さまがこうして安らかに眠っていらっしゃる。そのお姿を拝見させて頂く喜びをどう表現すればよいのか私には分かりませんわ。

――この子の顔には、なにかこの世を見通してしまっているような威厳すらあるようには見えませんか。

珠子は真顔で言った。

――ええ、ええ……きっとなにもかも見通していらっしゃるのですよ。この世とはこうしたところなのか、新しく人間の一人として、ここで生きることになったのだな、とお考えになっていらっしゃるのかもしれません。

ことねも真顔で答えた。

盛りの夏の暑さも、蟬の声も、日の光も、庭の木々も、なにもかもが、珠子には美しく感じられた。この世とは、こんなに美しいところだったのか、と眼が醒めるような思いだった。ふと吹き入ってくる風にすら、あまりの心地良さに、この世に生かされ続けていることを感謝せずにいられなくなった。

最も無力な、最も小さな赤子なのに、その存在だけで、母の私にこれだけの光を与えてくれている。そう思うと、我が子があの天女から特別に与えられた子のような気さえしはじめた。

珠子の母としての喜びに、信輔の世間に向けての華々しい披露、それに伴っての豪華な祝いの品々は、確かに、ある手応えを与えていた。珠子は、信輔の本当の子ではないのに、と恐縮しながらも、さすがに子の母として心から感謝しないわけにはいかなかった。

まさこと対面する時の、信輔の様子も、珠子を失望させるものではなかった。どれほど注意深く観察していても、まさこを疎んじている心が潜んでいるようにはとても思えなかった。思いがけぬ年齢で息子を得た父親の手放しの喜びを、顔の表情で、動作で示しているように見えた。

十日、二十日、とまさこが成長するにつれて、信輔の相好は笑みに崩れ、こわごわとまさこを抱き上げると、とても我慢はできないとばかりに、自分の髭の濃い頰にまさこの頰を押し当て、まさこを泣かせてしまい、自分も泣きべその顔になってしまう。そんな涙もろさも、信輔は見せていた。

五十日の祝いには、父入道も駈けつけてきた。眼を大きく開き、笑顔を見せるようにまで成長したまさこを囲み、二人の老人は手を取り合って、涙を流し、喜びを分かち合っていた。珠子もその信輔、そして父の姿を見ながら、涙を誘われていた。二人の父がここにはいる、と思えてならなかった。自分の父と、まさこの父と。

珠子は急速に、夫信輔に打ち解けるようになった。まさこが母の心に光を射し、今までの不信の濁りを消し去ってくれた。

実際、まさこさえいてくれれば、信輔の清らかな気持を信じることは、たやすいことだった。信輔の愛情がどのようなものなのか、我が子のまさこを思う自分の気持から推量すると、手に取るように理解できるのだった。

宗雅のことを忘れ去ったわけでもなく、宗雅の夢の予言も憶えてはいたが、今はただ、まさこの可愛らしさに溺れ、信輔を頼って、日々を生きていれば、それに優ることはないのだろう。そう、思い決めていた。

新しい生命をこの世にひとつ迎えるということは、ただ生命の数が増えるだけのことには終わらず、その生命と係りを持って生きるまわりの者たちの生命にも新しい息吹が吹きかかる、ということなのだろう。まさこがどんな前世を経て、この世に新しく生まれ変わってきたのか、は誰にも分からない。だが母である珠子も、まさこのおかげで新しい生命を、この世に生きながら与えられたような気がした。

まさこの五十日の祝いのすぐあとに、関白邸で育てられている照子の袴着の式が行なわれた。中宮が腰結いの役を引き受けて下さり、盛大な祝宴が催された、ということだった。珠子も、目立たぬように、装束や扇、櫛を送ってやった。次兄通忠が宗雅の好意で、照子の美しく装った姿を拝見してきた。

まだお小さいのに、落着いていらして、髪も長く、関白殿が溺愛なさっているのも無理のないほど、美しい姫君となられました。

こんな報告を聞きながらも、珠子は今までの自分にはなかった気持が新しく働きだしていることを感じさせられていた。日々、まさこの成長を見届けながら、母親としての喜びを十二分に味わわせられてみると、もう一人の子照子に対しても、たとえ母として一度も対面できずに終わろうとも、我が子であることには違いない、と確信が持てた。母子としての縁の薄さを今までは嘆いてばかりいたが、関白邸でどこの姫君にも増して丁重な扱いを受け、関白と北の方の愛情を受けて育っていることを知らされると、ありがたいことと心の底から感謝の念が湧いてくるのだった。

子には子の、宿世があるのだ。そう思えた。この母と父が人には言えぬ間柄であるということなど、照子の宿世にどんなつながりがあるというのだろう。子の幸せを願う。子の親というものは、それだけのことしかできない存在だったのかもしれない。

まさこは幸い、手もとに置いて、育てることができているのだが、それは考えれば、身に過ぎた、怖ろしいほどの幸せ、と覚悟しておかなければならないことなのかもしれない。

珠子は娘の無事な成長を喜びながら、ただひとつ、姉の心中が気になりだしていた。

姉はまだ、子の母とはなれないままでいた。それなのに、夫宗雅と他の女との間に生まれた子の、盛大な袴着の式のことなどを風のうわさにでも聞かされれば、心が波立たないわけはない。照子の母が、まさか自分の妹であるとは、夢にも気づいてはいない姉なので、その点では救われているが、宗雅が充分に姉を思いやっているとも思えず、さぞかし心細い思いに沈んでいることだろう、と気がかりでならなくなった。

珠子はまさこの誕生や五十日の祝いの際に届けられた品々への返礼を兼ねて、姉に長い文を書いた。まさこのことはできるだけ簡略に記し、夫信輔の外見や性質、また邸や庭の様子を細々と書き、最後に少女時代を共に過ごした姉がなつかしく、夢にまで見ているのです、どうお過ごしなのですか、一言でもかまわないから、返事を下さい、と書きつけた。

姉からの返事は、五日ほど経ってから届いた。やはり、昔の宗雅との怪しいうわさを、まだ忘れてはくれていないのだろうか。妹とは、もう思ってはいない、とまだ思い続けているのだろうか。そんな不安を持ちはじめていた頃だったので、姉からの文は珠子を子どものように手放しで喜ばせた。

姉らしい優しい心情の込められた文面だった。私もあなたのことをなつかしく思い続けているのですよ。幼かった頃、あなたはいつも私を元気づけてくれたり、笑わせてくれたりしましたね。ふざけて小鳥の真似をし庭を走ったり、いろいろなお話を作って聞かせてくれたり。……

珠子の憶えていない思い出話も書かれてあった。亡き母のことも書いてあった。

また、月の美しい秋が巡って来ようとしています。いつの日か、また、あなたと合奏を楽しめたら、よろしいのですが、その後、さぞお上手になっていることでしょう。楽しみにしております。

こんなことも書いてあった。

この三、四年、練習らしい練習をなにもしていなかったので、琵琶も琴も下手になってしまっているに違いなかった。姉の期待は恥ずかしかったが、それはそれとして、姉の誘いはうれしかった。

姉は許してくれたのだ。これからは、時々、顔を合わせることにしよう、とまで言ってくれたのだ。

珠子はことねを呼び、姉の文を見せた。読みながら、ことねは泣きだした。それを見て、珠子も泣きださずにいられなかった。

うれしくて泣くなんて、はじめてのことだ、と思いながら、泣いた。

長い絶縁状態だった。母が生きていれば、なんとか骨を折って、姉妹の仲を取り持ってくれていたのだろうが、そうした力を持つ人がいなかった。代りに、時間が二人を救ってくれた。不幸な状態からようやく逃がれ出ることができたのだった。

なにもかも、満足すべき状態になっていた。夜もろくろく眠れないほど、思い悩んでばかりいる、というわさが流れて、寝覚の上、などと、面白半分に呼ばれるようになっていた珠子だったが、そのあだ名も無意味なものになってしまったほど、心充たされて毎日を過ごすようになっていた。

信輔の三人の娘たちとも、ようやく対面することができた。長女は十二歳、末娘はまだ七歳だった。上品な美しい姫君たちだった。母親がどのように美しい人だったか、と推測できた。正直に、珠子がそのように言うと、信輔は真面目な顔で、いや、あなたには到底、及びませんよ、でも、私に三人とも似なくてすんだので、それでほっとさせられましたがね、と答えた。

末娘は、まだあどけなく、珠子のそばに近づきたそうにもじもじしていたが、去り際に、思いきって珠子に駆け寄り、その手を握りしめて、また会って下さいねと言った。

ええ、これからはいつでも、と答えてやりながら、珠子はその頭を撫でてやった。なんと可愛いものなのだろう、とその子に限らず、三人の娘たちを愛しまずにいられない自分の感情に圧倒された。この可愛い人たちを今まで、自分は無視し続けていたのだ、と思うと、心苦しくもなった。

その日から、二、三日に一度は必ず、娘たちと会うことに心がけるようになった。

まさこに三人の娘たち。そうして、信輔。それぞれ淋しい事情は秘めている。が、心の通い合った、ひとつの家族として、楽しく生きていける。そう信じられた。

しかし、不足のない楽しい日々というものは、長くは続かないのが常なのだろうか。

あとから思い返すと、その楽しい日々の終わる予兆は少しずつ、秋になってから早速、起こりはじめていた。

九月の終わりに、照子の袴着の式のあとから病を得ていた関白が、誰も予想していなかった急な死を迎えた。北の方は尼になられた。宗雅の父君ではあり、照子の親代りの人でもあるので、珠子にとっても到底ひとごとではなく、命のはかなさに顔色を失い、涙を止めることができなかった。

関白が亡くなったことで、信輔が新しい関白となった。しかしその昇進を、信輔自身も珠子も喜ぶ気にはなれずにいた。信輔は、責任が重くなることを嫌い、早いところ、誰かにこの職を譲ってしまいたいものだ、とぼやいていたが、まさか一月や二月でそうするわけにもいかず、早速、身辺も慌しくなった。宗雅も今までの大納言から左大将に昇進したということだった。

翌年は、まさこの病気で気を揉ませられたが、まずは無事に過ぎてくれた。

次の年、ことねが体の具合が悪くなったと言い、里に下がってしまった。一ヵ月経っても、三ヵ月経っても戻ってこない。どうしたのか、と気がかりでならなかった。

使いを送って、様子を探らせても、はっきりしない。そのまま、五ヵ月経ってようやく戻ってきた時には、実は結婚をしたいと考えているのですが、お許し頂けるでしょうか、とことねは言いだし、珠子を呆れさせた。

事情を聞くと、少し前から、ことねに求婚していた男がいて、珠子もこの頃はすっかり関白家の北の方として落着いた様子なので、この年で、と思われるかもしれないが、自分も家庭というものを味わいたくなった、ということだった。相手は中納言の職に就いている者で、地方長者も兼ねているので、結婚すれば、その地方に行かなければならないことになる。

——奥方さま……、しばらくの間のおいとまをお許し頂けないものでしょうか。また、いずれ戻って参ります。たった二、三年のことでしょう。……奥方さまについては、もう私がおそばにいて、眼を光らせていなければならないこともなくなったようでございます。まささまの可愛らしさに引き込まれて、一日一日を過ごして参りましたが、なにやら、張りも感じられなくなってしまい、自分のこれからのことを案じるようになっておりました。……

——どうして、そんなことを……。まだまだ、私はあなたに頼らなければ生きていけません。

珠子は思わず責めるようにして、ことねに言った。

——いいえ……、口先だけで奥方さまはそうおっしゃっているだけです。もう立派に、私がいなくても、奥方さまは御一家の中心として生きていらっしゃいます。私が言うのですから間違いはありません。

——では、ことね……ここにいるのが物足りなくなったというのですか。私になにか至らないところがあったのなら……。

——いいえ、とんでもございません。生涯でこんなに満ち足りた日々を送らせて頂いたのは、はじめてのことでございます。まさこさま、三人の姫さまたちの可愛らしさといったら……。でも、よほど私は欲深な人間なのでしょうか。今度、病いで所在なく寝ておりました間、私もつくづく、夫婦という男と女のつながりを、知りたくなったのです。……今までは知らなかった不幸を知ることになるのかもしれません。けれども、全く無駄に終わることとも思えません。……一人の男と一人の女が夫婦というものになって向かい合う。それがどんなものか、できることなら知ってみたいと思うのです。……

珠子はことねの顔を見つめた。頰の肉が落ち、少し老けこんだ印象があった。病いが重かったせいなのだろうか。それとも、人には言いたくない事情に悩まされ続けているとでもいうのだろうか。

——もちろん、私には反対することができませんが、ことねが誰か一人の男の妻になるなど考えてもみないことでした。

珠子は、溜息混じりに呟いた。

ことねは微笑を浮かべて答えた。

——ええ、そうでございましょうね。私も自分で信じられないような成行きなのですから。……でも、珠子さまのおそばにずっとおりまして、今までさまざまなことを一緒に体験させて頂きました。そうして、今の北の方としての充実した日々のなかで、過去の苦しかったことを思い出すにつけても、夫と妻というつながりのなかでしか、男も女も良きにつけ、悪しきにつけ、真実に触れ得ない、と思うようになったのです。……私も、女の一人でございます。女としての真実を見届けてから死にたい、と思うのでございます。……

——ことね……、あなたは魅力的な人ですよ。誰だって、そう思い、女房たちもあんな女性になれたら、と憧れているのを、私は知っています。信輔さまだって、いつも感心していらっしゃいます、美しい女性だと。どんな恋愛でも上品にこなすことができる人なのだろう、と。もしかしたら……なにか、苦しいことがあったのですか。私に隠していることが、あるのではありませんか。

珠子が問いつめると、ことねは首を横に振り、うつむいて、そのまま黙りこんでしまった。

結局、なにも聞き出せないまま、ことねと別れなければならなくなった。よほどの事情があったはずなのに、私には一言も打ち明けてはくれなかった、とことねが恨めしかったが、打ち明けてくれたところでなんの力にもなれないことも分かっていた。

ことねも結局、自分の分身ではなかったのだ。珠子はそう自分に言い聞かせながら、ことねを見送った。私の母でも姉でもない、一人の女だった。

結婚には連鎖反応というものがあるのだろうか、続けて、少将も結婚し、夫の任地へと立ち去ってしまった。

珠子には心細い変化が続いた。が、ことねが言っていたように、それで途方に暮れてしまうということもなく、平穏な日常は守られていた。

やがて、尾張守の妻となった少将から、赤ん坊の誕生の知らせが届いた。ことねの方は、年齢的にむずかしかったのか、いつまで待っても妊娠の知らせさえ届かなかった。

一方、珠子は姉との文のやりとりも熱心に続けていた。姉の消息を、今では、文を届けてもらう使いの報告も加えて、同じ邸に住む者のように知ることができた。姉が明からさまに訴えることはなかったが、宗雅によって悩まされ続けているのは相変わらずで、珠子は姉の身を心配し続けなければならなかった。

宗雅と文も通わせなくなってからすでに久しい。そのことが原因なのかどうか、宗雅は他の姫君と近づき、そのことを姉に隠そうともしない、ということだった。

しかし、他の姫君のもとに宗雅が世を忍んで通っているうちは、まだよかった。

やがて、宗雅はこともあろうに、朱雀院の女一の宮に近づき、とうとう院から、御降嫁の許可まで頂いてしまった。女一の宮を妻に迎えるとなれば、元からの妻である姉冴子は、陰の立場に引き下がらなければならない。世間では、なるほど宗雅も左大将となり、のちには関白にまでなる可能性がますます濃くなってきたのだから、今までの妻だけでは地味すぎて物足りない、と判断したのだろう、その妻とは、なんでもあまり打ち解けられなかったということだし、まあ、賢明な判断と言うべきだ、などと言われているようだった。確かに、宗雅の格は女一の宮との結婚によって、また一段と高くなった。が、姉はその分、苦しみ、嘆かなければならなかった。

悪いことに、いや、そのこと自体は祝福されなければならないことだったのだが、そんな時期に、姉ははじめての子を宿していることを知った。結婚して、七年も経ってからの、まわりの誰もが諦めかけていた妊娠だった。

本来なら、結婚してから姉がようやく深い喜びを得られる、はじめての機会になるはずだった。しかし、夫のもとに高貴な、年も若い妻が来てからでは、七年目の妊娠も、かえって姉の嘆きのもとになるだけになってしまった。

このような日が、今までの日々の果てに訪れようとは、予想もしていませんでした。いつかそのうちには、妻として、また母として充たされる日が来るのだから、と信じて、生き続けてきたのですが、なんのためのそうした私の命だったのか、と答も見失ってしまいました。今まで望みに望んでいた子ですが、今となっては、子もせっかく生まれてきても悲しい思いを味わうだけのこと、子と共に、早く母上のもとへ行きたいとさえ思うのです。……

姉からの文には、こんなことが書き示されていた。

あの穏やかな、口数の少ない姉がこのような文を書かずにいられなくなるとは、と驚かされた。珠子は姉の身重の体を思うと気が気ではなく、なんとかできないものかと考えてもみたが、結局頻繁に文を送り、姉を慰め、力づけることしかできないのだった。

子どもというものは、この世に生まれてくると、思いがけない力をその母に与えてくれるもののようです、理屈を超えた喜びを母となった者は与えられます、子どもの誕生で、世のなかが変わってしまうのです、私がいい加減なことを言っているかどうか、どうかお姉さま御自身でお確かめになって下さい、その日を楽しみに、お体を大切になさって下さい、私も、父上も兄上も、みな、お姉さまのために祈っております。……

できることなら、自分の今までに経験してきたことをすべて打ち明けてしまいたかった。それを知れば、姉も妹の慰めが決して口先のものではない、と悟ってくれるに違いない。死と隣り合わせで臨んだ石山での出産、そうして現在の照子の成長。また、信輔の妻となりながら、宗雅の子を産まなければならなかった今度の心苦しい出産。しかし今はまさこを抜きにしては、この世を受けとめることができなくなっている。

なにもかも打ち明けて、ですから姉上も心配なさることはないのです、私に比べれば、姉上の今のお立場の方がよほど、希望を多く残されているではありませんか、と姉を力づけたかった。そうした説得が、姉が現在の境遇を切り抜けるための唯一の救いになるのだ、とも信じられた。が、それも珠子を苦しませ続けた相手が、姉の夫ではなかったとしたら、の話にすぎない。

今更、どのように些細な疑いも、姉の胸に植えつけることはできない。珠子が自分の体験を、相手の名を秘したままで書いたとしても、姉に気づかれずにすむ、という自信はなかった。

歯がゆい思いを抱きながら、珠子は、なにひとつ具体的なことは書きだせぬまま、姉に文を送り続けた。

年が改まり、春になった頃から、姉の文が途絶えがちになった。

こんな時に、ことねがいてくれたら、毎日のように姉の様子を見に行ってもらうところなのに、と珠子は心細く思いながら、すべての事情に通じている次兄通忠に、石山の時のように、今度は姉の身を見守っていてやって欲しい、と頼みこみ、身近な女房も交代で姉のもとに送ってやった。

無論、どんなことでもさせて頂くつもりではあるが、と通忠は一応引き受けてくれたが、案外なためらいも見せた。珠子にも、その大体の理由はわざわざ問いかけるまでもなく分かっていた。

珠子の場合とは、外側の事情が全く違うのだった。姉には昔から長兄輝忠が控え続けている。長兄と姉、次兄と珠子、と誰が企んだのでもないのに、同じ家でいつの間にか、二手に別れてしまっていた。また、姉には口うるさい弁の乳母がまだ健在なまま、附き従っている。この弁の乳母も、通忠には苦手な相手だった。性格的にもともと合わないところがあるのだろう。通忠を弁の乳母は、頼りにならず、珠子しか眼中にない、女々しい御次男だ、と非難することはあっても、褒めるということは一度もなかった。

その上、姉は宗雅の正式な妻なのだから、いくら心情的に心細くても、実際には不自由なことはひとつもなく、充分すぎるほどの人に囲まれて暮らしている。そうしたなかに、通忠が一人のこのこと出かけて行って、歓迎されるはずもなかったし、邪魔にさえ思われかねなかった。

それでも、以前の通忠なら、もう一人の妹冴子のために、ためらうことなく熱心に通い続けてくれたことだろう。冴子がなんとか生き続けることに執着するよう、はげまそうと努め、珠子にも、この分なら大丈夫、と報告して安心させてくれただろう。

しかし、珠子がそれと気づかぬうちに、通忠のなにかが変わってしまっていた。珠子のそばに、ことねや少将がいなくなってしまい、それで通忠も珠子の前でくつろぎを見せにくくなってしまったのだろうか、とも考えられた。以前とは違い、今の珠子は関白信輔の妻であり、まさこの母でもあった。関白の三人の姫たちにも賑やかにまつわりつかれている。通忠は通忠で、妻との間に三人の子を得ている。うち一人は月足らずで生まれてしまったため、生まれたその日のうちに他界したということで、家庭の苦労を味わわせられるようになっている。

若い時分とは違い、妹のためにのみ、心を砕き続けることなど、できるものではない。それぞれ夫を持ち、妻を持てば、思い知らされる喜びも悲しみも、別々のものになってしまう。それが親の胸もとから巣立つ、ということではないか。

通忠は、そう思うようになっているのかもしれない。それで、時々、珠子には冷淡としか感じられないような表情を見せ、顔を合わせる回数も極端に減らしてしまっているのだろうか。

しかし、珠子には、そうした思い決め方は通忠らしくもない、なにか自分の知らぬ事情が隠されている、と感じられてならなかった。

通忠の気性は、珠子に似ていた。少なくとも、珠子が自分の育った家に愛着を感じ続けているように、通忠も執着しているはずだった。大らかで、陽気な父が好きだった。通忠も父を慕い、父も通忠に心を許していた。妹になにかがあれば、自分の悲しみを一時どこかに預けてまで、妹のために心を痛め、助力を惜しまぬ兄のはずなのだった。

ことねと通忠。珠子はともすると二人のつながりに思いを向けずにいられなかった。まさか、あの二人が、と現実的には信じられない気持の方が強い。それらしい噂も、なにひとつ聞いてはいない。ことねを珠子は物心ついた頃から、大人の一員としてしか受けとめられずにいた。少々のことでは取り乱さない、男女のことも達観している女性なのだと。だからこそ、結婚という言葉をことねの口から聞かされた時、ひどく意外な気持がして、うろたえさせられたのだった。

一方の通忠は、兄と言っても、同じ父のもとで育った仲で、幾つになっても、子どもらしさを感じ続けていた。

子どもと大人。そのような二人にしか思えなかった。が、そんな感じ方は、珠子の一方的な受け取り方に過ぎなかったのかもしれない。

ことねが病いのため、と長い間、里に引き下がっていたこと、そのまま結婚することになってしまったこと。そのことと、通忠の変化が無関係ではなかったのかもしれない。なにひとつ証拠があるわけでもなかったが、そのように思えてならなかった。

しかし、面と向かって、通忠に聞きただすわけにもいかず、珠子は通忠の変化には一切気づかぬ振りをして、姉のために涙まで見せて、できる限りの時間を姉の見舞いのために割いてくれるよう頼み続けるほかはなかった。

——……考えてもみて下さい。不安なことだらけなのです。長い間、その兆しもなく過ごしてからの妊娠は、大変危険を伴うものなのだそうです。まだ三十には届かないにしても、お姉さまももうお若くはないことですし……。その上、今のようなお気弱な状態では……、本当に心配です。もちろん、私もできるだけお見舞いにうかがいたいのですが、なかなか気楽には宗雅さまのお邸にうかがえない身。お願いです、お兄さま……、お姉さまを力づけてあげて下さい。……ここにお姉さまをお移ししてしまいたいほどの思いでいるのです。……

通忠は妹の顔を不思議なものを見るような眼つきでじっと見つめてから、低い声で答えた。

——毎日でも、様子を探りには参りましょう。が、直接、あの方に近づくのは、どういうものでしょうか。……私は子を失くした者です。身重の女性は、不吉に思うのではありませんか。いや、あの方だけではなく、まわりの者こそ、そう思い、かえって恨まれることになってしまうかもしれません。

——まあ、そのようなこと……。お兄さまの御不幸は私も存じ上げてはおりますが……、あれは確か、もう大分前のことではありませんか。それに生まれ落ちてすぐの赤子の場合は、穢れとはならない、とも聞いておりますわ。誰も今更……。

珠子が呆れて言うと、通忠は皮肉な微笑を口もとに浮かべ、呟いた。

——……それなら、よろしいのですが。……

——もちろん、気になさることはなにもございません。お姉さまはお兄さまのお声を聞くだけでも、きっと憂鬱を忘れて下さいますわ。

通忠は頷き返すこともせず、珠子の顔にまた見入った。

——……あなたは年々、美しくなり、その上自信も備わり、眩しいほどにおなりだ。……たとえ生まれたばかりの赤子でも、それを失わなければならなかった女は、見ていてつらいだけの、悲しい姿になってしまいます。そんな女を見過ぎた私には、冴子殿を安心して見ることができそうにない。しかし、あなたには不安を感じない。あなたは私たちの身内のなかで一人強い生を与えられているお人なのかもしれない。

——お兄さま……、妙なことを、よりにもよってこんな時におっしゃらないで下さい。……私の命など、できるものなら、お姉さまに差し上げても、惜しくはないものなのです。……どんなに、御不幸がありました時には、お嘆きが深かったことか、お察し申し上げますが、だからこそ、せめてお姉さまは無事に身二つになって欲しい、と一心に願ってさしあげるわけにはいかないのでしょうか。……

——いや、もちろん、あなたと気持は同じつもりですよ、これでも。

通忠はようやく、珠子の見慣れた笑顔になって答えた。

——……まあ、それならそうと……。

珠子も安心して微笑を浮かべたが、心の底から安心できたわけではなかった。

通忠は珠子の意を汲み、その日のうちから、冴子の様子を伺いに行き、三日に一度は必ず、珠子のもとに立ち寄り、報告をしてくれるようになった。

忠実過ぎるほど忠実に、通忠は珠子の願い通りに働いてくれているのだった。珠子としては不満を持つどころではなく、兄の情愛に深く感謝しなければならないところだった。

しかし、珠子の胸の裡には、歯がゆい思いがたゆたい続けていた。兄はこの妹をどのように思っているのだろう。以前には、思い浮かべてみたこともない疑いだった。兄に愛されている。それをあまりにも当り前のこととして受けとめ、甘えきっていた報いが、今のこの歯がゆさなのだろうか。妹を美しいと信じこみ、誇りにも思っていてくれた兄だったのだが、単純なそのような時代は、もう終わってしまった、ということらしい。それならそれで、兄にどのような変化が起きたのか、知りたいと思うのだが、それも許してはくれないらしい。最早、一人一人別の世界に生きているのですよ、と兄の冷たい声が聞えてくるような気がした。

それにしても、兄の変化にこだわっているゆとりはなかった。姉はまわりの心配をよそに、日一日、衰弱し続けていた。

誰もが死を覚悟していた私の場合ですら、結果的には母子共に無事だったのだから、といくら思ってみても、年齢の違いを思うと不安だった。

出産は六月頃、と予想されていた。ただでさえ体の調子をこわしがちな暑い時期を、なんとか乗り越えてくれればよいのだが、と願いながら、五月のはじめ、珠子は女房の一人に身をやつして、姉のもとを訪れてみた。同じ月のうちに、姉は方角の良い邸で出産をするため、移されることになっていた。万が一などと、不吉なことは考えたくない。けれども、今のうちに姉の顔を見届けておきたいという思いを抑えることは、どうしてもできなかった。

昔通りの姉妹揃っての月の宴も、まだ実現しないままでいた。

くちなしのにおいの濃く漂う夜だった。

宗雅がその夜、内裏の宿直で帰ってこないことは、前もって、通忠が確かめておいてくれた。しかし、この頃はさすがに宗雅も古い妻の容態を心配し、毎日のように見舞いに訪れているという。宗雅と顔を合わせるようなことになっては大変だし、弁の乳母も珠子の秘かな訪問を迷惑がっている、ということで、ほんの半刻も、姉のそばに腰を落着けていることはできそうになかった。

なつかしい邸だった。が、一眼見て、珠子は悲しい気持になった。荒れているとまではいかないが、どこか古びて、淋しいたたずまいに見えた。故関白の邸に手を入れ、そこに新しい妻女一の宮を宗雅はお迎えした、と聞いていた。信輔の立派な邸を見慣れているから、決して劣るはずのない、このなつかしい邸がみすぼらしく見えるのだろうか、と思い直してもみた。昼間見れば、もっと違うように見えるのか、とも。が、姉の寝る局に近づくにつれ、庭の様子などからも、物さびしく見えるのは決して気のせいではない、と思い知らされた。一応の体面は整えてあるが、よく見ると、松の枝が折れたまま、垂れ下がっていたり、松明の燃えかすが始末されないままになっていたりした。

せっかくこちらから通忠や女房たちを通わせていたというのに、あの人たちはこうしたまわりのことに少しも気がまわらなかったのだろうか、と珠子は溜息をついた。いや、たとえ、あの人たちが気がついたとしても、人のお邸のことに口を出せる立場ではないのだ。あの人たちだって、口惜しい思いを抱き、けれどもそれを私に報告したところで私の心配を増やすばかり、と思いやって、黙ってくれていたのかもしれない。

こわばった顔の弁の乳母に導かれて、姉の寝る帳台の前に辿り着いた頃には、早くも珠子は涙ぐんでしまっていた。

なんという陰気な雰囲気に、ここは充たされているのだろう。女房たちは、みな、啜り泣くばかりだった。弁の乳母一人が、悲しみを怒りにすり変えて、そうした女房たちを青黒い顔で睨みつけていた。

姉は珠子の到着を待ち続けていた、ということだったが、珠子が顔を覗きこんだ時には、口

を小さく開けて、深く眠りこんでいた。髪の長さは変わらなかったが、顔が瘠せてしまってい
て、長い髪がいかにも重そうに見えた。腹の部分が膨らんでいるのも、珠子には痛々しい、と
しか思えなかった。
珠子は涙を流しながら、姉の髪を撫で、肉の落ちた小さな手を握りしめた。
お姉さま、必ず戻ってきて下さいね。必ず切り抜けて下さいね。そうして、この秋には月の
宴を楽しみましょうね。……
少しすると、自分の手に珠子の涙を感じてか、ふと、姉は眼を開けた。しかし、夢を見てい
るとでも思っているのか、何も言わない。
——……お姉さま……。私ですよ。私……、お姉さまにお会いしたくて……。
珠子は姉の手を握りしめたまま、泣き伏してしまった。
一方の姉の手が、珠子の肩に置かれた。珠子が顔を上げると姉の笑顔が待っていた。
——お姉さま……。
姉はようやく、乾いた唇を動かして、声を出した。澄んだ、微かな声だった。
——……ありがとう。いい人ねえ、あなたって……。
思いがけないことを言われて、珠子の眼からまた、涙が流れ落ちた。
姉に向かって吐き出してしまいたい言葉が、胸のなかで火花のように舞い踊っていた。火花
の数はあまりにも多く、眩暈を感じるだけで、なにも口に出すことはできなかった。珠子は泣
き続け、そうして、姉も言葉を続けずに、再び眼をつむってしまった。
その夜から、珠子は一層、恐ろしい予感に悩まされることになった。なぜ、姉はあんな言葉

を呟いたのだろう。最後の言葉だから……。まさか。そんなことがあってはならない。そんなことは受け入れられない。

無我夢中で、珠子は毎日、読経を続けた。女房たちにも、まさこにも、読経をさせた。石山の寺にも、読経を頼んだ。寄進の目録も送った。

しかし、珠子の予感は六月のはじめに実現されてしまった。

姉は女の子を産み落としてから、多量の出血を見て、ほとんど苦しむ間もなく、他界した。


姉に死なれてから、珠子は姉に続く身近な者の死に怯えずにいられなくなった。身近な者に死なれることを思えば、自分の死など、最も気楽に迎えることのできる変化だったのだ、と姉によって思い知らされた。これまで自分の死をなにかと言えばすぐに願い、憧れていたことさえあったのを、傲慢なことだったと恥じもした。

この世の生死は、人の思いとは一切、無縁の、非情な出来事だった。その事実が耐えがたかった。しかし、どれだけ涙を流そうと、そんなはずはない、とわめき散らそうと、事実は事実として受け入れなければならなかった。それならば、父も、信輔も、我が子さえも、その命になんら安心していられる保証はない、ということになる。もし、姉に続く死があるのだとしたら、どうか、それを私の死にして下さい、他の誰に死なれても、今の私にはつらすぎることなのです、と死の非情を思い知らされているはずなのに、日々、我がままな子どものように祈らないではすませられなかった。

珠子は、姉の子を五十日の祝いを過ぎてから、それが姉の遺言でもあったので、手もとに引き取った。深い嘆きのなかにも、珠子のまわりは賑やかになる一方だった。

身のまわりに人が多くなるということは、しかし、それだけ多くの死を覚悟しておかなければならないことでもあった。

照子とまさこの二人の我が子も、いつその命を奪われないとも限らない。いくら多くの人に愛されているからといって、そのことと寿命とは無縁のことなのだった。

姉の死からようやく気を取り直して、真先に珠子はこんなことを思った。互いにいつ死んでも思い残すことがないようにしておかなければならない。誰も死なずにすむようにと願ったところで、その願いは生死の定めの前では空しいものでしかないのだから。

珠子は宗雅のもとにいる照子に、以前手すさびに描いた花の絵に、新しく描いた草の実の絵なども加えて、送ってやった。その使いの者に、照子の乳母への文も託した。陰ながら、いつも感謝しております。照姫もいつの間にか、物事の道理を少しはわきまえる年頃に成長してくれたようです。もし、この拙い絵の送り手が誰なのか、と照姫が尋ねるようなことがございましたら、そろそろ明かしてやってもよろしいのでは、と思われるのですが……。

二、三日経ってから、照子の乳母の文が返ってきた。乳母の口から、照子は早速、自分の母親が関白北の方であったことを知らされた、ということだった。八歳になったとは言え、まだ幼さの残る姫なのに、はじめて知らされた事実に見苦しく取り乱しもせず、一瞬顔を赤らめ、うつむいて、なにも言いだせぬまま、涙ぐんでいたらしい。なにを思い、小さな姫は涙ぐんだのだろう、と思いやると、珠子も涙ぐまずにいられなかった。

関白北の方が母親だと知らされても、照子には具体的な姿を思い浮かべられるわけもなかった。ただ、四年前の袴着の祝いの際に、装束をはじめとする、身に近い品々を送ってくれたあの女性だったのか、とせめてものよすがにその品々を思い出してみたのかもしれない。大伯父関白の北の方、父宗雅の北の方の妹君、それだけの淡いつながりの女性なのに、そう言えば、父の口から、乳母の口から、折りに触れてそのおうわさを聞かされていたのに、まだ幼い身では、それを妙なこととも思わずに過ごしていた。このようにも、照子は小さな頭で考えたのだろうか。

宗雅にいつかは、照子が母親を知ったことが伝わってしまうだろうが、姉の死んだ今となっては、それも当然の成行き、と黙って見過ごしてくれるだろう、と珠子は楽観していた。今更、宗雅に近づこうという気持は全くなかった。そのような可能性も、考えられなくなっていた。珠子は信輔の妻として満足して生きていたし、宗雅も女一の宮との夫婦生活に満足しているはずだった。

しかし、宗雅が照子とまさこの父親であるということだけは、忘れられるものでもなく、また忘れてはいけない事実でもあった。

宗雅、あるいは自分のためにならば、子を二人も成したことを過去のこととして、忘れてしまいたいところだった。が、当の子たちにしてみれば、是が非でも、どんな両親から生まれたのかを明白にしておかなければ、生き続けるための正確な足取りさえ得られないことになってしまうのではないだろうか。

その程度のことは、ともすると自分中心に物事を考えがちな青年だった宗雅も、この頃では考えてくれているだろう。珠子はそう思い決め、まさこにも、信輔の文を宗雅のもとまで届けさせることにした。そうして、宗雅に直接会い、なにかお言葉を頂くようにと母上から言いつかっております、と言わせることで、宗雅の口から真の父親が他ならぬ自分であることを告げてもらった。

宗雅はまさこが幼い、甲高い声で、母から教わった通りの言葉を言うと、突然、涙を流し、まさこを強く抱きしめた、ということだった。

——こわくて、泣いてしまいました。それに、痛かったし。どうして、あの大将どのはお泣きになったのですか。そなたは私の子なのだよ、照姫がそなたの姉なのだよ、とおっしゃっていたけど、意味がよく分からなかった。……こわかったけど、甘いお菓子を頂いたから、それはうれしかった。……

幼いまさこは首を傾げながら母に報告し、母を苦笑させた。

今はまだ、これでよいのだ、とまさこの頭を撫でてやりながら、珠子は思った。まさこの父として、信輔が居続けていてくれる。あくまでも、関白の長男として、守り育てられるまさこなのだ。けれども将来、なにかが起こった時、そう言えば、と宗雅の言葉と涙を思い出してくれればよい。

珠子はこれで、生きているうちに自分が果たすべきことを果たした、ととりあえず安堵の思いを味わうことができた。子がこれから、どんな生を辿ることになるのか、分からない。が、これで子はすでに、親から一歩離れて生きはじめた、と信じなければいけないのだろう。

年が変わって、三月、まさこは童殿上《わらわてんじょう》の儀式を迎えた。大勢の人を従え、緊張しきった顔で、まさこははじめて内裏に上がった。いくら立派な装束で身を包んでやっても、まだ子どものこと、とんでもない失敗をするのではないか、急に心細くなり、だらしなく泣きだしでもしたら、とまさこを見送った珠子は気が気ではなかったが、どうやら長い儀式をつつがなく終えることができたらしい。中宮とも御簾越しに対面させて頂き、附き従っていった通忠の話では、宗雅に生き写しの子ではないか、と兄の宗雅から事情を聞き知っている中宮は何度も深い溜息を吐かれたということだった。帝にも気に入って頂け、常に参れよ、とのお言葉をたまわった。

信輔にも褒められ、まさこは大得意だった。

同じ春、関白信輔の命により、司召《つかさめし》が行なわれた。

公平に決めたつもりだ、と信輔は言っていたが、世間では、身内が中心になりすぎてはいないか、とうわさされ、珠子にも、そのように思えなくもなかった。

甥の宗雅が内大臣に、その弟が大納言、妻の長兄輝忠が権大納言、そうして次兄通忠が中納言になった。

信輔は、しかし、自分の欲で無理を通してしまうような人ではない。何気なく信頼できる人物の名前を挙げてみたら、それが身に近い人たちだった、と信輔にしてみれば、それだけのことだったのかもしれない。

兄たちと、我が子の父親の昇進は、やはり珠子にとって、ありがたいことには違いなかった。

夏頃になると、信輔は三人の姫君たちの身の振り方をしきりに気にするようになった。

末の姫君は別として、上の二人の姫君については、確かにその心配が必要な年頃になっていたが、珠子は性急に事を決めてしまおうとする信輔に同調できずにいた。

一番上の姫君の婿君として名の上がっている人物に抵抗があったのも、理由のひとつではあった。あの宗雅を、信輔は考えているのだった。自分の次には必ず、世の一の人になるはずの宗雅に大君の婿君になって頂くことで、自分の一族の繁栄が約束される、と信輔は信じていた。その見通しに狂いはなかっただろうし、最初の妻を亡くした宗雅は、ちょうど、多くの新しい結婚話に悩まされている頃でもあった。

信輔の考えは、決して突飛なものではなかった。しかし、珠子は宗雅の名を出された時、やはり一瞬、息を呑まずにはいられなかった。

姫君たちの母代りとなって、話相手になり、装束もあれこれ選んでやったりしている珠子だった。その姫君の一人に宗雅が婿として通うようになる。つくづく予測しがたい巡り合わせだ、と気がふさいだ。

けれども、珠子としても、いつまでも人には知らされぬ憂鬱にこだわり続けるつもりはなかった。時の流れは親子、姉妹のつながりさえ変えてしまうのだ。

大君が宗雅と結婚し、中の君が、これも信輔の希望通りに、春宮妃となれば、信輔にはもう他に望むこともなくなり、いつでも安らかに死ねる、ということになるのだった。そして、珠子には、それが気がかりだった。

——……急いでお決めになる必要はないのですから、ゆっくり時間をかけてお考えになったらいかがですか。

娘たちの縁談で頭を悩まし続ける信輔を見るに見兼ねて、そっと声を掛けてみることもあった。

信輔の計画はなかなかすんなりとは運ばなかった。信輔の申し出を聞き、宗雅は、私などより、帝にこそふさわしい姫君ではありませんか、と答えたという。

どうも肝心な宗雅が乗気ではないらしい。が、それだからと言って、宗雅の勧めに単純に従うわけにはいかない。帝にはすでに中宮がいて、然るべき後見を持つ女御が何人も控えているのだから。

宗雅は自分の妻に二番目の姫をこそ、と望んでいるのではないか、と信輔は気をまわしてもいた。この中の君は三人の姫たちのなかでもとりわけ器量にすぐれ、音楽や歌の才能にも恵まれていた。だからこそ、ゆくゆくは帝になられる春宮の妃に、と願っているわけだが、宗雅はその中の君の評判を聞き知ったのではないだろうか。

——他のことと違い、このことだけはのんびり構えてはいられないのだよ。

信輔は妻の珠子にほほえみかけるゆとりも置き忘れて答えた。

——どうしてですか。希望は希望として持ちながら、あとは時の運にまかせておく方がよろしいのではありませんか。

——しかし……、父親の私が生きているうちに、と思うと、今が、その時の運なのだろう。今のうちに姫たちのことを決めておかなければ、すべての負担はあなたの肩にかかってしまう。それではまだお若いあなたに、あまりにお気の毒で……。

——やはり、そのようなことを……。

珠子は信輔の言葉に鳥肌立つような不安を感じ、信輔に思わず摺り寄り、その顔を覗きこんだ。顔色が悪く見えるのは、気のせいなのだろうか。頬の肉がまた一段と落ちたのではないだろうか。

――お願いですから、私の心配なら、一切なさらないで下さい。私は信輔さまの妻として生きることができたことに、心の底から感謝しているのです。その幸せを自ら見失うようなことは、もう決してありません。三人の姫君たちも、私のような者に母代りを務めさせて頂けて、本当にありがたく思っています。私の生きている限り、姫君たちから眼を離すことはいたしませんし、今更、そんなこと、できることでもありません。それは、常日頃の私どもの様子から、充分に信じて頂けるものと、思っておりましたのに。……

信輔は深く頷くと、珠子の肩を抱き寄せて涙声で言った。

――私こそ、いくら感謝しても、感謝しきることのできない身なのだ、と痛感しているのですよ。だからこそ、私に残されている父親としての義務だけは、果たしておかなければならないのです。あなたの夫として、恥かしいところのないようにして、死ぬ時には死にたいと思っているのです。

珠子の声も涙声に変わっていた。

――死にたいだなんて……。私にとっては、あなたが父親としての気がかりを引き摺り続けながら、それをむしろ気持の支えとして元気にいつまでも生き続けて下さる方が、どんなにうれしいことか分かりません。

――しかし、いつかは死ぬんですよ。

信輔は微笑を見せて言った。

――それはそうですが、無理にでも姫君たちのこれからの身を取り決めてしまおうと、そのためにお疲れになっている今のような御様子は、私には辛いだけなのです。……私のことなど引き合いに出しては失礼なのかもしれませんが、私の父も、母を知らない私を気にかけて下さり、親としての期待もあって、それこそ妃の位にでも、と考えていたようなのです。愛情、身分など、さまざまな点から女として幸せに生きて欲しい、と信輔さまに劣らぬ勢いで思っていて下さいました。……けれども、思いがけないことから、あらぬうわさに巻き込まれてしまい、出家した父のもとに忍び暮らさねばならない事態になり、父を嘆かせることになってしまったのです。私も、そのまま山奥で世を忘れて生きたい、と本気で願っていました。……でも、そうした不運なことがあったからこそ、信輔さまの妻になることができた、と思うと、今の私は自分の過去になんの恨みも感じませんし、父の親としての期待や嘆きが、当の私の幸せとは必ずしも直接結びついてはいなかった、とも思い知らされるのです。……無論、親としての感情は軽く見るべきものでもありません。ですが、限りがあるということも知って頂きたいのです。時の流れに従ってこそ、子が幸せだったか不幸だったかなどということは明きらかになってくるのではありませんか。成行きということも、大事なのではありませんか。……

珠子の言葉に一応、頷いて見せる信輔だったが、結局は思いを変えようとせず、さかんに宗雅に使いを送り、交渉を繰り返して、遂に秋の終わり頃には、宗雅の同意を得ることができた。

翌年には中の君を春宮のもとに差し上げる心積りでいたので、大姫の婚儀は年内に済ませておかなければならなかった。

どうして、そのようにお急ぎになるのですか、と慌しい日々のなか、珠子は疲れの目立つ信輔を見守りながら、もの淋しい思いになり、改めて信輔に泣きついて、計画の延期を願い出たくなった。しかし、そうした不安を持ちながらも、まさか最悪のことは起こるまい、と楽観し続けていたのだった。

ある程度、人には予感の能力があるのかもしれない。が、それが中途半端なものでしかなかったなら、いっそ、そんなものはなにもない方が、人は救われる。

その後何年も珠子はそう思い、自分の曖昧な予感能力を呪い続けた。

あと数日後に、宗雅を大姫に迎える日が迫っていたある日、信輔が突然、眩暈を起こして倒れた。高熱が出ていた。

珠子はいやな予感が当たってしまった、とうろたえはしたが、大姫の婚儀は延期し、時間をかけて静養すれば、翌年には信輔もすっかり健康を回復してくれて、結局はすべてが順調に運ぶのだ、と信じきっていた。

前の年に姉が他界している。それに続く死に怯えてはいたが、常識的にそうそう悪いことが毎年続くものではない、とも思い続けていた。

どうしてもっとその怯えに身を寄せ続けようとはしなかったのか。なぜ、いつの間にか、たかをくくってしまっていたのか。珠子はこのことでも、後になって身が引き裂かれるほど苦しまなければならなかった。

信輔の高熱は続いた。少しずつ、熱が高くなっていくようにさえ感じられた。熱に冒されて、信輔の意識はほとんどなくなっていた。時々、水分で口を湿らせるだけで、他に手のほどこしようもなかった。

そんな状態でも、珠子はどこかで楽観的な思いを持ち続けていた。今まで病気らしい病気を知らずに来た信輔の頑健な体を信じていた。

信輔がふと意識を取り戻した時、間に合いませんでしたね、あの姫たちをあなたにお願いすることになってしまった、許して下さい、しかし私には不安がない、ありがたいことです、と苦しい息で囁かれても、珠子はまさかそれが信輔の遺言になろうとは思っていなかった。信輔は遺言のつもりでいるのだろうが、そこまで覚悟をしてしまうとかえって病人は回復する力を取り戻すものなのだから、と受けとめていた。

別の日に、宗雅が信輔に呼ばれて枕もとに坐った時も、珠子には深刻な実感はなかった。それでいて、几帳の蔭から宗雅とのやりとりを聞きながら、珠子は泣き崩れていた。

信輔は宗雅に、三人の姫とまさこの後見を、何度も念を押しながら、頼みこんでいた。宗雅は無論、誠意をもって信輔の願いを聞き入れ、安心させてくれた。

一日一日高まる僧たちの読経の声を聞いていても、珠子には悲観する気持が湧かなかった。そうしてある夜、信輔はふと息を止めてしまった。その信輔を見ても、こんなことは現実に起こることではないのだから、と咄嗟に思っていた。

なにもかも現実のこととは思えなかった。

珠子は光の射さない夢のなかで、泣き声をあげ、体の力を失い、感覚も失って、信輔を呼び続けた。信輔の体が運びだされ、遂に煙になったと聞かされても、信輔に救いを求めて、信輔を追い続けた。

夢のなかにいても、しかし確実に時は流れ続けていた。冬から春に、春から夏に、季節も移って行った。その移り変わりのなかで、珠子は少しずつ信輔の死を実感するようにもなった。なにをするにつけ、なにを見るにつけても信輔に語りかけているのに、あの柔かな声は返って来なかった。が、それでも信輔が死と共に空しくなったとはどうしても思えず、信輔の息吹を珠子は身に柔かく、暖かく、感じ続けていた。

七年間の、信輔との結婚生活だった。

最後の手紙

今、私たちはこの世で日々の日射しに春を感じる時期を迎えています。そうして、私の子どもがあなた方のもとに旅立ってから、一年経とうとしています。ひとつの区切りが否でも応でも、付けられようとしているのです。

あなたの物語に舞台を借りた私の物語も、そろそろこの辺りで終わらせようと思います。

この物語を書きはじめた頃は、まだ夏の暑さが残っている季節でした。その頃から、子どものはじめての命日までの特別な時間をあなたと心を通わせながら過ごし続けること、ほかに心を散らさずに過ごすこと、を自分に課してきました。それは決して、辛い務めではありませんでした。むしろ、あなたの力を借りて、私に与えられている限られた貴重な時間を刻々確かに見届けることができたのは、ありがたいことだった、と思うのです。

子どもに去られて、はじめの一年は悲しみの薄らがない、最も辛い時期なのではないか、と思いやってくれる人は多いのですが、私の実感は少し違っていました。一年を越えるまでは、子どものいた以前の生活が、まだ過去のことにはなりきらず、子どもが生き続けていてくれる場合と変わらぬ思い出し方ができる。ごく短い、しかし恵まれたそうした時間を与えられている、と思っていました。

一年を越えてからは、では、どうなるのか。想像してみたくもない、それは心細いことこの上ない先の話でした。しかしいつかはその日々も、確実に訪れてくるのです。

今、早くも、私はその怖れを現実のなかに見はじめてもいます。近所の、子どもより年下だった子が、私の子どもの年齢を追い越そうとしています。一年分、成長した子どもの顔が私にははっきり見えているのに、その顔を映した写真がなぜ、一枚もないのだろう、と思ったりもしてしまいます。祭壇に飾ってある写真を見て、本当はもう、こんなに幼いわけではないのに、と不満を持ってしまったり。

大人にとっての一年は短くても、子どもにとっての一年は、長いものです。顔つきもどこか変わり、背丈も伸び、知識も増える一方です。

今までの毎日、私はどこか遠いところに行った子どものそうした成長を実感し続けていました。今度、四月が来たら、もう四年生なんだね、早いものだわ、と子どもの成長に感心もしてしまっています。得意そうに頷く子どもの息づかいも感じられます。

けれども、これからはどうなるのでしょう。二年経ち、三年経ち、少しずつ、私には子どもの成長が見えにくくなっていくのではないでしょうか。四年経ち、五年も経ったら、一体、私はどのように子どもの姿を思い浮かべるというのでしょうか。

無論、たった今の私には分からないことですし、分からなくてもかまわないことです。今は今という時でしかないのですから。

この半年間、私はあなたに語りかけ、子どもに語りかけながら、あなたが骨格を与えてくれた物語を書き続けてきました。子どもの遺骨に向かい合いながら、与えられた時間の短かさに追い立てられるようにして、物語を進めてきました。

あと三十日、あと二十日、と〝あの日〟が容赦なく迫ってきます。どんなことが起こったのか思い出すまい、信じまい、と過ごし続けてきました。けれども、同じ季節が巡ってくれば、その頃に子どもと食べていたもの、季節にちなんだ会話、気温、天候、日没の時間など、私の無理矢理な忘却は次々に破られてしまいます。

〝あの日〟が一日一日迫っていたのに、そうとは夢にも知らずに、子どものいる日常をあまりにも何気なく過ごしていた自分が怖ろしい。呼べば、子どもの声が返ってきて、手を伸ばせば、子どもの体に触れられることを、当たり前のことと思いこんでいた自分が呪わしい。

一日ずつ着実に、子どもの身に起こったことが輪郭をはっきりさせ、現実味を増していくのです。

二度と体験したくない〝あの日〟。

けれども、一年毎に必ず巡ってくる〝あの日〟。

そのはじめての〝あの日〟を踏み越えるということは、いよいよ手探りで、最も生き続けたくない自分の生を受け入れなければならない、ということにもなるのです。そう、その日を越えてしまったら、この世に自分が生き続けることを認めてしまうことになるわけです。それは耐えがたく辛いことです。できれば、私は逃げだしてしまいたかった。逃げだせるのかどうか、あなたや子どもの顔色をうかがいながら、それでも、ここまで辿り着いてしまいました。

そして今、ある覚悟があなたと心を通い合わせてきた日々のなかから、弱々しくはあっても芽生えてきていることも、実は感じさせられているのです。とにかく、〝あの日〟を乗り越えて、生きてみるしかないのだ、という、人から見ればごく当然な覚悟、でも、私には容易に言葉にはしにくい覚悟です。

物語のなかの人物たちに、私はこの覚悟を身をもって教えられました。

結局は同じ無力な人間なのに、今のこの世を生きている私たちは、とかく自分の意志の力を過信しがちなのです。生活や仕事は無論のこと、生死まで、自分の意志で左右できるものだという錯覚さえ、持ってしまうようなところがあります。確かに、自分の産む子どもの数も決めることができ、病気から救われる機会も増えている現在では、なんとなくそんな錯覚も生まれてしまうのでしょう。

けれども、実際には、私たちも成行きでその時その時を生きているだけのことなのです。成行き、あるいは、あなたたちの言葉で宿世ともいえましょう。

あなたたちの時代、人の命は今と比べて、いかにもはかないものでした。飢餓、伝染病、他の多くの病い。また、社会的にも、自由にはなかなか生きられない時代でした。

そんなところから、宿世という言葉も、あなたたちには受け入れやすかったのでしょう。どのように生きるのか、いつ、どのように死ぬのか。それは、本人の努力でどうなるものでもない。すべては、前世から決められたこと。

今の私たちは、そうした考え方を否定するようになっています。人生は努力次第だと言い聞かされて、子どもたちは育ちます。人生は生き残った人間が勝ち取るものなのだ、とこの世での生に勝ち負けという判断を下したがる人も多いようです。確かに、今のこの世では、医術が驚くほど進み、身分制度が消え、貧富の差も縮まり、多くの人たちが金銭によって気楽にさまざまな人生の楽しみを得られるようにもなっています。

けれども、思いがけず自分の子をあの世に見送らなければならなかった私には、果して、どちらの時代の人間がより悲しい生き方を辿っているのか、単純に比較できなくなってしまっているのです。

今の私たちだって、実際には、その時その時の成行きで生かされているに過ぎないはずなのです。自分で判断し、自分で選択したつもりでも、その判断、選択の土台となっているものは、限られたところで生きている自分に与えられた、ごく狭い知識、そこから生まれた期待、生まれつきの好みなどに過ぎません。

また、私たちも自分の寿命を前もって知っているわけではない。病死、事故死、殺害死、どれも納得できぬ形で、今の私たちを襲い続けている。

けれども、私たちにはそうした理不尽な、偶然に左右される人生をなかなか、認めることはできません。不幸が起きるのは、その人が悪いからだ、不幸な人は人生に負けた人だ、と決めつけることで、我が身の幸せを守ろうとし、だからこそ、思いがけぬ不幸が自分に襲いかかってきた時に、その不幸に耐えがたい屈辱も伴ない、ただの不幸よりも惨めな悲劇を招いてしまうことも多いのです。

このように思うと、あなたたちの時代を生きた人たちは、少なくとも、そうした悲劇からは救われる手だてを持っていたのではないか、精神的に私たちより強いものを持ち合わせていたのではないか、と想像されてならなくなるのです。

なにごとも宿世、と思うことがすなわち、投げやりに生きるということには、必ずしもならないようです。

そんな気が、私にもしはじめてきたのです。

悲しいことの多い宿世を、これこそ自分のものと認めるには、一体どれだけの覚悟が必要なものなのでしょうか。

生死そのものが宿世で決められていることなのですから、生きている間にどんなことが起ころうとも、なるほど、私の宿世とはこのようなものだったのか、と頷ける心境を、あなたたちはいつも抱いていたのではないでしょうか。

あなたの物語を借りて、私も私の物語を書き続けながら、そのように思いはじめたのです。このようにも、人は生きられるのか、と驚かされる思いを持ちました。

あるいは、これも私の、あなたの時代への思い過ごしなのでしょうか。

それとも、あなただけが少し風変りな人生の見方をしていて、他の人たちは違っていたのでしょうか。

どちらにせよ、すでに物語の登場人物は私のなかにそれぞれの姿で生きはじめてしまっています。あなたには満足してもらえない姿なのかもしれないけれど、私の小さな能力ではこれでも仕方がない、とどうか見過ごしておいて下さい。

私が珠子と名付けた女主人公は、あなたの物語によれば、夫に死なれたあと、残された三人の娘たちのことに心を砕き、家庭的な面を発揮します。いちばん器量も良く、歌などの才能にも恵まれていた次女は、春宮妃にと期待されていたのに、男主人公宗雅の友人である、浮気性な男、宮の宰相中将に盗み出されてしまいます。しかし、これは珠子と次女とを間違えての行為だったとかで、正式な結婚をこの男と次女はすることになるのですが、どうもその結婚生活は期待できないものになってしまうようです。

また、珠子自身は、尚侍になるように、と帝から催促されるようになっていたのですが、宗雅との婚約が破談になってしまい宙に浮いた形になっていた長女を私などよりもこの姫君をこそ、と推薦します。宗雅の熱心な勧めもあって、長女は尚侍として入内することになります。また、三女は宗雅の弟と結婚します。

娘たちの後見役を引き受けている宗雅でもあるので、珠子に再び、宗雅は近づくことになり、今こそ正式な夫婦となることを言って聞かせるのですが、珠子は夫信輔が忘れられず、また宗雅にはすでに女一の宮という高貴な身分の妻がいて、二番目の妻になって苦しむよりは、と宗雅を避け続けます。

この頃に、ことねが夫の任地から戻ってきて、再び、珠子に寄り添うようになります。同じ邸の東の対と西の対それぞれに、次女と三女は住み続け、珠子の生活は決して淋しいものではありません。

長女の入内に付き添って、内裏に滞在した珠子の美しさに帝が執心します。が、長女のためにも帝を受け入れるわけにはいかず、また、宗雅の帝への嫉妬にも悩まされながら、次第に珠子は宗雅にいつでも頼ってきた自分に気づくようになり、結局宗雅の手に自分を委ねます。帝を避け通すためにも、宗雅を受け入れるのですが、嫉妬深い宗雅には、その後も悩まされることが絶えなかったようです。

やがて、宗雅は関白に任命され、石山で秘かに生まれた照子は春宮妃になり、次いで、帝の退位により、晴れて皇后となります。生母である珠子は准后の位につきます。さすがにこれだけの栄華に包まれれば、珠子も幸せを感じないわけにはいかなかったことでしょう。

あなたの物語は、しかし、まだ続きます。物語そのものは最後の部分を失っていて、多くの学者たちの綿密な研究に従って、私たちはその筋を推量するしかないのですが。

退位した帝冷泉院は、まだ珠子を諦めることができずにいます。そしてある時、無理矢理、珠子を自邸に閉じこめてしまうのです。悩み抜いた挙句に、珠子はある秘法によって、一時死んだと見せかけて、院のもとから逃がれ出ます。院も宗雅も、子どもたちもみな、珠子の死を信じ、嘆き悲しみます。

院は悲しみのあまり出家し、また、珠子によく似ているまさこを嫌悪するようにもなり、まさこと院の娘女三の宮との、幼ない頃から共にいて自然に愛し合うようになっていた仲を割いて、長年可愛がってきたまさこを勘当してしまいます。

しかしやがて、宗雅には珠子がまだ生きていることが知らされ、再会します。その後、院の眼を避けて世間を忍んで暮らしているうちに、珠子は出産し、それがきっかけとなったのでしょうか、産後間もなく、出家を果たします。

最後の気がかりだったまさこのために、珠子は思いきって院に、まさこの許しを乞う文を送ります。院は珠子がまだ生きていたことを知って驚き、その出家のことも知って、遂に縁のなかった二人だった、と悟り、まさこに許しを与えます。

まさこと女三の宮がようやく結ばれてからしばらくして、珠子は静かにこの世を去ります。三十五歳の生涯だった、ということです。

息を引き取った珠子のまわりで、宗雅や父入道、まさこ、そうして他の姫君たちが声を惜しまずに、泣き崩れたことでしょう。そこから少し離れたところには、珠子の二人の兄、輝忠、通忠も涙を流しながら控えていたことでしょうし、別の一隅には、乳母として珠子の世話を続けていたことね、その妹分として立ち働き続けた少将や少弁も、昔のことをさまざま思い出しながら、袖に顔を埋め、泣き声を洩らしていたに違いありません。

通忠とことねは、ふと互いの存在に気がつき、思わず以前のように手を取り合い、嘆き合ったのかもしれません。

お小さい頃から、あの世をなつかしむようなところがおありになりましたから、今頃、御本人は、ようやく辿り着けた、と満足していらっしゃるのでしょうけれども、残されたこちらは光から見放されてしまったようで……。

とことねは言い、通忠も、

かつて、一番長生きするのはあなたなのかもしれない、と言ってやったことがあるのに、と呟き返すでしょうか。

二人は互いに珠子にまつわる以前のことを、改めて身に染みて思い出し、そこで無縁ではいられなかった自分たちのことにも思いを向け、言葉にはならない嘆きに再び、圧倒されて、顔を見つめ合いながら、ただ茫然と涙を流したに違いありません。

私はこの人たちに、最後にもうひとつの場面に登場してもらうことにして、それであなたともお別れをしたいと考えているのですが、あと少しの間、我慢して頂けるでしょうか。

珠子がこの世を去ってから、更に数年経った頃です。

すでに老年に達していることねが、目立たぬ出家した姿で、ある寺の庭に咲き誇る萩に見入っています。寺はあわただしい空気に充たされていますが、ことねのいる辺りには人も来ない様子です。

そこに、一人の美しい中年の女性がそっと近づいてきて、ことねに声を掛けます。

——ことねさま。ことねさまですのね。

ことねは驚いて、相手の顔に見入ります。この寺では誰にも素姓を気づかれぬよう、葬儀の行われている御堂のなかにも入らず、外から手を合わせただけで、人々の群れから離れてきたことねだったのです。

——まあ、あなたでしたか。あなたがどうして、わざわざここへ……。

中年の女性は、信輔の次女でした。名前がないのも不便なので、ここで仮に、しのぶの君とでも呼ばせておいて下さい。父信輔がこの才色に恵まれた娘こそ、春宮に差し上げ、のちには皇后の位につかせたいものだ、と念じたほどの美しさは、まだ少しも衰えてはいません。

——私は関白宗雅さまの御名代として参りました。関白さまも、夜には御自身、こちらにいらっしゃるそうですが……。

しのぶは答え、萩に眼を向けます。

――見事に咲いておりますこと。せっかくの盛りですのに、これでは誰にも気がついてはもらえませんわね。

――ええ、でも、花はそんなこと、苦にはしません。……そうですか、宗雅さまの御名代で……。宗雅さまはお元気でいらっしゃいますの。

――つつがなくお過ごしですが、この度のことでなつかしい北の方さまゆかりの人々もこうして減っていき、心細い限りだ、と心の底から悲しんでいらっしゃいました。

――……入道さまも一年前に亡くなられて、これで輝忠さまお一人になってしまったわけですからね。

ことねも萩に眼をやり、溜息を洩らします。

――でも、残された若い人たちは、私を除けばみな、御家運にも恵まれて、輝くように生きていらっしゃるのですから。

――私を除けば、とは、妙な言い方をなさいますこと。

しのぶはほほえみながら、答えます。

――今更、ことねさまに思わせ振りなことを申し上げるつもりはございませんわ。時々、今、こうして生きている自分は本当に私なのだろうか、と妙な気持になることがございます。宗雅さまは私たちの父上がもともと、私たちの後見役をお願いした御方、また、父上の北の方として母代りに私たちを育てて下さった珠子さまと御結婚をなさった御方ですもの、私がそのような殿方のお手伝いをさせて頂くようになりましたのも、不思議ではない成行きなのでしょう。そうそう、今の私もかつてのあなたのように、対の君と呼ばれていますのよ。

――まあ、そうなのですか。でも、あなたのようなお生まれの姫君が、それではお気の毒のような気もいたします。

――いいえ、それはかまわないのです。宗雅さまに、自分の邸に来て、まだ幼い人の後見を頼みたい、と言われました時から、ああ、そのような生き方をしなければならない自分だったのか、と思い知らされ、情けなさに泣くだけ泣きました。夫が恨めしかったのです。

ことねは頷き、独り言のように呟きます。

――あの方はとうとう、珠子さまを忘れきれずに、さっさと出家なさってしまった。

――珠子さまほどの女性がおりませんのは、私にもよく分かっています。私も心からお慕いしておりましたし、尊敬もいたしておりました。珠子さまのおかげで、私も充分に、幸せでした。ですから、私の夫が一方的に憧れ続けていたというのも、無理のない話なのでしょう。

――でも、そのおかげで、あなたは珠子さまと間違われて盗み出され、結婚しなければならないことになってしまった。女としては、さぞかし肩身の狭い思いを味わわせられたことでしょう。

――ええ……、世間のこともなにも知らずにいた私でしたから、それは死を覚悟しなければならないような体験でした。でも、珠子さまも私と心をひとつにして嘆き悲しんで下さいましたし、同じ邸に居続けるように、そうすれば自分が守り続けることもできるから、とおっしゃって、事実、生きていらした間は、私たちを見守っていて下さり、夫の心も静まっていたようでした。

――それが珠子さまの亡くなられた途端に、心がまた乱れ、あなたとの夫婦生活にも見切りをつけてしまったのですものね。でも、お一人で淋しく世をはかなんでいらっしゃるよりも、宗雅さまのもとに移られ、御子さまたちと賑やかにお過ごしになられた方が、やはりよかったのですよ。御子さまたちの活気、華やかな生活、そうしたものに触れているだけでも、だいぶ気は紛れるものですもの。宗雅さまは、あなたを大切に扱って下さっているのでしょう。父上さまの特別な御期待を御存知の方なのですから。

——父の期待……。

しのぶは急に言葉を詰まらせ、袖を眼もとに押し当てました。少しの間、ことねはそのしのぶを見つめていましたが、ふと気づいたように声を掛けます。

——こんなところで、長々とお話を続けているわけにもまいりませんわね。どうでしょう。私の車にお乗りになって、車のなかでもう少しお話を続けませんか。

しのぶはうれしそうに、ことねに頷き返します。

——でも、ことねさまは、もう通忠さまへのお別れなどは、よろしいのですか。

——私の兄の僧都にあとは頼んで、ちょうど退出するところでしたから……。

通忠の名を聞き、ことねの顔が蒼ざめてしまいます。しのぶはその変化を見逃がしませんでした。

車に乗り込むと、早速、しのぶは話しはじめます。

——私は関白さまの御名代ということで、とりあえずこちらにうかがったのですが、私自身の気持としても、是非、こちらに参りたかったのです。通忠さまと特別、親しくさせて頂いていたわけではありませんが、珠子さまにとって掛け替えのないお兄さまだということは知らされておりましたし、時折、お会いして、そのお人柄には私も魅かれておりました。私には兄という者がいませんので、なんとなくうらやましい気持も持っていました。珠子さまが亡くなられてから、すっかりお力を落とされてしまったようで、お目にかかる機会も以来、なくなってしまったのですが。……ことねさまにとっては、通忠さまはお小さい頃から存じ上げている、ごく親しい方だったのでしょうね。

しばらく考えこむように黙りこんでから、ことねは低い声で淡々と答えます。

――……そう、あの姫さまを通じて、私が姉、あの方が兄として、手をつなぎ合って生きていた時期もありました。そうして生きることしか考えられない、張りつめた時期でした。

――それは、よほど昔のことですの。

ことねはしのぶに頷き返して、ほほえみます。

――では、血がつながった者のように、珠子さまも含めて、親しみ合っていたということなのでしょうか。

――そうとも言えるのかもしれませんが、あの姫さまは無論のこと、それぞれ、そのようには感じていなかったのです。でも、私のことよりも、さっきのお話の続きを聞かせて下さいませんか。

――ええ……、けれどもことねさまのお話もうかがいたいのですが。

ことねは笑い、

――では、順番ということにして……。

と言い、しのぶの顔を覗き込みます。

――それで、宗雅さまの姫君はいかがですの。

ことねに促され、しのぶは微笑を見せて答えます。

――ええ、病気ひとつなさらずに、すくすくとお育ちです。母君に生き写しのお美しさで、ここだけの話ですが、あの照子さまよりも美しくなられるような気がするほどです。

――まあ……。

ことねは思わずうれしそうに、頷き返します。

――その照子さまは、今度、二度目の御懐妊だとか。

――今度こそ、無事に御出産なされるとよいのですが……。母君は考えてみますと、母として生きることが、この世で与えられたおつとめだったのではないか、と思われるのです。不思議に、御出産には強く、そうしてお生まれになった御子さまたちもお丈夫なのです。その母君の御体質を受け継いでいらっしゃるのでしたら、必ず、健康な御子さまがお生まれになるはずですわ。……

――ええ……、でも、まさこさまもまだお一人も……。そうかと思うと、大納言北の方になられた姫君は、次々に、御子さまに恵まれていらっしゃいます。

――ああ、冴子さまの姫君……。そうですね、冴子さまは母となる喜びから見放されていた方でしたが……、姫君は正反対の生き方を与えられているのでしょうか。すると、今のところ、宗雅さまが孫の愛らしさを存分に味わっていらっしゃるのは、冴子さまの姫君たったお一方の御子さまたちに限られているということになるのですね。あの女一の宮さまもお体が弱くて結局、御妊娠もかなわぬままでいらっしゃいますし……。宗雅さまも中宮照子さまの無事な御出産を、それでは並々ならぬお気持で待ち望んでいらっしゃるのでしょうね。
――それはもう……、御祈禱も欠かさず、思いきった御寄進も主だったお寺になさってお
いでです。来月には、お邸にお引き取りになるそうです……。その宗雅さまのことですが、ひ
とつおうかがいしてもよろしいでしょうか。
――ええ、どんなことでしょう。
――宗雅さまは結局、珠子さまとも、その姉君とも結ばれたのですね。
ことねは頷きます。
――私は妹君の珠子さましか存じ上げないのですが、姉君は珠子さまとよく似ていらした
のでしょうか。
――それは似ていらっしゃるところもありましたが、でも、どうして……。
しのぶは少し顔を赤らめてうつむいてしまいます。ことねはしのぶの答えを諦めて、言葉を
続けます。
――やはり、お美しい方でした。もの静かで、気品もおありでした。
昔の姫君たちの面影を追って、ことねは眼を細め、早くもうっとりとしてしまっています。
――……そう、口もととお鼻の辺りが似ていらしたでしょうか。色の白さも、お二人とも
母君ゆずりなのでしょうね。冴子さまの方が少し大柄で、細い眼でいらっしゃいました。真面
目な御性格で、母君を知らない珠子さまを気の毒に思われ、いつもお心にかけて下さっていま
した。……珠子さまは珠子さまで、年齢より無邪気なところがおありになる方でしたので、御
姉妹と言っても、まさか親子ほどではございませんが、少しそれに似たようなところもあるお

二人でした。……父君御自慢の、それぞれの美しさを引き立て合うような、仲の良いお二人でした。それぞれお辿りになった道も、同じように互いに補い合ってようやくひとつの理想の女性の姿が浮かび上がってくるような、そんな違いを分け与えられていらっしゃったのでしょうね。この頃、そのようにも思えてきているのです。

小さな溜息を、しのぶは洩らします。

——では、宗雅さまはお幸せな殿方、と申し上げることもできるのでしょうか。

——さあ……、そうとも言えるのかもしれませんし、宗雅さま御自身は、もっと平凡な巡り合わせで、平凡な夫婦生活を送る方が似合っていたのに、と思っていらっしゃるのかもしれませんわね。御結婚のはじめから御心痛が多く、お二人のどちらとも長い月日を共に過ごすことはおできにならなかったのですから……、その点、淋しくお感じになっていらっしゃることと思いますよ。それで、あなたのお悩み、もしかしたら、と感じるところがあるのですが……。

しのぶはまた顔を赤らめ、呟きます。

——ええ、お察しの通りなのです。

——……そう、やはり……。

——この頃は、私もことねさまのように出家してしまいたい、と願うようにもなっているのです。そうするしかない身の上なのではないか、と……。

——でも、宗雅さまがお許しになるはずもございませんわ。

——ええ……、あの御方は父上が亡くなられた時から、父代りに私たちの面倒を見続けて下さった御方ですし、それに、母のように私たちを可愛がって下さっていた珠子さまと御結婚もなさった御方です。とても背くことなど、できないのです。でも、そういう御方だからこそ、私を一人の女としてお見つめになり、お手も差し出されたりすると、眼を疑いたくなるばかりなのです。……

いったん事実を打ち明けてしまうと、気が楽になったのか、しのぶは自分の思いを低い声で語り続けます。

——……はじめて、あの御方をお見受けした時は、父上の亡くなられた時でした。姉上と結婚の約束を交わされていた殿方だ、と思いながら、お顔を拝見しておりました。御結婚は解消になってしまいましたが、そのことを意識しないわけには参りませんでした。

二人の乗る車が早くも、宗雅の邸に近づいていました。ことねはここで、しのぶの話を中断させ、いっそのこと、きょうは自分の都での宿に使っている兄僧都の邸に立ち寄ってはいかが、と誘います。また、いつお目にかかれるかどうかも分かりません、年寄りのわがままを聞いては下さいませんか。

しのぶはもちろん、喜んで九条にあるその邸に立ち寄ることにします。九条の邸と宗雅の邸は近いのですが、その間も惜しんで、しのぶは話し続けます。

——……その頃はまだ、珠子さまとの深い御事情はなにも存じませんでした。ですが、姉上のお相手としても、もったいないような立派な御方で、このように頼もしい殿方が世のなかにはいらっしゃるのだなあ、と世間知らずだった私は感心させられていたのです。その後、珠子さまとの、前世からのお約束としか言いようのない深い絆を知らされ、ますます、私は宗雅さまを御信頼申し上げるようになりました。妹も、宗雅さまの弟君と結ばれ、これで珠子さまとばかりではなく、私たち姉妹とも、身内の者として切っても切れない縁を持たれたのだ、とうれしゅうございました。珠子さまがいて下さったとは言え、実の父母を失った身はなにかと心細い思いを味わうものなのです。……

ことねは頷きながら、しのぶの話に聞き入っています。

——……でも、私は夫を持ってさえも、人に甘えることしか知らない子どもだったのですね。……夫とも打ち解けることができず、きょうの通忠さまと同じように、私もせっかくこの世に迎えた子を二歳の可愛いさかりに失い、女としての悲嘆を味わわせられながら、それでも、自分がいつでも中心の子どものままだったのです。……宗雅さまの男としての一面を知らされるようになってから、はじめて思い知らされました。……父上、珠子さま、そして宗雅さまにも、甘えていられた私は幸せだったのだ、と気づかされました。……今の私には、身の隠し場所もないのです。

——……それで、しのぶさまは宗雅さまの御希望に添う気持にはなれないままでいらっしゃるのですね。

しのぶは頷きます。

——たとえ、宗雅さまではなくても、この年では、もう殿方のことは恥かしいばかりです。

——そんなことは、おっしゃらない方がよろしいですわ。この先、どんなことがまた、起こらないとも限りません。しのぶさまの御評判は、意外なところまで届いているのですから、秘かに思いを寄せている他の殿方も多いはずなのですよ。

——まあ……。

しのぶは顔を歪め、首を横に振ります。その様子に、ことねはかえってしのぶの美しさを感じ、ほほえみを浮かべます。

車が九条の邸に着き、二人は邸の階近くに体を移します。邸にはひとけがなく、静まりかえっています。手入れが行き届かないのか、庭も少し荒れています。しかしすすきの穂が伸び、雑草があちこちにはびこっている様子はかえって晩秋の趣きを味わい深いものにしているようです。風が微かに吹いています。

――宗雅さまのことは、しのぶさまがそのおつもりになれなければ、あくまでも避け続けていらっしゃればよろしいのですよ。

ことねが話しはじめます。

――ただ、思いつめてはなりません。それだけですわ。出家とか、宗雅さまのお気持など、わざわざ、お考えになる必要はないのです。知らぬ風を装って、姫君のお世話をお続けになっているうちには、姫君も成長なさり、宗雅さまもその分、お年を召されます。必ず、思ってもいなかった方向に、まわりの人々が変わって行き、しのぶさま御自身のお立場も変わっていくのだと思われます。

――それも、そうなのかもしれませんが……。

しのぶは心細そうな顔を見せます。

――……私たちの命こそ、はかなく弱いものではありますが、生きている間の変化には、意外に強いものですわ。特に私は、女にその強さを感じさせられます。珠子さまにしても、その姉上さまにしても、また、私自身のことを振り返ってみましても、つくづく、そう思い知らされます。……その時その時は、決して淡々と生きているわけではありません。でも、過ぎ去ってみれば、その時の感情はとっくに消え去っていることに、気づかされるのです。まるで、いちいち納得しながら、足取りも確かに生きてきたかのように……。

——ことねさまも、いろいろなことを経験なされたのでしょうね。私が聞き知っていることと言えば、珠子さまの母上さまのお身内の方だというぐらいのことで……。

ことねはほほえんで答えます。

——ええ……、いろいろなことがあったような気もするのですが、単調にただ生き続けてきただけのような気もします。……今の私が強く感じますことは、この世での命を比較的長く与えられた者の淋しさなのでございます。宗雅さまにもそのお淋しさを感じさせられます。生き残りたくて、生き残っていらっしゃるわけではありません。なぜ、宗雅さまが生き残られ、珠子さま、冴子さまが先にこの世をお去りにならなければならなかったか、私どもに、その理由が分かるわけもございません。私とて同様です。惜しいとも思っていない命ですのに、通忠さままでもお見送りすることになってしまいました。……

しのぶも溜息を洩らして、頷きます。

——このように、長い命を与えられて、それで少しは澄んだ心に恵まれるのなら、大変にありがたいことなのですが、そうはならないのが悲しいことなのでございます。

ことねは微風にそよぐすすきの穂を見つめながら、低い声で話し続けます。

——宗雅さまと私とを同じに申し上げては、失礼なのかもしれません。けれども、今、しのぶさまに慕い寄らずにはいられない宗雅さまを思いますと、生き続けることの容易ではないことを感じさせられます。……珠子さまと血のつながりはなくとも、母と子としてお過ごしになられているうちに、面影をどこかお写しになっているしのぶさまです。宗雅さまとて、もう無闇に恋のお遊びをなされる御心境ではないでしょう。でも、しのぶさまの裡にある珠子さまの面影にだけは、知らず知らず引き寄せられておしまいになるのではないでしょうか。……生き直したい、という願いがそこにあるのではなく、なぜ、この世に取り残されたのだ、とお恨みがあるのかもしれません。あの世にすでに、お心をお移しになっていらっしゃるのかもしれません。……でも、あくまでもこの世に生きる宗雅さまが実際におできになることと言えば、相変わらず、茵へのお誘いなのです。男としてのお体を、まずはお確かめにならずにはいられないのでしょう。私などには、生き続ける身も残酷な姿を晒さなければならないものなのだな、とつらく思えてくるのです。でも、それが自然な人の姿でもあるのでしょう。

しのぶは頷き返します。

――私もそのようなことを、小さい子を失くしました時にこの自分の身に思ったことがあります。死なずにいる身では、いくらあの世に思いを馳《は》せていても、おなかが空くのです。眠くもなり、身支度も整えずにはいられなくなるのです。少しもすきとおった体にはなってくれず、気持も清らかになるどころか、夫を恨み、姉妹を妬み、宿世を呪い、濁った気持になる一方でした。子を失ったことよりも、むしろそのことに苦しませられたものです。

――……私も、それは同じことでしたわ。

ことねが言います。しのぶは驚き、ことねの顔を見つめます。

――まあ、ことねさまも……。

――……人知れぬところで経験いたしました。といっても、まともな赤子として生まれたわけではなかったのですが。

――少しも存じませんでした。

――ごく些細なことですもの。でも、私にとっては、やはりつらいことでした。……長い間、珠子さまのお世話をさせて頂きながら、淋しいという気持を持ったことはあまりなかったのですが、その時ばかりは、嘆きを共にできる伴侶がいてくれたら、と思わずにいられなかったのです。この身の心細さ、弱さに気づかされました。

――では、御結婚の前のことだったのですね。

――ええ、きょうの通忠さまとの子でした。

――まあ……。

今度こそ、しのぶは眼を丸くしてしまいます。

――でも、その通忠さまにも先に旅立たれてしまいました。夫も亡くなり、夫との間に子も生まれませんでした。珠子さまも、父上の入道さまも……。なぜ、私だけが取り残されるのか、と自分の宿世に茫然とさせられます。……夫が亡くなりましてから、出家いたしましたが、姿や行いが少し変わったところで、心までが変わってしまうということはありません。女の心が、そのまま残されているのです。きょう、あの寺で、私は通忠さまを恨んでおりました。先立たれたこともですが、昔のことまでみな引き合いに出して、お恨み申し上げていたのです。……

――もしや、あの寺にまだお残りになるおつもりだったのではありませんか。もし、そうでしたら……。

――いえ、すぐに帰るつもりでおりました。自分の心にいたたまれない思いでしたし、通忠さまの御家族のお気持を思いましても……。それに、しのぶさまのお顔を見届けた時に、私は、この方にはそっと洩らしてしまいたい、と願ったのでした。この世の名残りに、しのぶさまに聞いておいて頂きたい、と未練がましくも思ってしまったのです。浅ましい心ですわ。しのぶさまにお会いできて、ほっとしたのですから。……

――私ったら、御事情も知らず、自分のことばっかり申し上げてしまって……。

――いいえ、宗雅さまのこともうかがいたかったのですから。……珠子さまのことを思うと、宗雅さまのことも思わずにはいられません。そうして通忠さまのことも。あなたの父君信輔さまに打ち解けられるようになってからは、珠子さまもお変りになられましたが、その前は、通忠さまに守られ、宗雅さまに追われている姫さまでした。お二人の愛情を存分に浴びて、大人になられた姫さまだったのです。……

――でも、通忠さまはお兄さまでいらっしゃるのですから、宗雅さまのお立場とは少し違うのではありませんか。

――ええ……、ですから表裏一体の愛情と申せばよろしいのでしょうか。……いつか、珠子さまが私に嘆いていらっしゃったことがありました。確かに、宗雅さまとの絆は宿世で定められていた、となるのかもしれないけれど、はじめに、宗雅さまさえ、名も身分も分からなかったとは言え、行きずりに知った私を軽んじずに、姉君との結婚を延期して下さっていれば、たったそれだけのことで、私たちはみな、人には言いづらい苦しみを避けることができたのです、と。宗雅さまは私ほど大事に思う女はいない、とおっしゃっていますが、どこの誰とも知らなかった時には、同じ女なのに、御自分のお名前さえ正直に明かそうとなさらなかったではありませんか。昔のことではありますが、そのことが忘れられないのです、と。

ことねは自分の握りしめている水晶の数珠に眼を落とします。

――……もう過ぎ去ったことを、ああであったら、こうであったら、と考えるのは、無駄なことに違いありませんわね。けれども、無駄と分かっていながら、思わずまわりの者がそう呟かずにいられなくなるような、そんな我の強さと申しますか、一人決めで事を進め、人をそこに巻き込んでしまうところが、宗雅さまにはございました。どんなに私たちもはらはらさせられましたことか。……いいえ、宗雅さまをお責め申しているのではないのです。そうした御気性の方なのですから、仕方ありません。人を苦しませながら、御自分も苦しまれて、それでようやく生き続けることのできる御方なのでしょう。その分、人に与える印象もお強い御方です。しのぶさまも、そうお思いでしょう。

しのぶは何度も頷いて見せます。

――そう……、そのように強引に、宗雅さまは珠子さまを追い求め続けていらした。そして今は、しのぶさまを……。宗雅さまなら、少しも不自然なことではありませんわ。一方の通忠さまは、姫さまを目立たぬところから見守り続けていた御方です。御自身は快活な御性格なのですが、姫さま同様、母君と早く死に別れたせいか、人恋しいところがおありになり、愛したい者にそっと背中の方から摺り寄っていくようなところがございました。……姫さまを、それはそれは深くお愛しになり、姫さまお一人しか、結局、愛せなかった御方なのかもしれません。姫さまは、けれどもどれだけ、そうした御愛情に気づいていらしたことか……。

――それにしましても、通忠さまはことねさまを愛されたのでしょう。それでしたら、妹君お一人しか眼中になかったとは申せませんわ。

ことねは少し考え込んでから、低い声で答えます。

――一人の人がある特定の人に惹かれるということは、考えれば考えるほど妙なものですね。……さっきも申しました通り、私と通忠さまは、珠姫さまのために、互いに近寄ってしまったようなところがあります。通忠さまにとって、私は姫さまであり、母君であり、少年の頃に垣間見た幻でもありました。私にとっては、どうだったのでしょうか。通忠さまの若さを眩しく感じておりましたし、なつかしさも感じておりました。……私と通忠さまは、互いをよく知っておりました。姫さまのお世話をさせて頂いているうちに、実際の身内の者のように、なにを考え、なにを感じているのか、知るようになっていたのです。恋、といった心情とは遠いところにいました。けれども、それぞれに閉ざされた思いがあり、そのために近づかずにいられなくなりました。……このようなつながりでも、にせもののつながりだったとは決して、言えないのです。

ことねは深く息を吸いこみ、西陽に照らされている池の水面を眺めやります。楓の葉が散る水面には、水鳥が騒いでいます。

――……この邸で、珠子さまをはじめて、宗雅さまが御覧になり、無理矢理、一夜を過ごされたのですよ。また、私が宗雅さまに真相をはじめて打ち明けた場所でもあります。そんな思い出もある場所なのです。

しのぶは珍しそうに、改めて、まわりを見渡します。

――……私はきょう、あの方に心のなかで申し上げたのです。あの世とやらへは、当分行かせてあげませんからね、と。姫さまや母上さまのところへ早く行って、楽しい思いを今こそ味わいたいのでしょうが、私が生きている内は共にここで過ごして頂きますから、よろしいですね。死霊となって、私を苦しめたければ苦しめて下さい。忘れられるよりは、よほどうれしいことです。……出家した身ですのにねえ、とんでもないことを考えて……。

ことねの言葉が途切れ、そのうちに涙が頬を伝わり落ちて行きます。

――通忠さまも、驚かれたことでしょうねえ……。

しのぶも涙を眼もとに浮かべて呟きます。

――……驚いて、怒って、私になにか言い返して下さればよいのです。……姫のもとへ行かせないつもりなのか、邪魔をするな、と。……そんな言い争いをしたかった……。

ことねは言葉を続けられなくなり、袖に顔を隠してしまいます。

しのぶはこの時、自分たちの傍にもう一人の女性がいつの間にか現われているのに気づき、しげしげとその顔を見つめます。

――すみません。私も仲間に入れて頂きたくなって、来てしまいました。

ことねもこの声に、涙で汚れた顔を上げます。

――私がここに現われてはおかしなことになってしまうのかもしれません。私は、この話を書き続けてきた者なのですから。でも、直接、私はあなたたちにお会いしてみたくなってしまったのです。……きのう、私は亡くなった子どもの一周忌を迎えました。

ことねもしのぶも、ようやく内心の驚きを抑えて、私の言葉に頷き返してくれます。私もそれで安心を得て、話を続けます。

――ささやかな法要をし、納骨も済ませました。春なのに、寒い日でした。そしてきょう、私の住む世界では、時期はずれの大雪が降り続いています。一年前も、雪こそ降りませんでしたが、寒い日でした。……私も、さっき、ことねさんがおっしゃっていたように、あの世などに行かせない、生き残っている私を呪い殺したければ、呪い殺して欲しい、と思い続けてきた一年でした。そうして今、一年も経ったのに、なぜまだ黙っているの、と子どもを恨めしく思っているのです。

――……でも、むろん、それだけのお気持でもないのでしょう、一年経てば、必ず、それだけの変化が……。

しのぶに言われ、私は頷きます。

――ええ……、でも、まだよく分からない。はっきり言えることは、今までただ途方に暮れてきただけで、現実に起こったことをまだすっかりは呑み込めていない。そう、きのうの朝も思っていたのです。……おとといの夜に、子どもと縁のあった人たちが一周忌ということで大勢来てくれたのです。こちらからお知らせしたのは、ほんの数人だったのに、狭い住まいには入りきらないほどの人たちが来てくれました。お花もたくさん頂き、お礼を言いながら、それでも私自身は、ぼんやりした気持のままでした。……次の日の、お寺での法要でも、納骨の時も、同じことでした。親としての義務なのだから、手落ちのないように、失礼のないように、と神経を尖らせ続けてはいましたが、肝心な目的を忘れがちになってしまっていました。でも、その方が私にはよかったのです。義務を果たすためには、私自身の感情は忘れておく必要があったのです。……きょうになって、子どもの骨を手離してしまったことが心細くなり、今までは文字通り、子どもと共に暮らせていたのに、と後悔もしました。そうしてそんな自分から、この一年、子どもの死を認めず、自分の生も認めない、無理矢理な状態を生きていた、と気づかされました。少し、気をゆるめれば、こわれてしまう状態です。そのために、気を張り続けていなければなりませんでした。……

——私たちも、そうすぐには、身近な者の死を諦めることはできませんが……、それにしても、私たちとは悲しみ方が少し違うようですね。私たちは、死んだ者の体にしがみ続ける人を、鬼と呼びます。つまり、それは人のすることではないのです。

ことねが言います。

——今でも、そうした考え方をする人は多いのです。私だけが、身内の者の少ない気楽さから、我がままを通してしまっただけなのです。それがよかったのかどうか、私には分かりません。……確かに、人から鬼と言われても仕方のないところがあったのかもしれません。人の命、自分の命を呪い、光を嫌い、人の笑顔を憎んでいたのですから。……でも、私はその状態をいつまでも続けられるほど強い人間でもなかった。そんな自分に、また苦しめられ、安らぎをつくづく欲しくなってきたのです。子どもを失ったことは、それだけでも悲しく、口惜しく、つらいことです。でも、自分がそのために鬼になってしまえば、生きながら炎に焼かれるような苦痛を味わい続けなければならない。そんな苦痛のなかで、子どもを追い続けるのに、私は疲れ果て、私自身の限界を感じたのです。それが、一年という歳月が私にもたらした変化と言えば変化と言えるものなのでしょう。

――……普通の人間は、鬼にもなれない、ということなのですね。私が出家をいくら気取ってみても、この世の欲に未だに引き摺られてしまいがちなように……。

ことねが呟きます。

――でも、少し前のことですが、こんなことがあったのです。……テレビを見ていた母が私を呼びました。行ってみると、画面の赤ん坊が知り合いの子にそっくりだ、と言うのです。丸々と太った画面の赤ん坊は、顔を赤くして泣いていました。あら、本当に似ている、でも、可愛いわね、と私はほほえんで答えました。なんて可愛いのだろう、と思った瞬間に、私はしばらく忘れていた、心からの微笑をいつの間にか取り返していたのです。光が急に、私の心に射し込んできたようなうれしさが湧き起こっていました。私は、ある一人の他人の子どもをいつわりなく、可愛いと思うことができた。そして、ごく自然にほほえむことができた。自然に笑えるということのすばらしさを、私はその時はじめて知らされました。……それまでも、人と会えば私は笑顔を見せていました。でも、これは人のための笑顔でしかありませんでした。……救われたい、と私も望み続けていたのです。でも、そのためにはどうすればよいのか、分からなかった。それが、ごく些細なことから、分かったような気がしたのでした。名前も知らない赤ん坊をテレビを通じて見、可愛いと思い、ほほえむ。たったそれだけのことに、涙を流さずにいられないほどの喜びを感じ、その時から希望も持ったのです。救い、と言うと、なにか大変なことのように思い続けていました。でも、日頃は見逃がしている、ごく当たり前のところに救いがあった、と気づかされました。……そうして、人間の思いもかけない不思議な在りようも、思い知らされました。だって、不思議ではありませんか。それまで、どんな慰めの言葉を聞いても、文章を読んでも、あるいは宗教の儀式や祈りの言葉を見聞きしても、心は閉ざされたままだったのに、小さな赤ん坊の泣き顔ひとつを愛しいと思った瞬間に、心の闇が開かれたのですから。……それからのことなのです、鬼として生き続けることの徒労を知るようになったのは……。

ことねは深く頷き、口を開きます。

——救われたい、と願い続けているのは、私たちとて、同様なのですよ。私たちは確かに、あなたたちよりも、身近に人の死を見届けなければならない機会が多いのでしょう。けれども、死を少しでも平然と受けとめているか、と言うと、それはうそになります。あなたたちよりも、もっともっと怖れているのかもしれません。また、浄土を頭から信じている者も、それほど多くはないのです。信じられればよいのですが、現実に知っているのは、この世のことばかり。どうしても、この世での生に執着してしまいます。私も、それは変わりありません。

しのぶも言葉を添えます。

——でも、この世への執着が強ければ強いほど、死を怖れる気持も強くなる、ということを、生きている間に私たちは大抵、知らされもするのです。この世への執着が強い人は、この世で恵まれた人たちです。良くしたことに、という言い方はおかしいのかもしれませんが、身近な者に先立たれ続けた人、あるいは貧しさや、不運な巡り合わせばかりを辿らなければならなかったような人たちは、あの世への期待を持つようになり、死を怖れる気持は自然に薄らいでいくようです。それは、死を待つ者にとっては、大きな恵みと言わなければならないことでしょう。

——……それでも、やはり、生きながらこの世に背を向けてしまうことも、できるものではありません。少しでも、あの世での救いを確かなものにしておきたい一心で、私たちは祈り、占い、出家し、あるいは巡礼を望みます。でも、私たちは日々、裏切られ続けているのです。……愛する者をせめてこの世に残したい、と思っても、その息吹を奪い取られてしまいます。年の順に先に逝かせて欲しいと思っても、若い人の方から先立たれてしまうのです。地方へ行けば、子どもの死体が野に捨てられに運ばれて行くのを見るのは、毎日のことでした。一方では、生活に困ることもなく、子に恵まれ、死と言えば、年の順にしか襲ってこないというような幸せな人もいるのです。こんな有様に、救いなど簡単に見つかるはずもないのです。……

ことねの言葉に、私は答えます。

——なぜ、なんのために、という問いの意味のなさを、私も思い知らされました。どうしたって、子どもが先立ち、私が生き残っている理由など、見つけられないのです。

ことねが、言葉を続けます。

——人は無意味に生まれ、無意味に死んでいくものなのでしょう。もし、答があるのでしたら、このようにしか言い表せない答なのだと思います。でも、木の葉や、鳥には、苦痛を与えることのないこの答も、人には救いがなさすぎて耐えられないのです。……なぜ、こうも救いのない命なのだろう、と涙を流し続けているうちに、私も、たとえば珠子さまをお見送りしたあとに、ふと、姫さまと共に見上げた月の光の美しさ、姫さまと摘んで遊んだ草花の愛らしさ、雪の朝の浄らかさが思い出され、はじめて、慰めを感じたのでした。……

――もし、日記でも書いていれば、きょうはなにもない日だった、と書くしかないような、それこそ人生にとって意味のないひとときが、記憶から消えずに、鮮やかに残っているということも、不思議と言えば不思議なことです。

ことねは頷きます。

――何事もなく、ただ生きている間は、別のものを見つめ続けているのに、その見つめていたことは忘れてしまっているのですね。どうしてなのでしょう。通忠さまの思い出にしても、いつかそのように変わるのでしょうか。

――ええ、きっと……。それにもうひとつ、私は自分が小さな子どもだった頃のことも、この頃、よく思い出すようになったのです。十歳にもならない、まだほんの幼い頃のことです。……私がそうした年齢の子どもをあの世へ見送らなければならなかったせいもあるのでしょう。あまりにも短かった命が口惜しくて、口惜しくて、気がつくと、子どもがこの世で味わったこと、あるいは味わえなかったことを、あれこれ考えだすようになっていたのです。そうして次第に、この世に生まれた人間として味わうべきこの世の喜びは、ほとんど味わい尽くして、私の子どもはあの世に向かったのではないか、と思いはじめたのです。と言うよりも、私が口惜しい、悲しい、と思うことは、あの食べものを食べさせられなくなった、成長した姿を見られなくなった、どんな大人になるのかという楽しみも奪われてしまった、というようなことばかりで、その上、子ども自身が語っていたこの世での希望も忘れられないので、耐えがたい思いに駆られるのですが、たとえば、今まであなたたちのことを日々考えたり、私自身のことを考えたりするうちに、この世の人間にとってなにが本当の喜びなのだろう、意味のあることなのだろう、それはほんの小さな頃にはじめて知った日の光の暖かさなのではないか、水面を輝かす光の眩ゆさなのではないか、と思い直すようになったのです。……私は自分に残されている、そうした幼時の喜びを、あれもこれも、とありありと思い出すようになりました。他の人の書いたものを読んでも、話しているのを聞いていても、幼時の記憶が重要なこととして語られているのを知る度に、安堵の思いを持ちました。ほら、四十歳、五十歳になったって、みんな幼かった頃の感覚をよりどころにして生きているだけではないか、と……。

ことねが微笑を浮かべて言います。

——……私もこの年になって、いちばん生き生きと思い出せるのが、通忠さまの子どもの頃のやんちゃなお顔なのですよ。そのお顔に、私自身の幼かった頃の兄と遊んだ無邪気な日々が呼び起こされ、やるせないような、身が熱くなるような思いを抱いたのです。その後、大人になってから、さまざまなお顔を拝見し、お話もしたわけですが、そちらの方は所詮夢で見ただけの事だったような気がしてなりません。きょう、通忠さまの御法要にうかがったことも、ここでこうしている私も、夢のようにしか思えません。ではなにが、これこそ我が身が味わったことと言えるのか、と申しますと、私がお小さかった通忠さまをお見受けした折りに抱いた、あのやるせなささなのです。……

しのぶがことねの言葉に頷きながら、呟きます。

——子どもの頃に味わうことは、ひとつひとつが奇跡のように訪れ、その人の心をさまざまな色で染めていき、そうしてその心のまま、人は生きていくのでしょう。

私は答えます。

――そのように、私にも思えるのです。子どもの頃に見とれた秋のイチョウの葉の輝きを思うと、今でも至福と言っても大仰ではないような心地に誘い込まれます。満開のエニシダの花にしても、そうです。見つめているうちに、花の柔かな黄に私も染まり、溶けていくような幸せな感触が、今でも忘れられず、なんとかまた、あの感触を味わいたくて、春になると黄の花を追い求めるのですが、決して、取り戻すことはできません。

ことねが言葉を続けます。

――……あの喜びこそ夢ではなかった、と納得のいくものは、どうも、私というものを忘れ果てて、花に心を奪われ、月に心を奪われた時の感情だけのようですね。赤子はまさしく、そのような感動を一刻一刻辿っているのでしょうから……。

私は頷きます。

――ええ……、そうして、その喜び以上に価値のあることが、一体、この世での人間の生にあるのかしら、と私は思うのです。私の子どももそれなら、人の生を十分に味わって逝くことができたのではないか、この世についての知識も足りなかったかもしれないし、経験もほんのわずかで終わってしまったけれども、そうした知識や経験では計ることのできない生の喜びは、私たちと劣ることなく、与えられていた、と思うようにもなっているのです。これも子どもの死を惜しいもの、と思いたくない一心からの、親の弁解なのかもしれませんが。……

ことねは首を微かに横に振りながら、言います。

――いいえ、私は浄土というものも、赤子の喜びにつながっているような気がしているのです。赤子のように美しいもの、心地良いものにただうっとりさせられる、ほんのひとときの喜びに、浄土の喜びをちらりと思い描くことができるようなのです。私がこのような姿になって、読経を続けていられるのも、よくよく考えてみれば、それだけの小さな確信が消されずに残っているからなのでしょう。

——……今夜も、月の美しい夜になりそうです。……

しのぶが空に顔を向けて呟きます。

その空はひんやりした夕闇の色に変わりはじめていて、一条の淡い桃色の雲が取り残されています。池で騒いでいた鳥たちも、いつの間にか姿を消してしまっています。

——……日が沈む時の夕映えも、死に怯えて生きる人間にとっては、本当にありがたいものなのですね。闇に沈むはずの夜の月明かりも……。そう、およそ千年後の世に生きる私も少しずつ、浄土を信じるようになってきたのです。こうして、人の言葉を寄せつけない空の輝きや、花の愛らしさに心を動かし、その心によって救われる人の姿を思うと、私もことねさんと同じような感慨に襲われます。

見つめているうちに、空の雲はその桃色を急速に失っていきます。

——その上、私もあなたたちもどうやら、同じもので共に救われているようなのですもの。空の輝きに通じ、花の美しさに通じ、雪の眩ゆさに通じるなにかに、人は死んだのちも包まれ続けている、と信じてもかまわないのですよね。……祈るということが、私には今までどうしてもできずにいました。要求を出したり、不平不満を洩らす、ということとは違う祈りの意味が分からなかった。でも、今まで私は祈りという言葉にこだわりすぎていたのでしょう。浄土を空の輝きに感じることができるのなら、空を見ていれば、それでもう、祈りという行いに私は近づいているのかもしれなかったのですね。美しいものを美しいと思える心が、すでに祈りだったと言えるのでしょうか。……でも、私はまだ、子どもが手もとに戻ってくる夢を、未練がましく見続けているのです。私に死が許される日まで、子どもを諦めることはきっとできないのでしょう。その心は心として、花に見とれ、空に見とれて生きていく、ということなのでしょうね。……

私は空から、傍に眼を戻します。誰の姿も見えません。急に、寒さを身に感じます。私は住まいのベランダに、一人で立ちつくしていました。

春の雪が降り続いています。視野に入る木々は枝の先端にまで降り積った雪の重みにしなっています。正面に柳の木が見えます。木々のなかでいちはやく、透明な若草の色に染まる大木です。今は、雪のために、その芽を見分けることもできません。

雪の白さ。

雪の日の夕闇は、不思議な明かるさに充たされます。白が銀の色に移りかわる、微妙なひときです。

雪に、色も音も、人の言葉も吸い込まれていくように感じるのは、その色故なのでしょうか。

長い手紙を書き続けてきました。

あなたに感謝しています。「夜の寝覚」という物語を書き綴ったあなたに。その物語を通じて、私の貧しい心をあなたの時代に向けさせ、多くの思いを紡がせてくれたあなたに。

あなたがどんな顔をした女性だったのか、未だに思い浮かべようもありません。どんな一生を辿ったのかも……。

でも、あなたの暖かな息は感じとることができます。風を感じ、日の光を、この肌に確実に感じることができるのですから。あなたも同じものを肌に感じて生きていたはずなのですから。あと一週間もすれば、桜が咲きはじめることでしょう。桜が咲き、レンギョウが咲き、スミレが咲き、雪柳、鈴蘭、タンポポ、レンゲ、とみるみるうちに咲き揃うことでしょう。美しい季節がまた、巡って来ようとしています。

生きることの核心

木村朗子

千年のときを超えて物語がわたしたちの手元に届くこと。この不思議、この奇跡に感応して、『夜の光に追われて』の語り手は、『夜の寝覚』の書き手に宛てて手紙を書く。

『夜の寝覚』という平安時代の宮廷物語がいまに伝えられていることは、実に驚くべきことだ。国の正史としてのお墨付きの与えられた『日本書紀』をはじめとする六国史や、天皇の名の下に編まれた『古今和歌集』などの勅撰和歌集とは違って、宮廷の女房たちの手で創られた物語作品は、伝え残そうとする読者の強い意思が幾代にも確実に連なっていかなければ、とても現在にまでは届かない。実際に書名は知られていながらも作品そのものは失われてしまっている散逸物語も多くあるし、『夜の寝覚』も中間と末尾が失われていて完全なかたちでは伝わっていない。そのような疵を負った物語でも、いまなお読み継がれているということは、たしかに「幸運ということだけでは片づけられない、今までの時代に生きた人たちのこうした作品への共感と執着とを感じさせられ」る。

『源氏物語』などは中世にはすでに参照すべき「古典文学」となっていて、とくに歌人なら必ず読んでいるべき書物とされた。そこで多くの注釈書やダイジェスト版などが書かれるようになり、能の演目などは、原文ではなく、それらを元手に作品化したと言われている。女の物語だった『源氏物語』は、いつのまにか男たちに享受され、伝授される文化規範となっていった。

それに対して『夜の寝覚』は、あくまでも女たちの物語であり続けた。『夜の寝覚』は一人の女の人生を描く物語として、女の心理に深く分け入っていき、女ならではの苦悩をえぐり出す。たとえば『源氏物語』は、光源氏誕生前に物語がはじまり、光源氏の死後も、息子、薫を主人公として物語が続いていくように、主人公の死は物語の終わりではなく、一人の人間の生の時間をゆうに超える。幾多の登場人物が次から次へと出てきて有機的に絡み合い、物語の構成は複層的で、京の宮廷社会だけでなく、地方官を登場させるなど地理的にも広い範囲を視野におさめている。対して、『夜の寝覚』は末尾の巻が失われているから、結末はわからないものの、物語のはじめから終わりまで徹底して、運命に翻弄された一人の女の憂愁を追うのである。登場人物も女の家族と結婚相手、天皇周辺あたりの人物に限られて、描かれる世界は女の生活圏に留まっている。物語の大筋は、女の兄弟や子どもたちが次々と宮廷社会で官位を昇っていく栄達物語である。しかし眼目は、その筋を追うことにはなく、女の心に去来する想いをたどることにある。しかも筋としては喜ばしい話なのに、女は鬱々として気が晴れることがない。

物語は、運命の男が、女主人公を一夜の関係で孕ませたのち、彼女の姉の夫として婿入りしてきたことにはじまる。男は、結婚後に、あの夜の相手が妻の妹だったと知って、いまふたたび彼女に会いたい、彼女を盗み出して一緒に子を育てたいなどと恋心を募らせていく。女主人公はただただ姉に申し訳ない、父に顔向けできないという思いで伏せって泣いてばかりいる。姉は妹が病で伏せっているると聞かされているから、たびたび様子を見にくる。けれども不調の原因は、姉の夫との関係で妊娠していることなのだから、妹としては姉に合わせる顔がなく、ますます苦しくなるばかりだ。やがて男が妹と通じているとうわさがたって、優しかった姉と絶縁状態になってしまう。

こうしたなかで女主人公はほとんどことばを発しない。男君の文に返事をするのもお付きの女房だ。傍若無人な態度の男君のことや、自らの出産について、あるいは生まれてきた女の子のことをいったいどのように思っているのか、さっぱりわからない。女主人公の気持ちが表現されるのは、姉に対する思いを吐露するときだけなのである。

ところが中間欠巻部のあと、突如として物語は女主人公の内面をとうとうと語り出すようになる。女主人公は自らの思いを明らかにし、かつ男君とも自分のことばで応酬するようになる。そのきっかけは、失われた巻で年老いた大臣の後妻に決まったことにあるらしい。五十歳にもなろうとする老いた大臣が三人の娘を産んで他界した妻の代わりに女主人公を求めた。この結婚ではじめて他の男を知った女主人公は男君を頼りにしている自分に気づくのである。欠巻部の後の巻では、こんどは帝に関係を迫られ、ふたたび男君へと心を寄せていくようになる。とはいえ女の感情は一筋縄ではいかない。男君の嫉妬心とあいまって、読んでいてじれったくなるような心の行き違いが、ああでもないこうでもないと延々と語られ続けるのである。心理小説といえば新鮮だが、モダンや洗練にはほど遠く、読者は女の秘密を分かち合うようにしてため息交じりに物語を読みすすめることになる。そんな物語のたたずまいは、人から人へと伝えられた手仕事のようにつつましく、そのように読み継がれてきたことがしのばれる。

妻のある男とのあいだに子をつくり世間に隠れるようにして出産した『夜の光に追われて』

の語り手にとって、『夜の寝覚』の女主人公が秘密裏に姉の夫との子を産んだことは他人事とは思えず、自らの経験した孤独を重ね合わせずにはいられないことだった。「母親にも姉にも知らせ」ることができずに、「赤ん坊が無事、生まれてからも、賑やかな祝いの声に囲まれることもなかった」こと、「仲間に入れてもらえないような、どんな悪いことを自分がしたのか」と叫びたくなるような孤立感を、『夜の寝覚』の作者は知っていたはずだ。だからこそ、半年前に八歳になる息子を失くしたことを『夜の寝覚』の作者に伝えてみたいと思ったのだろう。

ここにつづられる子どもを失った経験は、語り手にとって唯一無二の出来事であるはずだし、たとえ子どもを失ったことのある人でも安易な共感や同情を許さない孤絶した一回性を有している。その語りは、読者を巻き込んで離さないが、とても平静に読みすすめることができない。胸が苦しくなるほど感情を揺すぶられてしまうのである。こんなにも絶望的で悲痛な出来事が『夜の光に追われて』という一つの小説としていま読者の前に差し出されているのはなぜか。語り手は物語を書く行為について次のように述べている。

人が、たとえそれがどんなに小さな世界であってもなんらかの物語を書きだす時、いつはじまり、いつ終わるともしれぬ時の流れへの、そして、誰でもがそのごく一部分しか生きることができない人間自身への、不安、怖れ、怒り、恨み、悲しみ、がその人の手を動かしているのではないでしょうか。

息子を失って心はずっとその場に立ちすくんだままだというのに、時は流れ、食べることや排泄することが日常を促していく。そうした「時の流れと人間の存在との、滑稽なほどのちぐはぐさ」について、「生かされているのか、と思う時のくやしさ。くやしくって、くやしくって、全身で叫びださずにいられなくなる。なにかを書きだす時、人間はそんな激しすぎるような感情を吐き出そうとしているのではないでしょうか」とも述べている。

この思いは、『夜の寝覚』の女主人公が最初の妊娠をして、死んでしまいたいと思い続けているのに、自らの意思には関係なく臨月を迎え、出産し、子どもが成長していくのを見つめ続けていたことにどこか重なる。『夜の寝覚』の女主人公は、婚姻関係にはない男君とのあいだに、三人もの子を産み、子どもたちがそれぞれに美しく立派に成長していく姿を見とどけてもいる。そんな多産な女主人公が描かれているというのに、『夜の光に追われて』の語り手は「あなたにももしかしたら、子を失った経験があるのではないでしょうか」と問いかけている。「なぜなら、あなたの物語には、子どもの死が含まれていない」からだ、と。そこで語り手は『夜の寝覚』の、書かれなかった子どもの死を想像する。『夜の寝覚』が中間と末尾に欠巻部をかかえていることを逆手にとって、書かれなかった子どもの死を描くのである。

『夜の寝覚』をもとに津島佑子はもう一つ『火の河のほとりで』（一九八三年）という小説を発表している。妹の夫と姉が通じるという三角関係を描いた小説で、堕胎を含め、たくさんの子どもの死が出てくる。姉妹の関係がうまくいかない原因は、男を取り合うよりもはるかに前の少女時代に経験した子どもの死にある。路地に住まう貧しい身なりの子どもを自分たちのせいで死なせてしまった出来事があったのだ。二人でいるとそれを思い出さずにはいられないから、姉は家を出た。そして誰だかわからない男の子を孕み堕胎し、妹の夫とのあいだにできた子も堕胎する。いくつもの子どもの死によって、姉妹の不気味な関係がせりあがってくるスリリングな展開の小説である。『夜の光に追われて』では、前作のグロテスクな過剰性は影を潜めている。ここに書かれた子どもの死は、より内省的で、書くことの根源に置かれたものである。

『夜の光に追われて』は、語り手から『夜の寝覚』の作者に宛てた三通の手紙「手紙」「二通めの手紙」「最後の手紙」に、『夜の寝覚』を現代語で語り直した「夢」「雨」そして「息吹」というタイトルの章を入れ込んだ構成である。

平安宮廷物語の登場人物には固有名がなく、男性なら官職名で呼ばれ、出世するたびに呼称が変わってしまうという読みにくさがあるのだが、『夜の光に追われて』ではそれぞれに名がつけられ、女主人公には珠子という名が与えられている。運命の男君は宗雅である。

珠子にあたる姫君は原作の前半部においては動きのない人物で、お付きの女房が場を動かす役回りなのだが、『夜の光に追われて』では、前半の「夢」「雨」の二章で、ことねと名づけた女房を視点人物に置いている。ことねは珠子の母方のいとこにあたっており、女房とはいっても珠子とは年の離れた姉妹のように育てられた人である。かわいがってくれた珠子の母親が亡くなると、こんどは珠子の父親に寵愛されるようになる。それで「今上の方」(原作では「今北の方」)と「いやみたっぷりな名」で呼ばれたわけだが、これは正式な妻ではないものの北の方同然の扱いをされていることを指す。珠子の乳母が亡くなるとことねが珠子の乳母代わりとなった。

珠子の姉の冴子には弁の乳母という別の乳母がついていて、原作によればもともと父君の情人だった。ところが父君が若いことねに心を移し、弁の乳母との関係は絶えた。それで弁の乳母はことねに対抗心を燃やしていて、そのせいで姉妹の仲がぎくしゃくするのである。

冴子と珠子姉妹には、輝忠、通忠という母親違いの兄弟がいるが、珠子が妊娠したことを知ったことねは、妹びいきの通忠を頼る。このあたりは原作どおりなのだが、そこにことねと通忠の恋愛を付け加えているのが小説ならではの趣向だ。ただし原作を注意深く読んでいれば、幼いときから通忠は珠子方に馴染んでいたことも、珠子の懐妊を打ち明けるときに、ことねがわざわざ自身の局に通忠を呼び出したことも書かれているのだから、この趣向は『夜の寝覚』の作者からしてみれば、我が意を得たりといったところだろう。こうした千年の時空を超えた二人の作家の共演もこの小説の読みどころだ。

通忠はまだ少年のころにみた、父親の相手だったことねの姿を忘れられずにいた。二人がはじめて関係を持つのは、珠子が五十にもなろうという信輔に嫁入りする話が持ち上がったときだった。珠子を気の毒に思ったことねが通忠に相談をもちかけたのである。性愛場面は一度しか描かれないけれども、この二人はその後も関係をはぐくみ子をなしたらしい。

「二通目の手紙」をはさんだあとの「息吹」では原作では失われている中間欠巻部の話題を扱っているのだが、ここで視点人物が珠子に置き直される。原作の後半部で、突如として女主人公が心の内を語り出す物語の変質を、小説では視点人物の交替によって表現しているわけだ。珠子は、もはや昔のようにことねに何もかも采配してもらうような姫君ではなく、関白家の立派な北の方になっていた。ことねが具合が悪いと言って里に下がったきり五ヶ月も戻ってこなくても、戻ってきたとたんに結婚をしたいから二、三年のあいだいとまがほしいと言ってきても、それを許すぐらいの度量があった。

やがて姉の冴子が結婚後七年を経て妊娠する。体調が悪いらしいと知った珠子は通忠に見舞いを頼むのだが通忠は浮かぬ顔をしている。ここで珠子は、ことねと通忠のあいだになにかあったのではないかと考える。そのことと、通忠が珠子に次のように言うことばとが読者への目配せだ。

……たとえ生まれたばかりの赤子でも、それを失わなければならなかった女は、見ていてつらいだけの、悲しい姿になってしまいます。そんな女を見過ぎた私には、冴子殿を安心して見ることができそうにない。

たしかに通忠の妻が産んだ子が亡くなったことは書かれている。しかし「そんな女を見過ぎた」と言うからには、他にもそうした経験があったはずだ。そのほのめかしの答えは最終章の「最後の手紙」で明らかになる。

「最後の手紙」で語り手は、『夜の寝覚』の失われている最終部のその続きを語りはじめる。ここは原作には書かれていないところだから、まったくの想像だ。珠子がこの世を去ってから数年後、年老いたことねは通忠の葬儀が行われている寺にやってきて堂の外から手を合わせている。そこで珠子の義理の娘、しのぶの君と出会い、昔語りをはじめる。しのぶの君が子を失くした経験を語ると、ことねは通忠の子を宿し失ったことを打ち明けた。「なぜ、この世に取り残されたのだ」という恨み、「生き続ける身も残酷な姿を晒さなければならないものなのだ」という慨嘆を語り合いながら、しのぶの君は次のように言う。

死なずにいる身では、いくらあの世に思いを馳せていても、おなかが空くのです。眠くもなり、身支度も整えずにはいられなくなるのです。

しのぶの君のことばは、息子を失くした語り手が「手紙」に述べてきたことそのものである。まるで「手紙」の語り手が物語の登場人物に憑依して語っているようだ、と思うと、当の語り手がことねたちの世界へすっと現れ出るのである。そうして『夜の光に追われて』の語り手は、ことねとしのぶの君を相手に、息子の一周忌を迎えたことを語り出す。千年の昔を生きたことねたちと子どもの死について語り合うことで、語り手は生きることの核心を見いだしていく。

私に死が許される日まで、子どもを諦めることはきっとできないのでしょう。その心は心として、花に見とれ、空に見とれて生きていく、ということなのでしょうね。

『夜の光に追われて』以降、津島佑子の作品には、さまざまなかたちで失われた息子の姿が揺曳する。しかしそれは「子どもを諦めること」ができなくて、意図的に取り立て書き込まれたものではないだろう。むしろ、「なにかを書きだす時、人間はそんな激しすぎるような感情を吐き出そうとしているのではないでしょうか」というように、書くという営みのなかで涌き上がってくる最も切実な感情として自ずと手にされるものなのではないかと思うのである。語り手は息子の死の床で、十三歳でなくなった兄の死の記憶を呼び起こし、兄と息子の死を混同しはじめる。この時点で二十五年前の兄の死は、津島文学におけるもう一つの子どもの死となった。津島文学が、父の死ではなく、兄と息子の死に拘るのは、それが、身に迫る個人的な感情から発し、さらにそれを超えゆく文学的な「子どもの死」であるからだ。津島文学にとっての「子どもの死」とは、文学によって思いめぐらすべき、文学としての問いかけなのである。したがってそれは、もはや津島佑子という一人の人間の個人的な体験に還元されるべきものではない。人間の存在への、あるいは生きることについての問いなのである。
「二通めの手紙」で語り手は、子どもの死についてあれこれ調べ、「毒ガスで殺されたユダヤ人の子どもたちの記録や、日本に落とされた原子爆弾で死んだ子どもたちのことが書かれている本」を読み続けていると書いている。さらに息子の遺骨をかかえて父親の住む九州を訪ね、長崎と弾圧されたキリシタンの跡地をめぐっている。キリシタンの弾圧やユダヤ人の殲滅の裏に潜む差別主義の問題は、津島佑子が最後に残した二つの小説『ジャッカ・ドフニ——海の記憶の物語』『狩りの時代』に扱われていることをわたしたちはすでに知っている。いま『夜の光に追われて』を振り返ったとき、こうした壮大な作品群の原点がここにあり、それからの津島文学が世界の子どもたちの死という切実さの上に、千年あるいはそれ以上の時空を超えて立っていることに気づかされるのである。

（日本文学研究）

初出
「夜の光に追われて」東京新聞、北海道新聞、中日新聞で連載
（一九八五年一〇月一六日〜一九八六年六月二六日）
底本
『夜の光に追われて』講談社文芸文庫、一九八九年

［著者紹介］

津島佑子（つしま・ゆうこ）

一九四七年、東京都生まれ。白百合女子大学卒業。七六年『葎の母』で第一六回田村俊子賞、七七年『草の臥所』で第五回泉鏡花文学賞、七八年『寵児』で第一七回女流文学賞、七九年『光の領分』で第一回野間文芸新人賞、八三年「黙市」で第一〇回川端康成文学賞、八七年『夜の光に追われて』で第三八回読売文学賞、八九年『真昼へ』で第一七回平林たい子文学賞、九五年『風よ、空駆ける風よ』で第六回伊藤整文学賞、九八年『火の山——山猿記』で第三四回谷崎潤一郎賞及び第五一回野間文芸賞、二〇〇二年『笑いオオカミ』で第二八回大佛次郎賞、〇五年『ナラ・レポート』で第五五回芸術選奨文部科学大臣賞及び第一五回紫式部文学賞、一二年『黄金の夢の歌』で第五三回毎日芸術賞を受賞。二〇一六年二月一八日、逝去。

津島佑子コレクション
夜の光に追われて

二〇一七年九月二〇日　初版第一刷印刷
二〇一七年九月三〇日　初版第一刷発行

著　者——津島佑子
発行者——渡辺博史
発行所——人文書院
〒六一二-八四四七
京都市伏見区竹田西内畑町九
電話　〇七五（六〇三）一三四四
振替　〇一〇〇〇-八-一一〇三
装　幀——藤田知子
印　刷——創栄図書印刷株式会社

ISBN978-4-409-15030-6　C0093
（落丁・乱丁本は小社郵送料負担にてお取替えいたします）